Simon Dach

Gedichte

Simon Dach

Gedichte

ISBN/EAN: 9783743651852

Hergestellt in Europa, USA, Kanada, Australien, Japan

Cover: Foto ©Andreas Hilbeck / pixelio.de

Weitere Bücher finden Sie auf **www.hansebooks.com**

Gedichte

von

Simon Dach.

Herausgegeben

von

Hermann Oesterley.

Leipzig:

F. A. Brockhaus.

1876.

Dach's Leben und Dichten.

Simon Dach wurde am 29. Juli 1605 zu Memel ge=
boren. Sein Vater, der gleichfalls den Namen Simon trug,
war Gerichtsdolmetscher der litauischen Sprache in Memel;
seine Mutter, Anna geborene Lepler, stammte aus hochangesehe=
ner Familie, da ihr Großvater, der über 100 Jahre alt wurde,
Bürgermeister der Stadt Memel war. Der Knabe besuchte
zunächst die Schule seiner Vaterstadt und zeigte schon früh
hervorragende Anlagen, wenigstens wird von ihm gerühmt,
daß er schon als Schulknabe Verse gemacht und sein musi=
kalisches Talent fast ohne jede Unterweisung ausgebildet habe.
Sein Lieblingsinstrument war die Geige, und seine Liebe für
Musik, namentlich für das von ihm bevorzugte Instrument
blieb sein ganzes Leben hindurch so enge mit seinem inner=
sten Wesen verwachsen, daß er „dichten" und „geigen" als
gleichbedeutende Begriffe gebrauchte und die Geige als das
Symbol seiner poetischen Thätigkeit betrachtete, wie andere
Dichter die Leier.

In seinem vierzehnten Jahre wurde Simon nach Kö=
nigsberg geschickt, wo er die Domschule besuchte, die da=
mals unter der Leitung des Rectors Peter Hagen stand,
während er im Hause seines Oheims von mütterlicher Seite, des
Diakonus Johann Vogler, Wohnung und Kost fand. Die Pest
trieb ihn zwar schon zu Anfang des Jahres 1620 aus
Königsberg fort, aber zu Ostern, als die Seuche nachzulassen

begann, kehrte er in das Vogler'sche Haus zurück und nahm seine unterbrochenen Lectionen wieder auf. Hier begegnete er einem Verwandten, dem jungen Theologen Martin Wolder; dieser ging, um seine Studien in Deutschland zu vollenden, nach Wittenberg und nahm ihn als Famulus dahin mit. Dach besuchte nun drei Jahre lang die Wittenberger Stadtschule, bis Wolder die Universität verließ, begab sich dann zur Vollendung seines Gymnasialcursus nach Magdeburg, wo er im Hause eines andern Verwandten, des Archidiakonus Christian Vogler, Aufnahme und Pflege fand, und machte so bedeutende Fortschritte, daß er im Jahre 1625 eine Abhandlung in griechischer Sprache veröffentlichen und vertheidigen konnte. Im folgenden Jahre trieb Pest und Krieg den fleißigen Schüler auch von Magdeburg fort; er begab sich unter mannichfachen Gefahren, die ihm von den Mansfeldschen wie von den Wallenstein'schen Truppen drohten, durch die Mark, über Lüneburg, Hamburg und Danzig wieder nach Königsberg, welches er nun dauernd nicht mehr verließ.

Am 21. August 1626 als akademischer Bürger der Albertina inscribirt, widmete er sich zunächst dem Studium der Theologie und Philosophie, betheiligte sich mehrfach an den öffentlichen Disputationen, nahm auch an den homiletischen Uebungen theil und betrat selbst die Kanzel. Indessen gab er im Verlaufe seiner Universitätsjahre jedes eigentliche Fachstudium auf und beschäftigte sich fortan mit den allgemeinen humanistischen Wissenschaften, hauptsächlich mit seiner weitern Ausbildung in der lateinischen und griechischen Poesie. Was ihm das Studium der Theologie verleidet hat, kann mit Sicherheit nicht angegeben werden, und es ist nur eine allerdings sehr naheliegende Vermuthung, wenn als Veranlassung dazu die widerwärtigen theologischen und philosophischen Zänkereien genannt werden, die damals auch in Königsberg das wissenschaftliche Leben fast vollständig überwucherten.

Der Uebergang aus dem akademischen in das bürgerliche Leben hat sich bei Dach ganz unmerklich vollzogen; seine be-

fchränkten Mittel hatten ihn fchon als Studenten auf die
Ertheilung von Privatunterricht angewiefen, und auch nach
Beendigung feiner Studienzeit fungirte er noch mehrere Jahre
lang als Privatlehrer, ohne zu einer feften bürgerlichen
Exiftenz zu gelangen. Erft im Jahre 1633 wurde ihm
auf Verwendung des Rathsherrn Chriftian Polikein, deffen
Kinder er unterrichtet hatte, die Stelle als vierter Collabora-
tor an der Domfchule übertragen, in welchem Amte er fo
erfolgreich wirkte, daß er nach Verlauf von drei Jahren die
Conrectorftelle an derfelben Schule erhielt, die er bis zum
Jahre 1639 verwaltete.

Nach diefen Angaben über die äußern Lebensumftände
unferes Dichters bis zum Schluffe feiner Entwickelungsperiode
erfcheint Dach als ein fleißiger, begabter und ftrebfamer
Jüngling, der von Kindheit auf mit den Schwierigkeiten, der
Sorge und der Noth des Lebens zu kämpfen hatte, während
fein frommes, friedfertiges und nach innen gekehrtes Gemüth
den ringsum tobenden Stürmen der Außenwelt nur geringen
Widerftand entgegenzufetzen vermochte. So konnte er unter
den unaufhörlichen, ihn faft fein ganzes Leben hindurch
begleitenden Eindrücken von Kriegsnoth, Peft und Ver-
heerung, von Sorgen um die äußere Exiftenz, und von
den Leiden und Schmerzen eines fchwächlichen, zur Schwind-
fucht geneigten und fpäter durch aufreibende Berufsthätig-
keit noch mehr gefchwächten Körpers nichts anderes werden, als was er geworden ift: als Menfch ein fromm-
gläubiger Chrift, ein hingebender, für jede Wohlthat dank-
barer Freund, der befte Gatte und Vater, der treuefte
Unterthan feines Fürften, doch aller Energie ermangelnd
und in kindlichem Vertrauen feine Gönner und Freunde
um Hülfe anfprechend, wo ihm die Kraft fehlte, fich
felber zu helfen; als Dichter ein Lyriker ohne die ge-
ringfte Anlage für das Epifche oder Dramatifche, aber ein
Lyriker erften Ranges fowol im weltlichen wie im geiftlichen
Gefange; ftets edel und rein, innig und zart, aber nur

selten zu dem höhern Fluge der Ode oder des Dithyrambus
sich aufschwingend; fast immer liebenswürdig, glatt und
formenschön, aber häufig seine eminente Formengewandtheit
aus äußern Rücksichten und aus freilich oft verzeihlicher
Schwäche zu inhaltsarmen Gelegenheitsdichtungen mis=
brauchend.

So finden wir Dach bei seinem ersten Auftreten als
Dichter, und so ist er geblieben bis an sein Lebensende.
Seine frühesten Gedichte stammen aus dem Jahre 1630, das
erste lateinische war zu einer am 17. Juni, das erste deutsche
zu einer am 19. November dieses Jahres gefeierten Hochzeit
gedichtet. Der kaum 25jährige Jüngling zeigt sich in ihnen
der deutschen Dichtkunst völlig so mächtig wie der damals
noch fast ausschließlich gepflegten lateinischen, er tritt in
beiden Sprachen, was das Formelle anlangt, als vollständig
reifer Dichter auf, der seine Entwickelungsperiode abgeschlossen
hat. Anders verhielt es sich mit dem geistigen oder poeti=
schen Inhalte seiner Verse. Hier war noch vieles unreif
und seicht: seine Verse waren noch keine Gedichte, und seine
Gedichte noch keine Kunstwerke; die geistige Reife, die künst=
lerische Vollendung empfing Dach erst in der Schule des
Lebens, und er verdankte sie namentlich zwei Lehrmeisterinnen:
einer herben und strengen, der Noth, und einer milden und
zarten, der Freundschaft. Dach hatte in seiner Jugend
wenig Glück und Freude genossen, er hatte schon früh den
Ernst des Lebens kennen gelernt und sich seine Existenz in
unablässiger harter Arbeit erringen müssen. Erst spät war es
ihm gelungen, ein Amt, einen festen Wirkungskreis zu finden,
aber die Sorge und Noth des Lebens trat nun noch näher
und drängender an ihn heran als zuvor. Er gab sich den
mühseligen Pflichten seiner Stellung mit einem Eifer hin,
der seine Kräfte überstieg, ohne sich dadurch auch nur den
kärglichsten Lebensunterhalt zu erwerben; sein Körper siechte
unter den beschwerlichen mit dem Schulamte verbundenen
Nebendiensten, und Geist und Gemüth litten unter den

Kränkungen, die er trotz äußerster Gewissenhaftigkeit von unverständigen Aeltern seiner Schüler erdulden mußte. Er wurde endlich von einer Brustkrankheit befallen, die ihn dem Tode nahe brachte, von der er sich niemals völlig erholte und die den Keim zu seinem Tode legte. Dach selbst hat die Sorge und Noth, die ihn in den Jahren seiner Schul= thätigkeit zu erdrücken drohte, mit grellen Farben in einem häufig abgedruckten Gedichte geschildert, in welchem er einen jungen Freund, Michael Gorlovius, davor warnte, sich dem Lehrerstande zu widmen.

Doch die Freundschaft brachte ihm Trost und endlich auch Erlösung. Schon während seiner Studienjahre hatte er mit einer Reihe später berühmt gewordener Männer Freundschaftsbündnisse geschlossen, die nur durch den Tod getrennt wurden, so mit dem jüngern Thilo, mit Calovius, Linemann, Mylius und von Sanden; andere Freunde er= warben ihm seine musikalischen und poetischen Talente, und bei seinem Eintritte in das Schulamt finden wir ihn be= reits in der Mitte eines weiten Freundeskreises, dessen bedeutendste Mitglieder Albert, Stobäus und Robertin waren. Der Componist und Dichter Heinrich Albert, seit 1626 Organist an der Domkirche, muß schon im Jahre 1630 mit Dach in Verbindung gestanden haben, da das erwähnte älteste deutsche Gedicht des letztern unter andern auch mit einem Gedichte von Albert zusammengedruckt ist. Die früheste Spur seiner Bekanntschaft mit dem berühmten Schüler Eccard's, Johann Stobäus, dem Cantor und Musikdirector der Dom= schule, stammt aus dem Jahre 1633, wo dieser eine Com= position an den Pastor Alt in Elbing veröffentlichte, hinter deren Baßstimme sich ein Dach'sches Lied abgedruckt findet.

Sein innigster und einflußreichster Freund aber wurde Robert Robertin. Dieser in jeder Beziehung ausgezeichnete Mensch war nach langjährigen Reisen im September 1633 nach Königsberg zurückgekehrt und hatte eine Secretärstelle bei dem Heermeister des Johanniterordens, Grafen Adam

von Schwarzenburg angenommen, die er 1637 mit dem Se-
cretariat am preußischen Hofgerichte vertauschte, bis er 1645
zugleich Obersecretär bei der Regierung wurde. Robertin war
unmittelbar nach seiner Rückkehr in die Heimat, wahrscheinlich
durch die Vermittelung von Stobäus und Albert, mit Dach
bekannt geworden, und übte auf diesen bald einen tiefgehenden, sein ganzes Denken und Fühlen umgestaltenden Einfluß
aus. Er war nicht nur ein durch lange Reisen feingebildeter
Weltmann, sondern ein unter Bernegger's Leitung streng ge-
schulter Philolog und Historiker, ein ausgezeichneter Jurist
und Staatsmann, ein gründlicher Kenner der wichtigsten eu-
ropäischen Sprachen und Literaturen, selbst ein hochbegabter
Dichter, kurz ein Polyhistor, der mit den bedeutendsten Gelehrten und Dichtern Europas in Verkehr stand und sich
durch seine vorzüglichen Eigenschaften einen weit über den
engen Kreis seiner Stellung hinausreichenden Einfluß erworben hatte. Der Umgang mit einem solchen Manne mußte
Dach, der stets unter den engsten und ärmlichsten Verhältnissen
gelebt hatte und daher in seiner innern wie in seiner äußern
Bildung vielfach zurückgeblieben war, der nicht frei zu denken
und nicht frei zu fühlen, ja nicht einmal frei in die Welt
zu blicken wagte, ein völlig neues Leben erschließen. Robertin
theilte dem Freunde aus seinen reichen Kenntnissen und Er-
fahrungen mit, was diesem fehlte, er las mit ihm alte und
neue Dichter, führte ihn in die moderne Literatur ein, indem
er gemeinsam und um die Wette mit ihm französische, hol-
ländische und italienische Gedichte in deutschen oder lateinischen Versen bearbeitete, besprach seine Gedichte, regte ihn
zu neuen Versuchen an und veredelte auf diese Weise seinen
Geschmack, indem er ihn zugleich zu einer höhern und freiern
Weltanschauung und zu einem tiefern Schöpfen aus der eigenen
Brust erzog. Robertin hauptsächlich haben wir es zu danken,
daß Dach aus einem Verskünstler ein Dichter geworden ist.
Aber er half dem Freunde auch die Sorge und Noth des
äußern Lebens tragen, tröstete und ermuthigte ihn, wenn

ihm die Lasten und Mühseligkeiten seines Amtes zu schwer werden wollten, und unterstützte ihn soviel er konnte, wie er ihm denn, nachdem er einen eigenen Hausstand begründet hatte, ein ganzes Jahr lang Wohnung und Kost gab. Mit Recht nennt Dach deshalb Robertin nicht nur den Erwecker und Förderer seiner Muse, sondern auch den Retter und Erhalter seines Lebens.

Außer den Genannten gehörte dem Freundeskreise noch eine Reihe anderer begabter und ausgezeichneter Männer an, die, von gleicher Liebe für die Dichtkunst begeistert, allmählich zu einem förmlichen Dichterbunde zusammenwuchsen. Nach Art der italienischen Akademien und der deutschen Fruchtbringenden Gesellschaft hielten sie Versammlungen ab, in denen sie sich geistig zu fördern suchten, ihre Gedichte vortrugen und besprachen, oder besondere poetische Aufgaben stellten und lösten, darunter namentlich Grablieder auf als verstorben angenommene Mitglieder des Bundes. Sie legten sich Schäfernamen bei, die zum Theil Anagramme der wirklichen Namen waren; so hieß Dach: Chasmindo, Sichamond, gelegentlich auch Ischmando, Robertin: Berinto, Albert: Damon, Christoph Caldenbach: Celadon und Lycabas, Johann Baptist Faber: Sarnis, Andreas Adersbach: Bardchedas, während die Schäfernamen mehrerer anderer Mitglieder unbekannt geblieben sind. Die Freunde kamen meistens im Hause des Mediciners Tinctorius zusammen, häufig auch bei Michael Adersbach, dem Vater des Andreas, und später in Heinrich Albert's Garten auf den Hufen. Die Gesellschaft war nicht fest geschlossen, sondern frei, es nahmen vielfach fremde wie einheimische Gäste an den Zusammenkünften theil, auch mögen die Mitglieder mehrfach gewechselt haben, sodaß es schwer ist, sie nach Anzahl und Namen vollständig zu verzeichnen. Manche genaue Freunde und Wohlthäter Dach's, wie namentlich Rotger zum Bergen, der den Mittelpunkt eines andern Kreises bildete, und selbst Stobäus, scheinen dem Bunde nicht angehört zu haben oder wurden wenigstens nur gelegentlich zugezogen; wieder andere, die theil daran genommen, sind vergessen, weil von ihren Gedichten sich nichts erhalten hat. Fast die einzige Quelle, die nähern Aufschluß über den Bund darbietet, ist die Sammlung von Albert's Arien, welche zum größten Theile aus Gedichten des Freundeskreises besteht; da die Gedichte hier aber nur als Texte von musikalischen Compositionen mitgetheilt werden, so ist die Sammlung, wie hinsichtlich der Vollständigkeit, auch in Beziehung auf Namen und Zahl der Mitglieder höchst wahrscheinlich lückenhaft, zumal sie eine Reihe von Dichtern gar nicht, eine andere nur mit Anfangsbuchstaben bezeichnet.

Hauptsächlich den Anregungen dieses Dichterbundes verdanken wir die verhältnißmäßig freilich nur geringe Anzahl von Liedern, die Dach frei aus sich heraus, ohne bestimmte äußere Veranlassung gedichtet hat. Dagegen sehen wir die Zahl der Gelegenheitsgedichte von Jahr zu Jahr wachsen. Den oben erwähnten Erstlingsarbeiten dieser Gattung schließen sich mehr und mehr ähnliche Producte sowol in deutscher wie in lateinischer Sprache an, sodaß Dach schon bei seinem Eintritt in das Schulamt ein beliebter Gelegenheitsdichter gewesen sein muß. Die ihm als Lehrer der Domschule obliegende, sonst so lästige Pflicht, die Leichenbegängnisse aus dem Kneiphof mit Gesang nach dem Haberberger Kirchhofe zu begleiten, brachte es demnächst wie von selbst mit sich, daß die Leidtragenden die gewünschten Begräbnißlieder und Leichengedichte bei Dach bestellten, wie sie sich wegen der musikalischen Compositionen an Stobäus und Albert zu wenden gewohnt waren, zumal da diese beiden Tonkünstler allmählich in ein so enges Freundschaftsverhältniß zu Dach traten, daß sie kaum noch andere Lieder als von Dach gedichtete componirten. Je höher aber sein Ruf als Dichter von Begräbnißliedern stieg, desto häufiger wurde seine Feder auch bei andern Feierlichkeiten, namentlich bei Hochzeiten in Anspruch genommen, und so war von einem freien dichterischen

Schaffen nur noch selten die Rede, vielmehr wurde ihm das
Dichten zu einer drückenden Last, der er sich nur des Brot-
erwerbs wegen unterzog. Denn wenn er seine Begräbnißlieder, Hochzeitsgesänge und sonstigen Gratulationsgedichte
auch häufig aus wirklicher Theilnahme oder Dankbarkeit, noch
häufiger vielleicht um sich bei den Hinterbliebenen oder den
gefeierten Personen zu empfehlen, verfertigte, so unterliegt
es doch keinem Zweifel, daß die Mehrzahl derselben auf Bestellung und gegen Bezahlung geschrieben wurde, und zwar
vielfach für ihm völlig Unbekannte, sodaß ihm erst die nö-
thigen Angaben über den Lebensgang und die sonstigen Verhältnisse der zu Besingenden mitgetheilt werden mußten. Die
Gedichte wurden den Bestellern gedruckt überreicht, und war
zugleich eine musikalische Composition verlangt, so wurde auch
die Composition gedruckt. Die Grablieder, die bei der Beerdigung gesungen wurden, mußten also in der kurzen Frist
zwischen Tod und Begräbniß gedichtet, in Musik gesetzt und
zweifach gedruckt werden; und neben den Grabliedern hatte
Dach sehr häufig auch noch ein eigentliches, oft umfangreiches
Leichengedicht zu liefern, welches in derselben Frist gedruckt
sein mußte. Daß er bei solchem fast fabrikmäßigen Vers-
machen viel Werthloses hervorgebracht, kann nicht über-
raschen, namentlich wenn man seine fortwährend leidende
Gesundheit und seine mannichfachen schweren Amtspflichten
in Betracht zieht; es ist vielmehr zu bewundern, daß er
trotz alledem ein Dichter geblieben ist, der in wahrer Poesie
Trost und Erholung von der leidigen Lohnschreiberei suchte.
Dach hat gekämpft, so viel ihm zu kämpfen möglich war, um
diese Last von sich zu werfen, aber es ist ihm nicht gelungen.
Er hatte einen kärglichen Verdienst von den Gelegenheitsgedichten, den er nicht entbehren konnte, er erwarb sich
Gönner und Freunde damit, die er nicht entbehren mochte,
weil er neben Ansehen und Ehre auch manchen kleinen Vortheil von ihnen genoß — und so hat er Hochzeiten und Be-
gräbnisse besungen bis an sein Ende.

Wie erwähnt, war Dach durch seine Gelegenheitsgedichte
sehr bald bekannt und beliebt geworden, und im Jahre 1635
hatte sein Name bereits einen so guten Klang, daß er dazu
ausersehen wurde, zu Ehren König Wladislaw's IV. von
Polen, der im Juni genannten Jahres mehrere Wochen lang
in Königsberg verweilte, ein Festspiel zu dichten, das in
Gegenwart des ganzen Hofes und Adels zur Aufführung
kam. Es war das Schauspiel „Cleomedes", zu welchem
Albert die Musik componirt hatte. Das Stück ist ohne poetischen Werth, im Stile der damaligen Hofdichtung steif
und schwülstig geschrieben, aber es brachte seinem Verfasser
den Vortheil, daß er den Mitgliedern des Königshauses
sowie dem höchsten Adel Polens und Preußens bekannt wurde.
Eine andere erfreuliche Begegnung fand am 29. Juli 1638
statt, an welchem Tage Martin Opitz, der mit Robertin
seit langer Zeit befreundet war, nach Königsberg kam und
von den Freunden mit einer von Dach gedichteten und von
Albert in Musik gesetzten Cantate begrüßt wurde.

Im übrigen verflossen die Jahre für Dach ruhig und
still, wenigstens ohne hervorragende äußere Ereignisse; desto
mehr hatte er innerlich zu durchleben. Daß er gegen Kummer und Sorge, Entbehrung und Zurücksetzung gekämpft,
aber in Dichtkunst und Musik sowie in dem Verkehr mit
lieben Freunden Trost und Erhebung gefunden habe, ist bereits erwähnt; andere Kämpfe jedoch hatte sein Verstand, und
noch andere sein Herz durchzukämpfen. Dach erkannte, daß
ihm die geistige wie die körperliche Kraft fehlte, den auf-
reibenden Pflichten seines Schulamtes dauernd zu genügen,
und er sehnte sich nach einer angemessenern Stellung, ohne doch
irgendwelche Aussicht dazu zu haben; das Bewußtsein seiner
dichterischen Begabung empörte sich gegen die Entwürdigung
der Poesie, zu der er häufig die Hand bieten mußte, wenn
er bestellte und bezahlte Gelegenheitsgedichte schrieb, aber
er war nicht im Stande sich von der Lohnarbeit frei zu
machen; endlich sang er nicht nur von Frühling und Liebe,

sondern er fühlte sie auch in seinem Herzen, ohne daß es ihm bei seinen kärglichen Verhältnissen möglich gewesen wäre, einem geliebten Mädchen die Hand zu bieten. Mögen auch manche von seinen Liebesliedern, die in Albert's Arien enthalten sind, auf Anregung des Dichterkreises entstanden sein, andere hat er sicherlich aus seinem innersten Wesen heraus gesungen, und diese zeigen deutlich das leidenschaftliche Drängen und Sehnen eines liebenden Herzens, das entweder keine Gegenliebe findet, oder aus äußern Rücksichten die Liebe in sich verschließen muß. Bedürfte es noch eines Zeugnisses für den Herzenszustand Dach's in diesen Jahren, so fänden wir es in einem Briefe von Opitz an Robertin vom 17. August 1638, in welchem er Grüße an Dach, „illud candidissimum Musarum pectus", bestellt und ferner schreibt: „Ms. Dach soll sich nicht in die Jungfer Brodine verlieben, sie ist ihm zu frisch. Ein Liedlein mag er ihr wol componiren." Ein anderes Zeugniß dagegen, so oft es auch angeführt und besprochen worden, müssen wir entschieden verwerfen, nämlich das angebliche Verhältniß Dach's zu Anna, der Tochter des Pfarrers Neander in Tharau bei Königsberg, zu deren Verheirathung mit dem Pfarrer Portatius er das Lied „Anna von Tharau" gedichtet hat. Die in allem Wesentlichen völlig zuverlässigen Familiennachrichten in der tharau'schen Kirchenchronik und in einer ähnlichen Aufzeichnung der Stadtparochie zu Insterburg, welche in den „Preußischen Provinzialblättern" veröffentlicht worden sind, wissen von einem Liebesverhältniß zwischen Dach und Anna nichts, und so kann es kaum einem Zweifel unterliegen, daß auch dieses berühmteste Lied unsers Dichters nichts anderes ist als ein Gelegenheitsgedicht, welches, möge es nun auf Bestellung oder aus Freundschaft für den Bräutigam angefertigt sein, dem letztern in den Mund gelegt war.

Nachdem Dach die Last seines Schulamtes unter den drückendsten Verhältnissen sechs Jahre lang getragen hatte, sollte endlich die Erlösungsstunde für ihn schlagen: er erhielt

1639 die durch den Tod Christoph Eilard's erledigte Pro=
fessur der Poesie an der Universität Königsberg. Der Kur=
fürst Georg Wilhelm, dem er bei dessen Ankunft in Königs=
berg am 23. September 1638 verschiedene Bewillkomm=
nungsgedichte hatte überreichen lassen, und dem er sich auch
später bei passender Gelegenheit durch seine Poesie in Er=
innerung zu bringen suchte, hatte ihm eine Anwartschaft auf
demnächstige Beförderung ertheilt. Als nun im nächsten
Jahre die erwähnte Professur frei wurde, erinnerte der Kur=
fürst sich seiner Zusage sehr wohl und ernannte Dach zu
Eilard's Nachfolger. Seine Aufnahme in die Facultät stieß
zwar auf Schwierigkeiten, weil er noch keinen akademischen
Grad besaß, indessen ward ihm infolge eines kurfürstlichen
Befehls die Ermächtigung zum Beginne seiner Vorlesungen,
und er hielt ohne promovirt zu sein (er wurde erst am 12. April
1640 Magister) am 1. November seine Antrittsrede. Dach
hat als Universitätslehrer Horaz, Seneca, Ovid und Ju=
venal erklärt, doch scheint seine Lehrthätigkeit nicht sehr aus=
gedehnt gewesen zu sein, da er gelegentlich Klage darüber
führt, daß die Studirenden sich fast ausschließlich mit ihren
Brotstudien beschäftigten. Er ist fünfmal Dekan, im Jahre
1656 auch Rector Magnificus gewesen und zwar infolge
einer besonders ehrenvollen Wahl. Im übrigen hatte er
als Professor der Poesie noch die Verpflichtung, zur Feier
der drei hohen Feste lateinische Gedichte zu schreiben, welche
den akademischen Festprogrammen beigedruckt wurden, und
er hat diese Pflicht trotz mannichfacher Krankheit mit solcher
Gewissenhaftigkeit erfüllt, daß bis zu seinem Tode nur ein
einziges Programm ohne poetische Beigabe von ihm er=
schienen ist.

Dach's äußere Verhältnisse hatten sich durch seine Be=
förderung zum Professor natürlich gebessert, aber sie waren
doch noch kümmerlich genug, denn sein Jahresgehalt betrug
nur etwa hundert Thaler nebst einigen Deputaten an Holz
und Korn. Erst viele Jahre später bewilligte ihm der Kur=

fürst ein außerordentliches Gnadengehalt von weitern hundert
Thalern (400 Gulden poln.), die aber, nach Ausweis einer
ganzen Reihe von Bittgedichten, bisweilen jahrelang nicht zur
Auszahlung kamen, weil die Kammer kein Geld hatte. Trotz=
dem beschloß Dach, sich endlich einen eigenen Hausstand zu
gründen, und heirathete am 29. Juli 1641, an seinem Geburts=
tage, Regina Pohl, die Tochter des königsberger Hofgerichts=
advocaten Christoph Pohl. Seine Ehe war, wie er in zahl=
reichen Gedichten ausspricht, eine äußerst glückliche; er fand
in der Liebe seiner Frau und später in der Freude an seinen
Kindern Ersatz für alles, was ihm an äußern Glücksgütern
versagt blieb. Die Frau beschenkte ihn mit sieben Kindern,
fünf Knaben, von denen aber zwei schon in frühester Kindheit
starben, und zwei Mädchen.

Am 1. December 1640 war Kurfürst Georg Wilhelm
gestorben, und am 30. November 1641 hielt Kurfürst Fried=
rich Wilhelm seinen feierlichen Einzug in Königsberg, um
länger als ein Jahr dort Hof zu halten. Dach betheiligte
sich bei den Empfangsfeierlichkeiten des neuen Landesherrn
mit mehrern Gedichten, hatte auch später, namentlich bei
der Beisetzung Georg Wilhelm's im März 1642 mehrfach
Gelegenheit, seine treue Unterthanenliebe für das kurfürst=
liche Haus zu bezeigen, und so entwickelte sich zwischen dem
Großen Kurfürsten und ihm ein Verhältniß, wie es unter
Fürst und Unterthan kaum schöner gedacht werden kann. Der
Kurfürst fühlte für Dach und seine Gedichte eine warme
persönliche Zuneigung, die er allmählich auch auf dessen Fa=
milie übertrug, und Dach erwiderte die ihm erwiesenen Gna=
denbezeigungen durch eine ehrfurchtsvolle Liebe, deren Hin=
gebung und Innigkeit über das gewöhnliche Unterthanenver=
hältniß weit hinausging. Der Kurfürst konnte nicht in
Königsberg sein, ohne daß er Dach zu sich entbieten ließ; häufig
wurde auch die Frau zugezogen, und später als die Kinder
heranwuchsen und früh ihr musikalisches Talent entwickelten,

Simon Dach.   b mußte die ganze Familie auf dem Schlosse erscheinen und vor ihm musiciren. Doch seinerseits ließ kein Ereigniß in der kurfürstlichen Familie vorübergehen, ohne durch ein Gedicht seine Freude oder seine Theilnahme auszusprechen, und diese Gedichte werden trotz ihrer vielfach schwülstigen Ausdrucksweise, die ihren poetischen Werth für die Gegenwart allerdings herabmindert, stets ein schönes Denkmal inniger und hingebender Unterthanenliebe bleiben. Das Höchste, was es auf Erden für Dach gab, war sein Kurfürst und das kurfürstliche Haus; aber er verehrte in ihm nicht den großen Fürsten und Kriegshelden, er pries nicht die Großthaten, von denen die Welt erfüllt war, sondern seine Gefühle waren rein persönlicher Art, er liebte seinen angestammten Landesherrn und das ganze Herrscherhaus, und er besang die Familienereignisse desselben, Geburtstage, Hochzeiten und Todesfälle. Dach war eine so durchaus subjectiv angelegte Natur, daß es unmöglich ist, für sein Leben, Handeln und Dichten irgendwelchen weitern Hintergrund zu finden: den großen kirchlichen Streitfragen, welche damals die Gemüther erregten, stand er fern, mit der einen Partei so friedlich wie mit der andern verkehrend; ebenso fremd blieb er den tiefgehenden politischen Händeln seiner Zeit, sogar den Zerwürfnissen zwischen dem Kurfürsten und der Stadt Königsberg, die ihn doch nahe genug angingen; und auch von den sein ganzes Jahrhundert aufwühlenden Kriegsereignissen findet sich in seinen Gedichten kaum eine andere Spur als der Ausdruck der Befriedigung darüber, daß die Heimat von der Kriegsnoth verschont geblieben war. Nur die pestartigen Krankheiten, die in Königsberg und ganz Preußen so entsetzliche Verheerungen anrichteten, machten einen tiefen Eindruck auf ihn, aber hauptsächlich weil er selbst von ihnen ergriffen wurde und vor ihnen flüchten mußte, weil sie seine liebsten Freunde hinwegrafften, und weil das unaufhörliche dumpfe Tönen der Todtenglocken ihm ins Herz drang. Neben diesen erschütternden Eindrücken des Todes ist es dann das Verhältniß zu seinem Fürsten, das seinem Leben und Dichten allgemeinern Inhalt verleiht; doch war auch dieses Verhältniß, wie wir gesehen haben, ein auf persönlichem Empfangen und Geben beruhendes, ein seltenes Bild patriarchalischer Anhänglichkeit und Verehrung.

Und man kann dem Dichter aus dieser in seiner Naturanlage begründeten und durch den Gang seines ganzen Lebens zur Ausbildung gebrachten Eigenschaft keinen Vorwurf machen. Zum größten Theile von innen heraus entwickelt, im Mittelpunkte eines liebenden, treuen Freundeskreises stehend, dabei durch Krankheit oder Kränklichkeit fortwährend auf sich selbst verwiesen, konnte es kaum anders sein, als daß ihn die großen wie die kleinen Zeitereignisse nur so weit berührten, als er selbst von ihnen betroffen wurde, und ich meine, wir haben dieser scharf ausgeprägten Subjectivität gerade die größten Schönheiten seiner Gedichte zu verdanken. Sie bildete das nothwendige Gegengewicht gegen den Zwang, unter dem die meisten seiner Gelegenheitsgedichte entstanden; er versuchte aus sich heraus zu dichten, auch wenn er ganz fremde Personen besingen mußte, und daher kommt es, daß so viele seiner Lieder trotz ihrer casuellen Entstehung den Stempel freier künstlerischer Schöpfung tragen, während andere, bei denen das Gelegenheitliche nicht zu beseitigen war, eine schroffe, scharf getrennte Nebeneinanderstellung des aus seinem Innern Geflossenen und des von außen Hinzugetragenen erkennen lassen.

Ruhig und friedlich lebte Dach im Kreise seiner Familie und seiner Freunde, fern vom Verkehr mit der Außenwelt, deren Ereignisse ihn nur berührten, wenn er sie besingen mußte; und so bleibt auch von seinem fernern Leben nur wenig Besonderes zu berichten. Er war fast immer leidend, mehrmals sogar schwer krank, aber sein Zustand besserte sich, wie das bei derartigen Kranken gewöhnlich ist, oft überraschend schnell, und er fühlte sich dann zeitweilig wieder ganz wohl und lebensmuthig. Zu Anfang des Jahres 1644 überwies ihm der Kneiphöfische Rath in der Magistergasse nahe dem ehemaligen Honigthore (jetzt Nr. 30) freie Wohnung auf Lebenszeit, wofür er in einem wahrhaft rührenden Gedichte dankte. In demselben Jahre dichtete er zur hundertjährigen Jubelfeier der Universität das Singspiel „Prussiarchus", später „Sorbuisa" (Anagramm von „Borussia") genannt, welches am 21. September mit Heinrich Albert's Musik von Studenten im großen Auditorium aufgeführt und am 9. Mai 1645 in Gegenwart Maria Eleonorens, der Witwe Gustav Adolf's, vor dem kurfürstlichen Hofe im Schlosse wiederholt wurde.

Im Jahre 1646 begann der Tod unter dem Freundes-kreise aufzuräumen; um nur die Bedeutendsten zu nennen, so starb am 14. September des genannten Jahres Stobäus, am 6. November 1647 Christoph Wilkau, am 18. April 1648 Georg Blum; aber der härteste Schlag traf Dach, als er am 7. April 1648 auch seinen Robertin verlieren mußte, den er liebte wie die eigene Seele. Er verfiel infolge da-von in eine schwere Krankheit, die ihn selbst dem Tode nahe brachte, hatte aber noch Kraft genug, ein lateinisches und ein 35 Strophen langes deutsches Klaggedicht zu schreiben, die beide am 11. April, dem Beerdigungstage Robertin's, bereits gedruckt vorlagen.

Im Jahre 1649 verheerte eine Pest das Land, an der Dach im folgenden Jahre ebenfalls erkrankte und der viele seiner Freunde erlagen. In dieser Zeit durchreiste er, um sich vor der Seuche zu retten, den Einladungen adelicher Gönner folgend, mit Frau und Kindern fast ganz Preußen, und eine Reihe von Danksagungsgedichten bezieht sich wahr-scheinlich auf diese Reise, obgleich er auch sonst häufig kleine Erholungstouren machte. Von seinen nächsten Freunden ver-lor er am 10. October 1651 Heinrich Albert, am 4. Fe-bruar 1652 Ambrosius Scala, und seitdem begegnen wir in Dach's Gedichten nur noch schmerzlichen Erinnerungen an die vergangenen schönen Zeiten. Nach Robertin's Tode schloß er sich enger an den kurfürstlichen Rath Rotger zum Bergen an, auch gewann er noch manchen neuen Freund, namentlich unter dem preußischen Adel, dem er durch den Verkehr mit der kurfürstlichen Familie und andern fürstlichen Personen näher getreten; aber er selbst war doch nur noch eine Ruine, und es ging rasch mit seinem Leben abwärts.

Schon im Jahre 1654 brachte ihn eine neue Krank= heit an den Rand des Grabes. Von dem Gedanken ge= quält, daß er Weib und Kinder unversorgt zurücklassen müsse, richtete er an den Kurfürsten eine Bittschrift, in welcher er denselben anflehte, im Falle seines Todes das ihm be= willigte Gnadengehalt von 400 polnischen Gulden nebst einem Deputat an Getreide und Holz seiner Witwe auf Lebens= zeit zu belassen. Das Gesuch wurde am 6. August mit einem Berichte der Oberräthe überreicht, worauf der Kur= fürst sich auch bereit erklärte, sowol Dach wie eintretenden Falles seiner Witwe eine Gnade zu erweisen; doch hielt er den beantragten Modus für bedenklich und forderte die Oberräthe auf, ihm einen andern Vorschlag zu unterbreiten. Nun suchte Dach das Regierungscolleg dafür zu gewinnen, daß ihm noch bei seinen Lebzeiten für sich und seine Erben ein kleiner Landbesitz geschenkt werde. Die Oberräthe gingen auf den Antrag ein und überreichten am 23. October ihren Bericht darüber, dem eigenhändige Bitten Dach's in Prosa wie in Versen beigefügt waren. Letzteres geht aus einem spätern, undatirten Gesuche desselben hervor, und sein be= kanntes Lied „Held, zu welches Herrschaft Füßen" muß deshalb ins Jahr 1654 gesetzt werden, obgleich es erst 1657 gedruckt ist. Indessen scheint dieser Antrag damals nicht den Beifall des Kurfürsten gefunden zu haben, denn er forderte am 16. März 1655 abermaligen gutachtlichen Bericht, auf welche Weise der Ehefrau Dach's nach dessen Tode eine Gnade zu erweisen wäre. Allein auch damit gelangte die Sache noch zu keinem Abschlusse. Dach ließ jedoch seinen

Plan nicht fallen und erreichte es nach einigen Jahren wirk=
lich, daß er mit 10½ Hufen Landes beschenkt wurde. Die
Schenkung muß vor dem 16. Februar 1658 erfolgt sein, weil
Dach in dem Gratulationsgedichte zum Geburtstage des Kur=
fürsten aus diesem Jahre seinen Dank dafür ausspricht; die
Schenkungsurkunde aber ist erst am 3. September 1658 aus=
gefertigt worden.

Leider sollte er sich des seit Jahren ersehnten Besitzes
nicht lange erfreuen; seine Krankheit, wahrscheinlich Schwind=
sucht, nahm mehr und mehr zu, und am 15. April 1659
in der ersten Morgenstunde starb er, ruhig und gottver=
trauend wie er gelebt, tief betrauert von hoch und niedrig,
wie die zahlreichen, zu seiner Beerdigung erschienenen Leichen=
gedichte und sonstigen Veröffentlichungen beweisen. Sein Leib
ruhte in dem Professorengewölbe an der Nordseite des Doms,
bis der Platz im Jahre 1809 zu dem neuen Anbau verwandt
wurde, welcher den Namen Stoa Kantiana trägt.

Zur Vervollständigung, Erläuterung und Belebung unserer
Skizze von Dach's Leben soll die vorliegende Auswahl aus
seinen Gedichten dienen. Das Bild würde aber nicht er=
schöpfend und abgerundet sein, wenn wir nicht eine Reihe
von Bruchstücken aus solchen seiner Gelegenheitsgedichte vor=
angehen ließen, die ebenfalls Material zur Charakterisirung
des Dichters enthalten, ohne daß sie sich zur vollständigen
Aufnahme in den Text eigneten. Die erste Gruppe derselben
bezieht sich auf sein Dichten und Schaffen. Sie mag durch
eine Mittheilung in der handschriftlich erhaltenen Lebens=
beschreibung Dach's von dem Königsberger Professor Bock
eingeleitet werden. Dieser spricht sich darin auf Grund von
Dach's literarischem Nachlasse über die Sorgfalt, mit welcher
er trotz häufig drängender Eile seine Gedichte durchzuarbeiten
und auszufeilen pflegte, S. 48 folgendermaßen aus: „Auf seine
Arbeiten wandte Dach Fleiß und Mühe an, wie dies aus
seinen Concepten erhellet, allwo man sehr viele Zeilen durch=

strichen und andere übergezeichnet findet. Manche Strophen hat er wohl dreymahl verändert, bis er sie in einen rechten Fluß gebracht, wodurch er gewiesen, daß die Verse, sowie die Bluhmen, viel Wartens und Mühe erfordern. So hat z. B. das Lied «O Christe, Schutzherr» 2c. im Anfange also geklungen:

> O Christe, Schutzherr deiner Glieder,
> Du Arbeits=Trost, du Gott der Ruh,
> Du machest hier auf Erden wieder
> Des Tages Fensterladen zu,
> Zeuchst uns, deinen Schafen,
> Daß wir sicher schlafen,
> Eine Decke für,
> Stehest zu verhüten,
> Daß kein Fehl noch Wüten
> Uns die Nacht berühr."

Doch selbst hat sich in seinen Gedichten sehr häufig über seinen Dichterberuf ausgesprochen; oft war er völlig davon überzeugt und durchdrungen, aber ebenso oft zweifelte er auch daran, sich an die Eitelkeit alles irdischen Ruhmes erinnernd. So schreibt er am 24. November 1643 zur Beerdigung des Balthasar von Brunnen:

> Ist etwas, worauf ich nun wol
> In dieser Welt mich gründen soll,
> Wann, edle Seel', auch deine Sachen,
> Wie groß sie scheinen, eitel sind?
> Ich suche mich berühmt zu machen,
> Ich Armer, durch Papier und Tint',
> Ergebe mich gelehrten Sorgen
> Biß in die Mitternacht hinein,
> Bin emsig gleichfalls, um den Morgen
> Der erste wieder auf zu sein,
> Weiß Tag und Nacht nicht Ruh zu nehmen,
> Biß daß ich gleich geh' einem Schämen*).
> Wozu doch, weil gar nichts besteht?

Dagegen singt er noch am 15. Februar 1646 in einem beim Tode der Frau Sophie Buchius geb. Starck an deren

---

*) Schemen, Schatten.

Schwiegersohn Andreas Hollender gerichteten Liebe mit fast jugendlicher Ruhmbegier:

> Kann mir die Poesie das Ziel
> Des kurzen Lebens weiter stecken,
> O, mein Herr Hollender, ich will
> Die höchsten Kräfte hieran strecken.
>
> Kein süßer Schlaf, kein Spiel, kein Wein,
> Die Kinder, sonst mein Zeitvertreiben,
> Mein Lieb soll mir so lieb nicht sein,
> Als zwar berühmte Lieder schreiben.
>
> Mein Fleiß ließ auf der steilen Bahn
> Der Weisheit nichts fast unerstiegen,
> Biß daß ich würd' ein weißer Schwan
> Und in den Himmel könnte fliegen.

und am 26. Februar 1648 an Graf Gerhard zu Dönhoff:

> Ich bin nun gute Zeit gesessen
> Hier um des linden Pregels Rand,
> Schlecht, still, nur Gott und mir bekannt;
> Ihr Reime, was thut ihr indessen?
> Ihr macht der Welt mich offenbar,
> Mehr als mein Wunsch und Hoffnung war,
> Tragt meinen Ruhm auf schnellen Flügeln
> Ohn' mein Verdienst, ohn' mein Bedacht,
> Von Odoakers reichen Hügeln
> Biß in die kalte Mitternacht.
>
> Ihr sichert mich, daß, nimmt die Erde
> Mein Fleisch und mein Gebein nun hin,
> Mein zeit= und todbefreiter Sinn
> Am meisten dann erst leben werde,
> Schenkt Trost, wenn mich Glücksfall und Welt
> Mit einem Wetter überfällt;
> Ob Lieb' und Treu' mir Händel machen,
> So setzt doch ihr nicht von mir ab,
> Ihr lehrt mich zwingen und verlachen
> Mein ganzes Elend und mein Grab.
>
> Wo mich die Furcht nicht hin läßt kommen,
> Da geht ihr treulich vor mir her
> Durch Volksgedräng' und durch Beschwer,
> Daß ich gewünscht werd' aufgenommen.
> Daß mich mein Kurfürst liebt, hat mir
> Erworben Gott und nachmals ihr.

Was säumt ihr jetzt, mich anzumelden?
Und ist es recht, daß ich allein
Bei diesem mächtig-großen Helden
Soll gänzlich ausgeschloßen sein?

sowie am 1. August 1658 zur Hochzeit von Johann Oeder
und Sophie Fehrmann:

Und, Herr Bräutgam, du allein
Solltest ohn' ein Brautlied sein?
Deine werthen Brüder beide,
Auch die ihm Herr Siegler heim
Führte, hatten meinen Reim
Gern bei ihrer Hochzeit-Freude.

Reime sind in dieser Welt
Das, wozu mich Gott bestellt.
Andre haben sonst zu schaffen,
Einer denkt den Degen an,
Wird ein wilder Kriegesmann
Und versucht es mit den Waffen.

Andre schauen fleißig auf,
Hat der Landmann was zu Kauf,
Wollen reich vom Handel werden;
Jener schifft die wüste Flut,
Dieser pflügt sein Vatergut
Und beliebt den Bau der Erden.

Mancher will ein Jäger sein,
Fället hie ein wildes Schwein,
Dort ein Reh mit schnellen Hunden;
Dieser liebt das Saitenspiel,
Jener hält von Venus viel
Und verbringt mit ihr die Stunden.

Mein Gewerb und Handel sind
Reime, die Latonen Kind
Mir in Preußen anbefohlen;
Daß er deutsch kann, dankt er mir,
Ich erst hab' der Musen Zier
An den Pregel müssen holen.

Dieses, seh' ich, ist der Stand,
Welchen Gott mir zuerkannt.
Andre mögen mich verlachen,
Daß ich dieses treib' ohn Ruh',
Ich will gleichwohl immerzu,
Was mein Werk ist, Lieder machen.

Wie Dach gekämpft hat, das handwerkmäßige Gelegen=
heitsdichten von sich zu werfen, ward schon vorher erwähnt;
hier einige Belege dazu. Im Jahre 1646, am 6. März,
schrieb er in einem Gedichte auf den Tod Andreas Schmitner's:

So sollst du nun auch Anstand machen
Mit deinen Reimen, hub ich an,
Und vor dich nehmen andre Sachen;
Laß Lieder schreiben, wer da kann.

Gewaltig Lob wird dir es bringen,
Daß sich dein Fleiß so dienstbar hält
Und alle Leichen muß besingen,
Als wärst du hierzu nur bestellt.

Leg hin die Feder und laß bleiben,
Was dir nicht großen Vortheil giebt,
Und willst du dann ja etwas schreiben,
Erheb den Helden, der dich liebt.

Und hiervon wär' ich nicht gewichen,
Als hierauf mir zu Ohren fährt,
Herr Schmitner ist anjetzt verblichen;
Ist er nicht eines Liedes werth?

Soll er von dir kein Denkmal haben,
Soll, gleich der Aschen und Gebein,
Auch sein Verdienst und werthe Gaben
In ein Grab mit verscharren *) sein?

Wozu wird anders euch Poeten
Der Geist vom Himmel selbst gerührt,
Als daß ihr aus den Sterbensnöthen
Das Lob der wahren Tugend führt?

Ihr sollt Fluch, Tod und Hölle dräuen
Den Lastern der verkehrten Zeit,
Die Unschuld aber auch erfreuen
Mit Lobe, Dank und Seeligkeit.

Was sollt' ich thun? Durch meine Lieder
Empfind' ich auch sonst Lieb und Treu;
Ich stimme meine Saiten wieder
In eine Trauermelodei.

---

*) verscharrt.

ferner zu Anfang des Hochzeitsgedichtes an Michael Lindner vom Jahre 1647:

Ich mein', ich habe biß anher
Ein ehrlichs müßen geigen,
Als wär' ich ganz leibeigen;
Jetzt wird mir auch die Hand zu schwer.

Ich kann die Finger nicht mehr rühren,
Mir starret Sinn und Fleiß,
Für steter Arbeit weiß
Ich auch den Bogen nicht zu führen.

Erbarmt sich Keiner über mich?
Das beste Pferd ist blieben,
Wenn man es übertrieben;
Metall und Stein vernützen sich.

Ich weiß auch von den reichsten Bächen
Daß sie erschöpfet sein,
Und mir nur soll allein
Es an Erfindung nie gebrechen.

Komm, Fastnacht, komm; bist du vorbei,
So hoff' ich nach Begnügen
Ein wenig Luft zu kriegen,
Damit ich was mein eigen sei.

Dann stellt man ein die Heirathsachen;
Indessen will ich dir,
Der Treu und Demuth Zier,
O Bräut'gam, noch dies Liedchen machen.

Ebenso zur Hochzeit von Johann Michel und Katharine Wolder, am 5. Juni 1651:

Wer sollt' es können gläuben,
Daß alle Fertigkeit
Im Singen oder Schreiben
Mir abliegt *) manche Zeit?
Mein Geist geht wie in Ketten,
Und wüßt' ein guter Reim
Das Leben mir zu retten,
So ist er nicht daheim.

---

*) fehlt.

Seht, jetzund zürnt ihr wieder
Aus bloßem Eigenwahn,
Ich fleh' euch, meine Lieder,
Ihr kehrt euch nicht daran.
Kein Adler gleicht im Fliegen
Bißweilen eurer Fahrt,
Bißweilen bleibt ihr liegen
Und habet Schnecken-Art.

und zum Schlusse, nach der eigentlichen Gratulation:

Wolan, mit dem Bescheide
Bleibt, Reime, wer ihr seid,
Ihr oftmals meine Freude
Und oftmals auch mein Leid.
Seid hin *) mir ungewogen,
Ich bin nun gnug bekannt,
Gebt, wem ihr wollt, den Bogen,
Ich häng' ihn an die Wand.

Am 16. October 1652 an Sigismund Scharff:

Wohin soll ich mich endlich kehren
Für aller Noth, für allen Zähren,
Die ich muß bringen zu Papier?
Wo wird es doch hinaus mit mir?

Ihr, die ihr je den Sinn gewetzet
Und eure Feder angesetzet,
Ein Lied zu bringen an den Tag,
Das vor der Kunst bestehen mag,

Und habet mein geringes Wesen
Die kurze Zeit nur her gelesen,
Seid Richter, ob ich etwas thu
Und Tag und Nacht empfinde Ruh.

Ich weiß es, ihr beklagt mich Armen
Und tragt mit meiner Last Erbarmen;
Thut ihr es nicht, muß Marmelstein
Um euer Herz geleget sein.

Am 4. Juli 1653 beim Tode Heinrich Rothhausen's:

Fang, Musa, doch nur wieder an
Dein Trauerspiel zu rühren,
Weil ich um einen werthen Mann
Betrübt muß Klage führen.

---

*) fernerhin.

Drei Wochen, halt' ich, sind kaum hin,
Daß ich kein Lied geschrieben,
Anjetzt wird durch den Tod mein Sinn
Schon wieder angetrieben.

Ich höre gnug, wie nah und weit
So Mancher ist verfahren,
Des Abschied sich in kurzer Zeit
Mit meiner Hand soll paaren.

Halt dich, o meine Feder, wol
Und tapfer an mit Schreiben,
Dieweil ich, ein Ixion, soll
Dies Rad ohn Ende treiben.

Es hat vielleicht noch Mancher hier
Lehr' oder Trost zu fassen,
Denn anders könnt' er wol dafür
Das Geld im Beutel lassen.

Saugt gleich der Neid das Gift daraus,
Wie die verhaßten Spinnen,
Wenn eine Biene für ihr Haus
Nur Honig kann gewinnen.

Beim herannahenden Alter, am 18. Januar 1655 schrieb
er in dem Hochzeitsgedichte an Gerhard Benckendorff und
Regina Stein:

Erst hab' ich auch geschrieben,
Wozu der Jugend Spiel
Und Blüte mich getrieben,
Der Lust und Kurzweil viel,

Von Lieb' und eiteln Sachen,
Der süßen Venus Reich;
Man kann nicht allzeit lachen,
Die Zeiten sind nicht gleich.

Jetzt mag die Jugend scherzen,
Der steht es besser an;
Mir geht kein Spiel zu Herzen,
Ich bin schon längst ein Mann.

Von Gott und Tugend-Dingen,
Der schnöden Laster Zwang
Und sonst, was Nutz kann bringen:
Nur dies ist mein Gesang.

Nur hiervon will ich schreiben,
Das andre laß ich sein,
Dies wird mir baß bekleiben *)
Als Liebe, Tanz und Wein,

Als Lust, die leicht verschwindet.
Ein Reim, der für die Zeit
Mit Gotte sich verbindet,
Schmeckt nach Unsterblichkeit.

Den laßet euch gefallen,
Herr Bräutgam, Jungfrau Braut,
Auf die anjetzt für allen
Sorgfältig wird geschaut.

Im Februar 1658 hatte er sich völlig in das unab=
wendbare Geschick gefügt, ja er ergriff die Saiten mit neuem,
frischem Muthe. So ruft er am 25. Februar bei Joachim
Capobius' Tode:

Ihr abgenutzten Saiten,
Durch diesen Zwang der Zeiten,
Ich bitt' euch, haltet aus,
Nun ich muß merklich alten;
Wollt ihr mich nicht erhalten.
Wo bleibt mein armes Haus?

Den Namen, den ich führe,
Dies Gute, so ich spüre,
Wie wenig es mag sein,
Daß mich kein Krieg vertrieben,
Ich nicht bin aufgerieben,
Das dank' ich euch allein.

Drum bleibet mir gewogen,
Vermählt euch mit dem Bogen,
Den ich nehm' in die Hand
Und führ' ihn fast geschwinde,
Wiewol ich um euch winde
Ein schwarzes Trauerband.

und am 28. Februar, beim Tode der Frau Christine Re=
gina von Hohndorff:

Ihr güldnen Saiten, meine Zier,
Und Geige, die Apollo mir

---

*) bleiben, dauern.

Aus Liebe wollen schenken,
Anjetzt hab' ich noch Ursach nicht,
Euch wegzuthun aus dem Gesicht
Und an die Wand zu henken.

Vor war ich es zu thun gemeint,
Als Mars, der Künst' und Saiten Feind,
Hie führte seine Waffen,
Und für dem Blut= und Mordgeschrei
Mit eurer schwachen Melodei
Gar wenig war zu schaffen.

Jetzt sing' ich wieder wie zuvor.
Das arme Land beginnt sein Ohr
Mir wiederum zu reichen;
Melpomene, die mich geliebt,
Kömmt wiederum hervor und giebt
Sich unter Pallas' Zeichen.

Ein anderer, gleichfalls bis in Dach's letzte Lebens=
jahre hinneinreichender Kampf war der um die Herrschaft
der deutschen oder der lateinischen Sprache in seinen Ge=
dichten. Die Neigung trieb ihn der lateinischen, die Noth=
wendigkeit der deutschen Dichtung zu, und letztere behielt
schließlich die Oberhand, sodaß er in spätern Jahren außer
den ihm amtlich obliegenden Festprogramm=Dichtungen nur
noch selten lateinische Verse schrieb. Die älteste Spur dieses
Kampfes tritt schon im Jahre 1634, in einem Hochzeits=
gedichte an Reinhold Robert und Maria Lang vom 21. No=
vember hervor:

Phöbus ist mir ungewogen,
Amor zürnet als sonst nie
Wie auch Venus, daß ich sie
Durch Betrug hab' aufgezogen
Und gesagt, ich wollt' hinfort
Mich der deutschen Reim' enthalten
Und, o Rom, mich nach den Alten
Brauchen deiner Red' und Wort.

Und die Wahrheit recht zu sagen,
War dies einig schon mein Sinn,
Daß ich mich nicht mehr forthin
Wollte so mit Reimen plagen,

Sondern darauf einig gehn,
Was du, edles Rom, geschrieben,
Und von dir uns hinten blieben,
Du verständiges Athen.

Aber seht, was will ich machen?
Ihr, Herr Bräut'gam, reizt mich an,
Führt mich auf die alte Bahn
Und zu meinen alten Sachen;
Eurer Gunst geneigter Wind
Will mein Schiff und Segel führen,
Wo mein Port ist nicht zu spüren
Und mir aller Muth zerrinnt.

Phöbe, laß mich's nicht entgelten,
Ich bin außer aller Schuld;
Venus, habe doch Geduld;
Amor, laß von deinem Schelten!
Mein Gemüt ist unverletzt,
Ob gleich gute Freund' und Brüder
Machen, daß ich euch zuwider
Jetzt die Feder angesetzt.

Nachmals will ich baß mich hüten,
Wie mir immer möglich ist,
Daß mich keiner Freunde List
Euch zuwider soll erbitten;
Nichts als Griechisch und Latein,
Welches baß uns pflegt zu ehren
Und die Weisen lieber hören,
Soll hinfort mein Dichten sein.

Aehnlich schreibt er auf den Tod von Marie Derschow
am 19. November 1652:

So ist, Herr Müller, dies dein Sinn:
Es werde mein Gesang bekleiben,
Und ich könn' eurer Schwägerin
Ein unvergänglich Denkmal schreiben?

Nein, so verwegen bin ich nicht;
Ja wenn ich deine Jamben hätte,
So flöge müglich *) mein Gedicht
Mit tausend Jahren um die Wette.

---

*) möglicherweise.

Du windst aus dir sie nach und nach
In einem unverwirrten Faden,
Sie sind gleich einem güldnen Bach,
In dem sich Lieb' und Anmuth baden.

Das wird Zum Bergen mir gestehn
Und Caldenbach nicht leicht verneinen:
So scheint Catull herein zu gehn,
Nur Keuschheit wohnt auch in den deinen.

Auch ich sing' in die Welt hinein,
Man will es bei den Leichen haben,
Daß für dem Deutschen mein Latein
Wird leider endlich mit begraben.

Ich habe nun auch mit der Zeit
In solcher Anzahl meine Sachen,
Daß mancher nach Gelegenheit
Könnt' einen Jahrmarkt davon machen.

Doch ob von Allem ingemein,
Wenn ich nun faul' in meiner Erden,
Ein gutes Lied werd' übrig sein,
Dafür kann ich nicht Bürge werden.

Erst mehrere Jahre später scheint er sich darein gefunden
zu haben, daß die deutsche Sprache den Sieg behielt; wenigstens schreibt er am 21. Juni 1655 an Theodor Wolder:

Nunmehr kann ich doch nicht wenden
Meiner Satzung festen Schluß:
Bei den deutschen Reimen muß
Ich mein Leben nunmehr enden.
Mir sind Reim' Ixions Pein,
Tantals Strom und Sisyphs Stein.

Dieses tröstet mich daneben,
Daß sie mir dennoch zur Noth
Bis anher mein Stückchen Brod
Still mit Gott und Ehren geben,
Sammt dem Zeugnis, daß dabei
Auch kein Schilling unrecht sei;

Nachmals, daß sie mir gewähren,
Was ich meinen Freunden kann,
Seh' ich ihre Gutthat an,
Für die Liebe wiederkehren,
Anzuzeigen meinen Sinn,
Daß ich feind dem Undank bin.

Simon Dach.   c

Die außerordentliche Beliebtheit, deren Dach sich gerade seiner deutschen Gedichte wegen zu erfreuen hatte, ließ ihm übrigens schon frühe Neider und Gegner erstehen. Zuerst wurde ihm der Vorwurf gemacht, daß er wol in deutscher, nicht aber in lateinischer Sprache dichten könne; ein Vorwurf, der ihn um so tiefer verletzen mußte, als er gerade auf seine lateinischen Gedichte den höchsten Werth legte, und er benutzte daher im Jahre 1639 die Hochzeit Siegmund Weier's, um dem Widersacher in glänzenden lateinischen Versen entgegenzutreten und durch die That zu beweisen, wie vollständig er der lateinischen Dichtung mächtig sei. Später wurden auch seine deutschen Gedichte angegriffen, die allerdings häufiger schwache Seiten darboten, und er benutzte auch hier bestellte Gelegenheitsgedichte, um sich zu vertheidigen und zu rechtfertigen. So schreibt er zur Beerdigung von Anna Hempel, geb. Bredelo, am 12. Januar 1653:

Was thu' ich? Schreib' ich oder nicht?
Man hat mir neulich mein Gedicht,
Ist mir es recht zu Ohren kommen,
Zu sehr verächtlich mitgenommen.

Vor erbarn Ohren trag' ich Scheu
Zu melden, wo es gut zu sei.
Was größer Schmache kann auf Erden
Der edlen Kunst erwiesen werden?

Die von dem Höchsten selber rührt
Und Geist und Himmel mit sich führt,
Die bleiben wird in jenem Leben,
Die hie dem Tod uns kann entheben,

Durch welcher Kraft wir manchen Held
Noch kennen aus der alten Welt,
Die manchen Fürsten fortgerißen,
Daß er auf sie sich hat beflißen.

Die unsre Noth begabt mit Ruh'
Und schleußt das Thor der Sorgen zu.
Ja, das Papier, das Gottes Wesen
Und Werk anmuthig giebt zu lesen,

Das seine Gnad' und Liebe singt,
Das allen Lastern Schrecken bringt,
Von dessen süßem Ton für Allen
Haus, Kirch' und Herzen oft erschallen,

Verweisen an ein schändlichs Ort:
Ist das der Tugend nicht ein Mord,
Der wilden Barbarei Gehege,
Und aller Laster Hut und Pflege?

Ihr Sinnen, die ihr dieser Zeit
Zart, geistig und empfindlich seid,
Ihr Musen, laßt nicht ungerochen
Das Urtheil, so man euch gesprochen.

Zürnt, wie ihr müßt, auf solchen Mann,
Verfolget ihn mit Fluch und Bann,
Biß er die Ehr' euch wieder giebet,
Mit welcher Raub er euch betrübet!

Ihr Seelen, voll von großer Pein,
Ihr wollt weit beßern Sinnes sein,
Sonst würdet ihr in euren Zähren
Wol meines Trostes nicht begehren.

Die werthe Frau käm' ansehnlich
In ihre Grabstätt' auch ohn mich,
Weil tausend sein vorlängst begraben,
Die keiner Verse Nachklang haben.

Wen bitt' ich in dem Land auch wol,
Auf daß er mich bemühen soll?
Ich könnte ja weit ander Wesen
Als Verse schreiben oder lesen.

Läßt mich auch ganzes Preußen sein,
Mich sucht Elb', Oder, Spree und Rhein,
Ich habe, glaubt es, Brod gegeßen
Bald fern aus Schweden, bald aus Hessen.

Ja, unsrer Lande Haupt und Licht
Begehrt oft gnädig mein Gedicht
Und hat dafür mir Brod zu leben,
So wenig ich bedarf, gegeben.

Weil aber ich zum Ueberfluß
Auf eure Bitte schreiben muß,
Muß dies Papier was mehr ja gelten,
Als dafür man es sucht zu schelten.

Durch ähnliche böse Nachrede veranlaßt, schrieb er im folgenden Jahre, 1654, den 10. Juni beim Tode von Johann Meyenreis:

Daß ich mit Reime setzen
Verderbe das Papier:
Was man davon mag schwätzen,
Ich weiß nicht Rath dafür.
Ich werd' auf allen Seiten
Besprengt *) nicht ohn' Beschwer
In Lust= und Trauerzeiten,
Wie auf der Hatz ein Bär.

Es einem zu versagen —
Oft läßt es Freundschaft nicht;
Und vielen abzuschlagen,
Verbeut Gebot und Pflicht;
Wenn oftmals Leut' erblassen,
So kömmt mir Grauen an,
Die unbesungen lassen
Ich weder muß noch kann.

Ich spinne schlechte Seide
Bei so verwirrter Zeit,
Oft ist der Andern Freude
Mir Gram und Traurigkeit.
Ist alle Welt zu Bette,
So sitz' ich oft allein
Und wach' als um die Wette
Selbst mit dem Mondenschein

Und sinne mich von Sinnen;
Indessen werd' ich nicht
Des Lebens einmal innen
Und kürze mir mein Licht.
Hab' ich an diesen Sachen
Und mein Gestirn die Schuld?
Was will ich Armer machen?
Ich wünsche mir Geduld.

Ein weiterer und allerdings nicht in allen Fällen unbegründeter Vorwurf wurde Dach daraus gemacht, daß er in seinen Leichengedichten oft Unwürdige über die Gebühr gelobt habe. Er selbst hat, wie sein Beichtiger, der Diakonus Georg Colbe, berichtet, auf dem Sterbebette diesen Vorwurf gegen sich erhoben und seine übermäßigen, oft

---

*) gehetzt, angefallen.

wahrheitswidrigen Lobeserhebungen schmerzlich bereut; aber
er führt zu seiner Entschuldigung an, daß man ihm „lügen=
hafte Zettel ins Haus gebracht habe", wenn Leichengedichte
auf ihm völlig Unbekannte bestellt worden seien, und daß er
sich habe verleiten lassen, diesen falschen Angaben Glauben
zu schenken. Daß er aber sein Lob niemals mit dem Be=
wußtsein der Unwahrheit gespendet hat, geht aus dem Ge=
dichte auf den Tod von Ursula Knobloch, geb. Langer=
feld hervor, wo er (21. Juni 1655) in der Besorgniß, die
Tugenden der Verstorbenen gar zu hoch zu rühmen, schreibt:

> Man mißt gewis mir Heuchelei
> Und Sparsamkeit der Wahrheit bei,
> Des muß ich viel verdauen;
> Mein Reim wird überall geschätzt,
> Daß ich die Wahrheit mir zuletzt
> Zu schreiben nicht tar*) trauen.

> Es ärger' aber, wen es kann,
> Ich habe keine Schuld daran,
> Was wahr ist, will ich schreiben.
> Wer meinen Reim verächtlich hält,
> Dem mich zu lesen nicht gefällt,
> Der mag es laßen bleiben.

> Ich wende seinetwegen nicht
> Mich von der Wahrheit Unterricht;
> Der Neid mag auf mich stechen,
> Sei mir und meinen Saiten feind:
> Er wird mir damit, wie er meint,
> Nicht meinen Vorsatz brechen.

Einer der wohlthuendsten Züge in Dach's Charakter ist
seine tiefe und dauernde Dankbarkeit für empfangene Wohl=
thaten. Mehrere darauf bezügliche Gedichte sind in un=
sere Sammlung aufgenommen, ich kann es mir aber nicht
versagen, hier noch eine Reihe von Bruchstücken mitzutheilen,
die von dieser Grundeigenschaft eines wirklich guten Men=
schen Zeugniß ablegen. Das erste ist am 9. September 1641
bei der Verheirathung einer Tochter des Apothekers Kaspar
Pantzer, der ihm in seiner ersten Krankheit unentgeltlich die
Arznei geliefert hatte, an diesen gerichtet:

---

*) præterit. præs. vom mhd. „turren", wagen.

Kann ich meinen Sinn auch lenken,
Daß er nicht soll dankbar sein,
Soll der Wohlthat nicht gedenken,
Die mich euch verpflichtet? Nein,
Nein, Herr Pantzer, eure Güte
Steigt zu sehr mir zu Gemüte.

O wie wol hab' ich genoßen
Eurer schönen Offizin!
Herr, aus ihr ist Kraft gefloßen
Ueber meinen Leib und Sinn,
Als die Aerzte mir zu leben
Schlechte Hoffnung wollten geben,

Als ich Gute Nacht zu sagen
Mond und Sonnen nur vermeint',
Als man anhub mich zu klagen
Und Apollo mich beweint,
Als der Tod mit wilden Schmerzen
Feindlich eingriff meinem Herzen.

Das, wodurch ich bin genesen,
Hat mir eure Kunst gewährt,
Die so gütig doch gewesen,
Daß sie nichts dafür begehrt,
Ohn' daß ich, dafern ich wollte,
Dieses Brautlied schreiben sollte.

Nun, ich nehm' auch schon den Bogen,
Meine Saiten klingen rein,
Sind in solchen Ton gezogen,
Der nicht kann als lieblich sein;
Erato für allen Dingen
Suchet mit mir einzusingen.

Herr, ihr sollt von mir erwarten,
Weil ich lebe, Dank und Preis,
Der ich denen, die Gelahrten
Hold sind, wohl zu lohnen weiß —
Nicht mit Golde, sondern Sachen,
Die der Schätz' und Güter lachen.

Verse können auch was gelten,
Sind sie geistreich nur gesetzt,
Will man hie gleich auf sie schelten,
Sie nicht sonders gültig schätzt
Und gedenket, der Poeten
Sei jetzt nicht so sehr vonnöten.

Jener Kaiser hatt' erlesen
Ihm den Benusiner Schwan,
Der sich durch kein ander Wesen
Als durch Verse kund gethan,
Daß auch er durch ihn auf Erden
Nur berühmet möchte werden.

Zwar für Durst und Hunger dienen
Die berühmten Lieder nicht,
Nicht für Hitz' und Kält'; ob ihnen
Darum aller Nutz gebricht?
Kann an ihren schönen Weisen
Sich nicht Herz und Seele speisen?

Nicht zu sagen, daß sie kriegen
Wider die Gewalt der Zeit,
Alle Todesmacht besiegen,
Daß sie der Vergeßenheit
Unser Thun mit Nacht und Schatten
Zu bedecken nicht gestatten.

Sie verweisen aus der Seelen
Die verfluchte Sorgen = Rott',
Heben noch in diesen Höhlen
Gott in uns und uns in Gott,
Daß wir dort der Himmelsgaben
Hier schon einen Vorschmack haben.

Was kann mehr das Herz erquicken,
Bringen größern Trost uns bei,
Mehr den Geist hinauf verschicken,
Da er stets wie Bürger sei,
Mehr durchgehn des Herzens Pforte
Als ein Klang gereimter Worte?

Keiner starken Schleusen Fälle
Können so gewaltsam sein,
Und kein Sturm bricht so durch Wälle,
So durch Thor' und Mauern ein,
Als uns weise Lieder zähmen
Und den Sinn gefangen nehmen.

Ihr, mein Freund, Herr Pantzer, habet,
Wie ich merk', es wol erkannt,
Darum hat mich auch begabet
Eure diesfalls freie Hand,
Der dies Lied vielleicht gedenket,
Sind wir längst schon eingesenket.

Herr, ich kann versichert bleiben,
Und mein Herz sagt mir es zu,
Unser wird noch was bekleiben,
Gehn wir zehnmal gleich zur Ruh;
Ja das Beste, was wir haben,
Bleibt nach uns wol unbegraben.

Drum wolauf! Mit dem Bescheide
Laßt uns trutzen Haß und Neid,
Lasset uns in Lieb' und Leide
Recht gebrauchen aller Zeit,
Die auf stetem Wechsel stehet,
Fröhlich kömmt, betrübt vergehet!

Ebenso schreibt er am 19. August 1652 beim Tode der
Frau des Professor Tinctorius, Maria geborene Schnitzlein,
die ihm viele Wohltaten erwiesen hatte, ihm auch, wie er
in einer spätern Strophe sagt, bei seiner Verheirathung
nützlich gewesen war:

Wo ich was angelesen
Zu bringen zu Papier,
Je schuldig bin gewesen,
So bin ich wahrlich hier.
Hier seh' ich Pflicht mich treiben,
Auch an der Tinte Statt
Mit meinem Blut zu schreiben;
Wüßt' ich nur dessen Rath.

Ach, aber meine Lieder,
Gemüte, Herz und Hand
Und alles sinkt mir nieder,
Ich bin mir unbekannt.
Ich will mich unterwinden,
Der Kummer läßt mich nicht
In einen Reim mich finden,
Geschweig' in ein Gedicht.

Auf den Tod von Barbara Schultz, geborenen Bierwolff,
am 24. Februar 1652:

Ich halt' euch solches gern zu gut,
Ihr Abschied kränkt mein Haus nicht minder,
Wir weinen mit betrübtem Mut,
Für allen meine lieben Kinder.

Wer nimmt sie nun so fröhlich an,
Wer wird sie nun so wol begaben?
Zu wem werd' ich in Noth fortan
Ein solches Zuvertrauen haben?

Sie war in meinem Haus erfreut,
Da sahe sie den freien Pregel,
Die Weiden, Wiesen und die Leut'
Und die vorübergehnden Segel.

Und solcher Art hat sie mich frei
Stets gegen ihr zu sein gezwungen;
Ersuch' ich denn wo ihre Treu,
So ist sie gern mir beigesprungen.

Nun ist sie hin, und ich kann ihr
Die Gutthat ewig nicht verlohnen,
Ohn' daß ich ihrer Tugend Zier
Stets laß' in meinem Herzen wohnen.

Bei der Beerdigung Daniel Polikein's am 9. October
1653:

Frau, eures Traurens Schmerzen
Um euren lieben Mann
Gehn mir so sehr zu Herzen,
Daß ich nicht schreiben kann,

Nicht, was ich wollt', verrichten;
Zwar ich gesteh' es frei,
Daß ich ihm was zu dichten
Noch mehr als schuldig sei.

Es ist mir nicht entfallen,
Was seine Gütigkeit
Mir Gutes that für allen,
Oft denk' ich an die Zeit.

Was soll ich aber machen
Bei der gemeinen Noth,
Die unser aller Sachen
Ganz umkehrt durch den Tod?

Ich weiß kein Lied zu finden,
Wie schlecht es möchte sein,
Weil Reim' und Geist mir schwinden,
Denn alles gehet ein.

Auch setzt mir durch die Glieder
Nicht schlechter Unmut zu,
Wie oft fall' ich danieder
Und komm' um alle Ruh!

Jedoch weil ich für Plagen
Nichts Gutes singen kann,
So nehmt nur meine Klagen
Anstatt des Trostes an.

Zum Begräbniß der Frau Marie von Oppen, geborenen von Mülheim, am 16. Juni 1655:

Was mich betrifft, ich würd' ein Stein
Und keiner Guttbat würdig sein,
Wann nicht ihr Tod in meinem Herzen
Erwecken sollte Gram und Schmerzen.

Erst hat sie alle Lieb' und Gunst
Erwiesen meiner schlechten Kunst,
Mein Reim ward stolz, daß er für allen
Ihr pflag nicht wenig zu gefallen.

Daher ich ihre freie Hand
Zu vielen Malen hab' erkannt,
Voraus als sich die Seuche regte
Und mich umher zu ziehn bewegte.

Was Güt' und Treu verdank' ich ihr!
Mein ganzes Haus war stets mit mir;
Sie hatte für der Pest kein Granen,
Wie man pflag damals mißzutrauen.

Man that mir auf ihr schönes Haus,
Es ließ ihr ganzes Herz sich aus;
Was niemals gnugsam wird gepriesen,
Das hat sie reichlich mir erwiesen.

Ein Werk, das mir im Herzen schwebt,
So lang ein Blutstropf' in mir lebt,
Ein Werk, das ich will immer singen
Und auf die späte Nachwelt bringen!

Sonst sei verwerflich mein Gedicht
Und sterbe bald, ich acht' es nicht,
Wenn diese Gutthat nur kann bleiben
Und, sterb' ich nun dahin, bekleiben.

In dem erhör, Apollo, mich:
Das, was ich jetzund setze, sprich,
Daß wider aller Zeiten Toben
Es für und für sei aufgehoben!

Dieweil ich sonst nicht ohn' Verdruß
In diesem Undank sterben muß,
Und ihr nun nichts mehr kann gewähren
Als diese Reim' und treue Zähren.

Wiewol ich des versichert bin,
Gott werde dieser Gutthat Sinn,
Warum ich ihm gelebt ohn' Maßen,
An ihr nicht unbelohnet laßen.

Endlich zur Beisetzung von Barbara von Mülheim, ge=
borenen Ebert, am 2. Mai 1656:

Mein ganzes Haus soll traurig sein,
Man überliefert das Gebein
Der Frau von Mülheim heut' der Erden!
Ihr, meine Kinder, seid betrübt:
Die solche Lieb' an mir geübt,
Die wird nicht mehr gefunden werden!

Wo ist die Huld und Freundlichkeit,
Die sie erwiesen jederzeit?
Sie pflag mich jährlich zu begaben;
Ihr wißet, als der Pest Gefahr
So Manchen hin bracht' auf die Bahr',
Wie wir da ihr genoßen haben.

Eine letzte Gruppe von Bruchstücken bezieht sich auf
Dach's Gesundheitszustand. Seiner ersten schweren Krankheit
in den dreißiger Jahren ist schon früher gedacht worden; er
erholte sich niemals vollständig von derselben, aber es gab
doch Zeiten, in denen er weniger an seinem Uebel litt. So
schreibt er zur Hochzeit von Ahasverus Schmittner und
Regina Fahrenheidt am 22. October 1642:

Sollt ihr ohn' meine Saiten
Zur andern Heirath schreiten,
Herr Doctor? Zeig' ich nicht
Euch hier auch meine Pflicht?

Der ersten Hochzeit Wesen
Wollt' Etwas von mir lesen,
Wann ich gedenken kann,
So griff ich mich auch an.

Der Tod riß eure Flammen,
O großes Leid! von sammen;
Mein Klag- und Trauerschall
Beweint' auch solchen Fall.

Was soll ich anders machen
Bei den verwirrten Sachen
Der immer tollen Welt,
Die sich für klug nur hält,

Nachdem man mir gegeben,
Am Pregel-Strom mein Leben
Zu schließen, welches mich
Ergetzet inniglich!

Hie sitz' ich ganz zufrieden,
Von Glück und Welt geschieden,
Und sehe gern und wol,
Was mir begegnen soll.

Pflegt Krankheit mich zu schwächen,
Ich kann mich ihr entbrechen
Und wende, was ich weiß,
Nur auf gelehrten Fleiß.

Ist mir was lieb und eigen,
Ich ruf' es an zu Zeugen,
Daß Faulheit niemals Statt
Bei mir gefunden hat.

Ich grüße die Poeten
Oft vor der Morgenröthen,
Des Nacht und Mondenschein
Mir wird geständig sein.

Was hab' ich sonst zu schaffen?
Mein Wesen sind nicht Waffen,
Nicht Kaufschlag *), noch durch Zank
Aufwarten vor der Bank.**)

---

*) Abgeschlossener Handel, Vertrag.
**) Gerichtsbank.

Kein Mensch hat mich gesehen
Die Würfel trieglich drehen;
Liebt Jemand Kartenspiel,
Ich halt' auf den nicht viel.

Auch pfleg' ich Schwelgereien
Dem Diebstahl gleich zu scheuen;
Die Schnecke liebt ihr Haus,
Auch ich geh' ungern aus.

Daß ich nicht Bücher schreibe
Und gern vergeßen bleibe?
Was ist nicht gnug bekannt
Durch weiser Leute Hand?

Weit beßer ist es, schweigen,
Als lahm und bäurisch geigen,
Voraus wann dieser Frist
So scharfes Urtheil ist.

Werd' aber ich begehret,
So wird auch gern gewähret
Dem Land und dieser Stadt
Was mein Vermögen hat.

Doch schon am 14. Juli 1647 klagt er beim Tode von Georg Grube:

Denn ich bin nicht der Abderit,
Den man allzeit nur lachen sieht;
Es würd' an Athem mir gebrechen,
Der mir schon gnug vorhin gebricht,
Daß ich auch fast kein Wort kann sprechen.

und 1648 in dem Gedichte auf die Menschwerdung Christi:

O hätt' ich nur die Brust
So Luft und Athems voll, es wäre meine Lust,
Zum Hause Gottes hin mit heißer Andacht wallen
Und durch der Stimme Macht des Kindes Lob erschallen.

Wie aus dem Trostgedichte an Apotheker Schreiber beim Tode seiner Frau Anna, geborenen Fischer, vom 24. Juli 1650 hervorgeht, war er selbst von der Pest ergriffen worden; er schreibt:

Ich käme gern auch hie zu statten
Und wollte solchem Schmerze rathen,
Das Fieber aber hält mich noch
An seinem allzustrengen Joch.

Ist gleich mein böser Tag vergangen,
So will ich dennoch Kräfte fangen,
Die mir der gute kaum gewährt:
So sehr hat mich die Pest beschwert.

Es ist ein jämmerliches Leben,
Der schlimmen Krankheit sein ergeben,
Die einen wahrlich ärger hält
Als kein Tyrann fast in der Welt.

Willst du der Höllen Abbild wißen,
Werd' unter dieses Joch gerißen;
Hie hegt die Hitze Frost und Eis,
Der Frost imgleichen Hitz' und Schweiß.

Wo pfleget Zähneklappen, Recken,
Viel Gähnen, Schüttern sonst zu hecken,
Sammt solchem Durst, der einem schier
Zu einer Höllen gnug ist? Hier.

Ich trinke, was ich nur kann kriegen,
Und kann mit nichten mich begnügen
Und wünsche, daß das große Meer
Sich göß' in meine Gurgel her.

Im Fall ich nicht trink', hab' ich Schmerzen
Und keine Kräft' in meinem Herzen;
Wann ich im Trinken mich nicht schon',
Ist Waßersucht und Schwulst mein Lohn.

In dem Gedichte auf den Tod des Professor Michael
Behm, am 6. September 1650, klagt er, in der Genesung
befindlich:

O Eitelkeit, was setzest du
Mir Armen so ohn' Ablaß zu?
Muß ich denn nimmer von dir schweigen,
Hab' ich der theuren Zeit so viel?
Legt Diamant sich um mein Spiel,
Daß ich nur Fall und Tod muß geigen?

Es sog des harten Fiebers Glut
Mir aus den Adern alles Blut,

Du wareſt doch um mich zu ſpüren;
Ich ſchrieb, wenn gleich die Kälte mich
So ſehr zu ſchüttern pflag, daß ich
Nicht eins die Feder kunnte führen.

Jetzt ſtärkt ſich wieder die Natur,
Doch hang' ich in den Knochen nur
Und rede kaum ein Wort für Keichen;
Du aber ſtellſt dich immer ein,
Mein Dienſt muß angeſprochen ſein
Bei der bald, bald bei jener Leichen.

Doch war die Krankheit am 6. Februar 1651 vollſtändig gehoben, wo er an den bereits erwähnten Apotheker Pantzer bei der Verheirathung von deſſen Tochter Dorothea mit Profeſſor Johann Georg Straßburg ſchreibt:

Hätt' ich es auch wol gemeint,
Daß, Herr Pantzer, werther Freund,
Ich ſollt' jetzt mit euch mich freuen?
Daß ich Ortchen *), eurer Ruh,
Sollte ſchreiben, als ich thu',
Beides, Lied und Hochzeit=Reihen?

Denn ich war verzaget krank;
Wo war damals mein Geſang,
Wo die ſo beliebten Träume?
Denn es ſog die Dürr' und Glut
Aus den Adern mir das Blut,
Aus dem Sinn den Quell der Reime.

O wie oft hab' ich bedacht,
Wie ich wollte Gute Nacht
Meinem Weib und Kindern ſagen;
Wenn ich an dem Abend lag,
Meint' ich nicht, daß noch ein Tag
Mir auf morgen würde tagen.

Daß ich aber, der ich ſchon
Sahe der Verdammten Lohn
Und des ſtrengen Aeac's **) Schranken,
Kunnt' entgehn der Schatten Reich,
Hab' ich Gott, dem Arzt und euch
Auch für dieſesmal zu danken.

---

*) Dorothea.
**) Aeacus, einer der Richter in der Unterwelt.

Im Jahre 1653 drohte die Pest aufs neue auszubrechen, aber Dach scheint sich damals ganz wohl befunden zu haben, denn er schreibt am 24. Februar dieses Jahres zur Hoch=zeit von Christoph Sternberg und Elisabeth Jennicke voller Humor:

> Jetzund fleuget das Geschrei,
> Ein verirrtes Elend *) sei,
> Da es etwa Fraß gesucht,
> Her gejagt auf schneller Flucht
>
> Und gebunden eingebracht.
> Daraus mancher Deutung macht,
> Dieses werd' ein Vorspuk sein
> Manches Elends, mancher Pein.
>
> Wie denn jetzt schier Jedermann
> Wunderzeichen sehen kann,
> Und kein Stern den Himmel ziert,
> Der was Neues nicht gebiert.
>
> Ist die Elends=Zeitung wahr,
> Ich fürcht' hieraus nicht Gefahr,
> Sondern daß es nicht gejagt
> In mein Haus, dies wird beklagt.
>
> Solche Deutung hielt' ich werth,
> Hätt' es sich auf meinen Herd
> Nur verlaufen; jetzt voraus,
> Da man feiert Haus bei Haus.
>
> Da man, alsobald es tagt,
> Nur nach Gastereien fragt,
> Und der Tisch mit Kost und Wein
> Immer wil beladen sein.

Die gefürchtete Seuche brach wirklich aus, und Dach schreibt am 24. September 1653 auf Martin Bierwolff's Tod:

> Ich hab' in diesen Tagen
> Des Schreibens mich entschlagen,
> An Reime schlecht gedacht
> Und sonst mit andern Dingen,
> Die künftig Frommen bringen,
> Die Zeit hinweg gebracht.

*) Elennthier.

Das Wetter dieser Zeiten
Verstimmte mir die Saiten,
Der wilde Glockenklang
Pflag mich stets zu verstören,
Dieweil er ohn' Aufhören
Mir durch die Sinne drang.

Während dieser Seuche schrieb er am 19. Januar 1654 zur Hochzeit von Kaspar Wegner und Katharine Kolbe:

Versprechen, sagt man, machet Schuld:
Was soll ich doch beginnen?
Zu zahlen hab' ich die Geduld
Jetzt nicht in meinen Sinnen;
Ich weiß nicht, durch was Unmut schier
Mein Herz wird umgerißen,
Und was es mache, warum mir
Der Reimbrunn nicht will fließen.

Herr Bräutgam, mahnt so ängstig nicht!
Wer zahlt gern dieser Zeiten?
Ich will mit keinem vor Gericht
Jetzt Zahlung halber streiten;
Ich fodder'*) auch zwar mit viel Recht:
Es fällt in tiefen Keller,
Bei Pestzeit ist die Nahrung schlecht,
Man zahlt schier keinen Heller.

Diesmal blieb Dach persönlich von der Pest verschont; aber sein Brustleiden verschlimmerte sich so, daß er im August 1654 an seinem Aufkommen zweifelte und die oben mitgetheilte Bittschrift an den Kurfürsten richtete. Damit übereinstimmend schreibt er am 22. September desselben Jahres zur Beisetzung des Herrn Ludwig von Kaniz:

Die Schwachheit meiner Glieder
Gebiert mir manche Noth,
Wenn fall' ich nicht darnieder
Und liege gleich als todt?
Und muß es doch erleben,
Daß du uns Gute Nacht,
Mein Kaniz, hast gegeben
Und dich davon gemacht!

*) fordre.

Simon Dach.

d

Ich graue längst an Haaren,
Dir aber zählten wir
Erst acht nach zwanzig Jahren;
Ich geh' ein Schiem *) allhier,
Mich möcht' ein Wind umwehen,
Du pflagst herein zu gehn,
Wie wir die Fichten sehen
In ihren Wäldern stehn.

An Heilung war nicht mehr zu denken; es waren ihm freilich noch einige Jahre gegönnt, aber er hatte sich mit dem Gedanken an den Tod völlig vertraut gemacht. So schreibt er zur Hochzeit von Christoph Tetschen und Gertrud Weger am 24. September 1657:

Bei dem Keichen, bei dem Huft,
Bei mit Schlamm **) erfüllter Bruft
Ist es schlecht zu singen;
Was bemüht ihr mein Gedicht?
Meine Saiten wollen nicht
Mehr für Alter klingen.

Fügte mir Apollo noch,
Wollt' ich meiner Krankheit Joch
Und mein Leid beweinen,
So mich fast dahin gebracht,
Daß ich endlich Gute Nacht
Geben muß den Meinen.

Wollte mich mit dieser Welt,
Die mich für ihr Stiefkind hält
Und für fremde, letzen
Und die Hoffnung, die allein
Meines Herzens Trost muß sein,
Auf den Himmel setzen.

Malte mir mit Reimen ab
Meinen Hintritt und mein Grab
Und das Reich der Stille;
Meinen Kindern brächt' ich bei,
Was an sie mein Segen sei
Und mein letzter Wille.

---

*) Schemen, Schatten.
**) Schleim.

Dieses säng' ich; Venus' Brand
Und den süßen Heiraths = Stand
Laß' ich Andre schreiben,
Welcher Jugend freien Mut
Leben, ein erhitztes Blut,
Lust und Liebe treiben.

Beim Tode einer Tochter des Professor Valentin Thilo am 15. November 1657 klagt er:

Als ich um zweene Söhne kam,
Ich weiß, was Trost ich von euch nahm;
Du setztest, Herr, dich nieder,
Schriebst, was mir brachte Rath und Ruh,
Und meinen Kindern gabest du
Ein neues Leben wieder.

Dafür sollt' ich nun dankbar sein,
Euch wieder etwas schreiben; nein,
Ich weiß euch nicht zu stillen:
Bloß darum, daß es mir gebricht
An Sinn und Leibeskräften, nicht
An dem Gemüt und Willen.

Denn sprech' ich meinem Kopfe zu,
Dicht' und bemüh' ihn ohne Ruh,
Fühl' ich die Kraft mir schwinden,
Hab' in dem Herzen keine Macht,
Werd' um den süßen Schlaf gebracht,
Muß Husi und Stein empfinden.

Als am 29. November auch der letzte Sohn Thilo's, Albrecht, starb, schreibt Dach, noch kränker:

Mit allem, was ich liebe,
Bezeug' ich es, Herr Thiel,
Daß ich dir gern was schriebe,
So gut und tröstlich fiel'
In deinem großen Leiden,
Da auch dein ein'ger Sohn,
Das letzt' in deinen Freuden,
Jetzt eilet todt davon,

Wenn ich die Kraft nur hätte!
Ich komme niemals schier
Von meinem Siechenbette;
Wo will es hin mit mir?

d *

Die große Zahl der Lieder,
Die Arbeit Tag und Nacht
Wirft mein Vermögen nieder,
Daß ich werd' hingebracht.

Am 3. December 1657 sandte er ein Hochzeitsgedicht an
Fr. Oser nach Heiligenbeil, in dem es heißt:

Die Krankheit nimmt ohn' Maßen
Mich noch, Herr Oser, mit,
Doch kann ich es nicht laßen,
Ich thu' nach eurer Bitt'
Und muß ein Lied beginnen,
So gut ich kranker Mann
Von meinen schwachen Sinnen
Es nur erhalten kann.

Aber schon am 4. desselben Monats fühlte er sich beßer,
und scheinbar genesend ruft er in einem Gedichte auf den
Tod Christian Sahm's:

Kommt, ihr betrübten Herzen,
Kommt wieder her zu mir,
Wofern ihr hofft allhier
Zu rathen euren Schmerzen!

Ich kriege wieder Kraft,
Beginne mich zu laben;
So lang es Gott will haben,
Bleib' ich unweggerafft.

Mein Reimbrunn steht euch offen,
Bemühet meinen Sinn,
Er quillet wie vorhin,
Schier wider alles Hoffen.

Doch die Todesgedanken verließen ihn nicht, und er gab
ihnen auch in Hochzeitsgedichten Ausdruck. So schreibt er
am 27. Mai 1658 zur Hochzeit von Arend Bredelo und
Katharine Rems:

Keine Freud' ist, die besteht,
Auch das Ungemach vergeht,
Traurigkeit und Wonne
Sind im Wechsel fort und fort;
Jetzt betrübt der kühle Nord,
Jetzund lacht die Sonne

Und erquicket Stadt und Feld.
Daß uns Mars in Furchten hält
Und dem Frieden wehret:
Ei, es kommt die liebe Zeit,
Die in güldne Sicherheit
Diesen Krieg verkehret,

Wenn die väterliche Treu'
Gottes auf das Noth = Geschrei
Seiner Schaar wird sehen
Und den Königen den Muth,
Wie er Waßerbächen thut,
Auf den Frieden drehen.

Sterb' ich unterdessen nicht,
O, wie soll dann mein Gedicht
Seine Güt' erheben!
Vater, stimm' ich fröhlich an,
Dir soll Alles, was nur kann,
Hierfür Ehre geben!

Das Jahr 1658 scheint Dach die letzten Sonnenblicke des Lebens gewährt zu haben; sein Gesundheitszustand muß wenigstens erträglich gewesen sein, da die Anzahl der aus dieser Zeit erhaltenen Gedichte kaum geringer ist als in frühern Jahren und er in ihnen weniger klagt als vorher. Nach dem Gedicht auf den Tod der Frau Barbara Polikein vom 29. September 1658 war er noch im Herbste mit Auf= trägen zu Gelegenheitsgedichten überhäuft und konnte sie ohne besondere Beschwerde ausführen:

Ich muß und soll mit Reime Schreiben,
Sie mögen Ernst sein oder Spiel,
Auch meines Alters Zeit vertreiben,
Weil mein Gestirn es haben will,
Denn dieses hat mir auferlegt
Die Satzung, die uns zwingt und regt.

Indeß dies letzte Aufflackern konnte nicht von Dauer sein; ein neuer Anfall warf ihn aufs Krankenbett, und nach Januar 1659 sind keine Gedichte mehr von ihm erhalten. In einem der letzten, dem Hochzeitsgedicht an Hans Hein= rich Perband und Anna Hözner vom 7. Januar, klagt er wie nach einer überstandenen Krankheit:

Bräutgam, deiner Flammen Ruh
Sagt' ich zwar ein Brautlied zu,
Aber nach den großen Schmerzen
Thu' ich jetzt kein ander Werk,
Als daß ich erwerbe Stärk'
Und Erquickung meinem Herzen.

Meines wilden Durstes Noth
Ist schier ärger als der Tod,
Tantals Straf ist nicht zu achten;
So muß einer Schnecken sein,
Wenn sie für der Hitze Pein
In dem Sommer muß verschmachten.

Erst drei Monate später fand er Erlösung von seinen
Leiden.

Doch wenden wir den Blick von dem Sterbebette unsers
Dichters auf das, was unsterblich von ihm auf Erden zurück=
geblieben ist, auf seine Werke.

Simon Dach's Gedichte sind uns in einer ganzen Reihe
von Quellen aufbewahrt. Den ersten Platz unter diesen
nehmen die Originaldrucke der einzelnen Lieder ein, die er
bis auf ganz wenige Ausnahmen bei bestimmten Gelegen=
heiten oder für bestimmte Personen gedichtet und auf einzel=
nen Blättern, halben oder ganzen Bogen selbst veröffentlicht
hat. Diese Einzeldrucke sind theils gesammelt, theils im
Besitze von Bibliotheken oder Privatpersonen verstreut.

Die bei weitem wichtigste Sammlung derselben verdanken
wir dem Eifer des 1784 gestorbenen Rectors am Elisabeth=
Gymnasium zu Breslau, J. E. Arlet. Sie besteht aus weit
über 4000 Seiten in acht Bänden und wird gegenwärtig in
der Breslauer Stadtbibliothek aufbewahrt. Eine zweite Samm=
lung, reichlich 2500 Seiten in drei Bänden umfassend, be=
sitzt die königliche Bibliothek zu Berlin, während zwei weitere
reiche Sammlungen, die eine aus des Königsberger Stadt=
secretärs Heinrich Bartsch, die andere aus des preußischen
Literarhistorikers Pisanski Besitze stammend, seit dem vorigen
Jahrhundert verschollen sind. Sehr reich an Einzeldrucken,
aber ohne dieselben zu Sammlungen vereinigt zu haben, sind

die drei größern Königsberger Bibliotheken. Andere wichtige, weil anderweit nicht nachgewiesene Stücke finden sich in den Bibliotheken von Göttingen, Dresden, Mitau und Weimar; noch anderes im Privatbesitz, namentlich in der reichen Samm= lung Wendelin von Maltzahn's.

Auf fast gleicher Stufe mit diesen Originaldrucken stehen die Compositionen der Königsberger Musiker, welche Dach'= sche Lieder bei denselben Veranlassungen, denen diese Lieder ihre Entstehung verdankten, in Musik gesetzt haben. Die meisten von den in Musik gesetzten Liedern sind doppelt vorhanden, da sowol der Componist wie der Dichter seine Production gesondert zu veröffentlichen und zu überreichen pflegte; nicht selten aber sind die von Dach veranstalteten Drucke zu Grunde gegangen, und nur die Compositionen haben sich erhalten, die in diesen Fällen den authentischen Text repräsentiren müssen. Die Musikstimmen sind theils in den vorgenannten Sammlungen mit enthalten, theils in Einzeldrucken oder Sammmelbänden ebenfalls in den Biblio= theken verstreut.

Eine zweite, wennschon nicht mehr völlig reine Quelle für Dach's Gedichte bieten die zuerst 1638 bis 1650 in acht Theilen erschienenen, später mehrfach neu aufgelegten und nachgedruckten Arien von Heinrich Albert. Für die im Ori= ginal nicht mehr vorhandenen Gedichte bilden sie einen un= schätzbaren Ersatz, da die treueste Freundeshand sie unter des Dichters Augen bearbeitet hat; es darf aber nicht un= erwähnt bleiben, daß Albert, selbst ein begabter Dichter, nachweislich mehrere Dach'sche Lieder, sei es zum Zwecke der musikalischen Composition, oder sei es um die werthvollen Theile eines im übrigen unbedeutenden Gelegenheitsgedichts zu einem selbständigen Liede zu gestalten, völlig umgearbeitet hat. Doch sind das jedenfalls nur Ausnahmen; im all= gemeinen haben sich die Texte in Albert's Arien bis auf be= deutungslose Varianten in einzelnen Wörtern als treue Ab= drücke der Originale erwiesen.

Eine weitere Quelle bilden die preußischen Gesangbücher und die aus dem vorigen Jahrhundert stammenden Abschriften von anderweit nicht erhaltenen Gedichten Dach's. Aber auch diese Quelle ist nicht mehr völlig rein, da sich in den Fällen, wo eine Vergleichung möglich war, mannichfache Abweichungen nicht nur in der Schreibung, sondern auch im Wortlaute ergaben.

In der Zeitfolge fast die letzte, aber in Bezug auf Reinheit und Zuverlässigkeit die hervorragendste Stelle unter den secundären Quellen nimmt die gedruckte Sammlung Dach'scher Gedichte ein, die zugleich den ersten Versuch einer Ausgabe seiner Werke bezeichnet. Sie enthielt ursprünglich nur Gedichte an den Kurfürsten und die kurfürstliche Familie, wurde aber in einer spätern Ausgabe um zwei Schauspiele und einige andere Gedichte vermehrt. Der erste, undatirte, im Jahre 1680 oder 1681 erschienene Druck führt nach dem Anfangsgedichte den Titel: „Churbrandenburgische Rose, Adler, Löw und Scepter"; die zweite, vermehrte Ausgabe erschien 1696 unter dem Titel: „Simon Dachen poetische Werke". Der Abdruck ist bis auf die wesentlich abgekürzten, bisweilen völlig umgeschriebenen Titel und Ueberschriften fast buchstäblich genau, sodaß er, was den Text anlangt, die verloren gegangenen Originale vollständig ersetzt.

Diesem Material, welches zusammen 1260 einzelne Nummern umfaßt, ist die vorliegende Auswahl Dach'scher Gedichte entnommen. Es wurde dabei vom Herausgeber der Grundsatz befolgt, soweit wie möglich auf die ältesten und besten Quellen zurückzugehen und diese mit möglichster Treue wiederzugeben. In Bezug auf den Wortlaut ist die Treue des Abdrucks eine absolute; rücksichtlich der Schreibung dagegen sind diejenigen Aenderungen vorgenommen worden, welche nothwendig waren, um diesen Band mit den frühern Bänden der Sammlung „Deutsche Dichter des siebzehnten Jahrhunderts" in Einklang zu bringen.

Inhalt.

I.

Geistliche Lieder.

Simon Dach.

1.

(1633. An Christoph Behm beim Tode eines Sohnes. Componirt v. Stobäus.)

Ich steh' in Angst und Pein
Und weiß nicht aus, nicht ein,
Der Sinne Kraft sinkt nieder,
Das Herz will mir zergehn,
Die Zunge bleibet stehn,   5
Mir starren alle Glieder,

So oft als die Gewalt
Der Stimm' in mir erschallt:
Ihr Todten in der Erden,
Steht auf und säumt euch nicht,   10
Kommt vor das Halsgericht,
So jetzt geheget soll werden!

Ach Gott, kein harter Schlag
Des rauhen Wetters mag
Die Felsen so erschüttern,   15
Als dieser Ton mein Herz;
Und wär' ich Stahl und Erz,
Müst ich hiefür erzittern.

Ich eß', ich wach' und ruh',
Ich thu' auch was ich thu',   20
Sei wo ich will zu spüren,
So müßen fort und fort
Mir diese Donnerwort'
Herz, Geist und Seele rühren.

1 *

Denn werd' ich nicht gewahr,   25
Wie in so großer Schar
Die Menschen stets verbleichen?
Den raffet Pest, den Glut,
Den schickt die wilde Flut
Hinunter zu den Leichen.   30

Die Reih' kommt auch an mich,
Das Ende fördert sich,
Das Keinen kann begnaden;
Der Tod ist vor der Thür
Und klopfet an bei mir,   35
Mich schon dorthin zu laden.

Wen fleh' ich doch nun an?
Wer ist, der helfen kann?
Wer wird das Wort mir sprechen?
Hier hilft nicht Gut, nicht Geld;   40
Der den Gerichtstag hält,
Läßt ganz sich nicht bestechen,

Hat nicht auf Purpur Acht,
Nicht auf der Kronen Pracht,
Noch auf Gewalt und Titel,   45
Begehrt nicht zu verstehn,
Daß die in Seide gehn
Und die im groben Kittel.

Ach komm, Herr Jesu Christ,
Komm! Dieses einig ist,   50
Warum der Mensch geboren.
Komm, mache durch dein Blut
Die böse Sache gut;
Sonst bin ich ganz verloren!

Komm, führe du mein Wort   55
Und laß mich, o mein Hort,

---

32. fördert, d. h. nähert sich, rückt heran. — 50. einig, einzig, allein.

Den Spruch der Gnaden hören!
Ich will auch jederzeit,
Jetzt und in Ewigkeit
Dich, meinen Fürsprach, ehren.   60

———·———

2.

(1635. Auf Hiob Lepner's Tod. Comp. v. Stobäus.)

O, wie seelig seid ihr doch, ihr Frommen,
Die ihr durch den Tod zu Gott gekommen,
   Ihr seid entgangen
Aller Noth, die uns noch hält gefangen.

Muß man hier doch wie im Kerker leben,   5
Da nur Sorge, Furcht und Schrecken schweben;
   Was wir hie kennen,
Ist nur Müh' und Herzeleid zu nennen.

Ihr hergegen ruht in eurer Kammer
Sicher und befreit von allem Jammer,   10
   Kein Kreuz und Leiden
Ist euch hinderlich in euren Freuden.

Christus wäschet ab euch alle Thränen,
Habt das schon, wonach wir uns erst sehnen;
   Euch wird gesungen,   15
Was durch Keines Ohr allhier gedrungen.

Ach, wer wollte denn nicht gerne sterben
Und den Himmel für die Welt ererben?
   Wer wollt' hier bleiben,
Sich den Jammer länger laßen treiben?   20

Komm, o Christe, komm, uns auszuspannen,
Lös' uns auf und führ' uns bald von dannen!
   Bei dir, o Sonne,
Ist der frommen Seelen Freud' und Wonne.

———————

20. treiben, hetzen, quälen.

———————

3.
Christliches Sterblied.

(1636. Nach 2. Tim. 4, 6—9. Auf Hans Truchseß von Wetzhausen Tod.)

Mein Abschied aus der bösen Welt
  Und aus den schweren Banden
  Ist nun einmal vorhanden;
Ich bin dem Tode vorgestellt
  Und muß, das Reich zu erben,   5
  Gleich einem Opfer sterben.
    Ich habe ritterlich gekämpft
  Und meinen Lauf vollendet,
    Der Feinde Wüten ist gedämpft
  Und alle Noth geendet.   10

In diesem Lauf und harten Streit
  Hat mir der Feind den Glauben
  Dennoch nicht können rauben.
Die Krone der Gerechtigkeit,
  Die jenes Leben heget,   15
  Ist mir schon beigeleget;
    Gott, der im letzten Weltgericht
  Das Richteramt wird führen,
    Wird selbst mich in dem wahren Licht
  Mit solcher Krone zieren.   20

Drum, meine Liebsten, lasset ab,
  Viel jämmerliches Klagen
  Um meinen Tod zu tragen.
Dies Sterben, dieses finstre Grab
  Ist mir aus allen Leiden   25
  Der Richtsteig zu den Freuden.
    Ihr müsset auch von hinnen ziehn,
  Doch bleibet euch das Leben,
    Wo ihr die Sünde werdet fliehn
  Und Christo euch ergeben.   30

Denn das gewünschte Himmelsgut
  Ererben alle Frommen,

26. Richtsteig, der nächste, geradeste Weg. — 29. Wo, Wenn.

Die Christum angenommen,
Die hier sich gründen auf sein Blut,
In seiner Furcht sich üben   35
Und seine Ankunft lieben.
   Mit solchem Trost bin ich verwahrt
Und will das Heil gewinnen,
   Begebe drauf mich auf die Fahrt
Und scheide so von hinnen.   40

4.

(1638. Auf J. B. Crüger's Tod. Comp. v. Stobäus.)

   Wer weiß Bescheid,
Der Sterblichkeit
   Sich seelig zu entladen,
Damit sie nicht
Nach diesem Licht   5
   Mir ewig möge schaden?
Das kann und thut
Mein höchstes Gut,
   Der reiche Brunn der Gnaden.

   Herr Jesu Christ,   10
Du einig bist,
   Der mich weiß zu erretten,
Ob alle Noth,
Ja Höll' und Tod
   Mich gleich umgeben hätten.   15
Mein Trost, durch dich
Befrei' ich mich
   Der schweren Leibes-Ketten.

   Wenn ich nun soll
Des Lebens Zoll   20
   Durch meinen Tod dir reichen,
Und kommen hin
Von Witz und Sinn,

---

3. entladen, entheben.

Die Röthe muß verbleichen,
Der Zunge Kraft   25
Nichts thut und schafft,
   Wenn Ohr und Augen weichen,

   Wirst du allein
Noch um mich sein,
   Mir Rath und Trost beibringen,   30
Daß nicht mein Herz
Durch großen Schmerz
   Des Todes mag zerspringen,
Wirst helfen mir,
Der Frommen Zier,   35
   Die Ehrenkron', erringen.

   Sonst weiß ich nicht,
Herr Christ, mein Licht,
   Warum du hier auf Erden
Das, was wir sind,   40
Ein schwaches Kind,
   Ohn' Schuld hast wollen werden,
Dich arm und schlecht
Als sonst ein Knecht
   Erweisen an Geberden,   45

   Verachtet stehn
Und müßig gehn
   Der Welt sammt ihren Freuden,
Warum du dich
So williglich   50
   Erzeigt in allen Leiden
Und keine Noth,
Auch nicht den Tod
   Zuletzt hast wollen meiden.

   Ich aber bin   55
In meinem Sinn
   Der Sache überführet,
Daß mir dein Blut
Das höchste Gut
   Der Seeligkeit gebühret,   60

Und daß mein Heil,
Des Himmels Theil,
   Aus deinem Tode rühret.

   Nur schreib' hinfort
Dein Glaubenswort   65
   Tief ein den schwachen Sinnen,
Und schenke mir,
Daß ich in dir
   Mag ferner Kraft gewinnen;
Und ist es Zeit,   70
So nimm auch heut'
   Mich seeliglich von hinnen!

———

5.

(1639. Auf Caspar Rodemann's und Catharina Adersbach's Hochzeit.)

O seelig, dem sein Herz von Wehmuth leicht muß wallen,
Der gerne leiht, und nichts so wohl sich läßt gefallen,
Als daß kein armer Mensch aus Noth muß vor ihm stehn,
Der von ihm unbegabt und trostlos sollte gehn.
Zwar daß er selbst für sich, wie billig, emsig wache   5
Und suche, wie er kann, die Wolfahrt seiner Sache;
Doch daß er gehen mag auch sein gerade zu
Und sehe, daß er ja nicht Andern Unrecht thu'.
Im Fall er also lebt, so ist er ganz ohn' Sorgen   10
Und fraget nichts darnach, was heut' ihm oder morgen
Zu handen stoßen soll, er bleibt ohn' Maaß und Ziel,
Ob gleich dies Augenblick die Welt zu Boden fiel'.
Auch stirbt sein Name nicht, denn wider den Gerechten
Mag die Vergeßenheit, wie stark sie ist, nicht fechten,
Er siegt doch immer ob. Wenn nun das Glück ergrimmt   15
Und wider solchen Mann vergallt zusammenstimmt
Mit Plagen mancherlei, wenn große Trübniß-Wellen
Empören wider ihn das ganze Reich der Höllen
Und stürmen zu ihm ein, so fürchtet er sich nicht,
Sein Herz hat hingestellt auf Gott die Zuversicht   20
Und trutzet aller Macht; gesetzt daß Berg' und Hügel
Bewegten ihren Grund, zersprengten Schloß und Riegel

Und dräuten schweren Fall, der Sternen helles Haus
Schlüg' auf die Welt herab, die Ufer rißen aus
Und ließen über uns noch eine Sündfluth kommen,   25
So hat sich er dennoch in solchen Schutz genommen,
Der ihn ganz furchtlos hält: er ist in Gott gekehrt,
Mit Hoffnung stark verschanzt, und achtet nichts so werth,
Was ihm den festen Sinn im mindsten möchte heben,
Recht wie ein hoher Fels, mit Fluthen rings umgeben,   30
Der Wolken Dach berührt und nichts nach allem fragt,
Wie wild auf ihn die See mit Sturm und Wellen jagt.
Er ist und bleibt getrost in Gottes Zuvertrauen,
Bis daß er seine Lust an seinen Feinden schauen
Und ihrer lachen kann, die selbst ohn' allen Zwang   35
Gerades Weges gehn auf ihren Untergang,
Der Seelen große Qual. Doch pflegt er unterdeßen
Der lieben Armuth nicht daneben zu vergeßen,
Er streuet reichlich aus, sagt, seine Schuldgebühr
Sei Gutes thun, und nimmt von Gott den Lohn dafür,   40
Den die Gerechtigkeit an ihm wird ewig preisen.
Sein Lob wird herrlich sich vor allem Volk erweisen,
Sein Horn erhöhet stehn. Dankt alle Welt nun ab,
Folgt nach der Zeit Gewalt und legt sich in das Grab,
So kömmt noch er davon, er kann dem Todes-Bette   45
Entgehen, wenn er will, und lebet in die Wette
Selbst mit der Ewigkeit. Sein Feind wird dieses sehn,
Der gottvergeßne Feind, und alles was geschehn,
Wird Unmut und Verdruß in seiner Seel' empfinden
Und bloß aus Ungeduld in Eifer sich entzünden,   50
Wird sprechen bei sich selbst: Pfui, immer pfui dich an,
Daß jenem nicht dein Neid die Wolfahrt hindern kann!
Schau, wie er grünt und blüht! Dies wird er erst gestehen
Und nachmals unverhofft vor Mißgunst untergehen.
O große Billichkeit! Denn welcher Stricke stellt   55
Der Unschuld, wird mit Recht darinnen selbst gefällt.

6.
Sterblied.
(1639. Auf Anna Schimmelpfennig's Tod.)

O wer doch überwunden hätte
Und läge todt dahin gestreckt,

Empfände Ruh' in seinem Bette
Mit frischer Erde zugedeckt!
   Nur wie du, o Seele,   5
   Deines Körpers Höhle
    Jetzund von dir thust,
   Wenn du dich entbindest
   Und dort oben findest
    Deine wahre Lust!   10

Hier wurdest du zwar sehr betrübet,
Erfuhrest viel und große Pein,
   Doch weil der Höchste dich geliebet,
So konnt' es ganz nicht anders sein;
   Kreuz, die Zucht der Frommen,   15
   Must' auf dich auch kommen,
    Bis dich Gott bewährt
   In Geduld befunden,
   Der dich nun entbunden
    Und zu sich begehrt.   20

Jetzt siehst du da sammt den Gerechten
Den wahren Gott, die höchste Ruh',
   Kein Leid muß dich da mehr anfechten,
Und keine Klage kann dir zu.
   Dieses arme Leben   25
   Ist mit Angst umgeben;
    Dort ist Herrlichkeit,
   Ist Gewinn ohn' Schaden:
   Wer ist, der in Gnaden
    Uns auch bald befreit?   30

Gott, dies hast du in deinen Händen,
Du hast den Geist uns zugewandt,
   Du hilfst ihm auch dies Leben enden
Und nimmst ihn in sein Vaterland.
   Ach, laß uns, von Sünden,   35
   Die wir an uns finden,
    Zeitig abgethan,
   Hier aus diesen Thränen,
   Aus Aegypten, sehnen
    In dein Canaan!   40

7.
Trost-Liedchen.
(1639. Auf Elisabeth Remsen Tod.)

Was hat ein frommer Christ doch noth,
So heidnisch sich zu halten,
Wenn Gott ihm seelig durch den Tod
Die Seinen läßt erkalten?
Ihm ist ja aus der Schrift bekannt,   5
Daß, die auf Christum sterben,
Den Himmel, unser Vaterland;
Unwidersprechlich erben,

Da Gott den wahren Reichthum, sich,
Gibt herrlich zu genießen,   10
Da Freuden sind und mildiglich
Des Lebens Ströme fließen,
Da weder Herzleid noch Gefahr
Mag ewig hin gelangen,
Und da der lieben Engel Schar   15
Die Frommen stets umfangen.

Der Auserwählten Freud' und Lust
Geht über alle Zungen,
Sie ist noch Keinem je bewußt,
Ist Keines Herz durchdrungen;   20
Kein Aug' hat jemals angesehn,
Kein Ohr hat je gehöret,
Was dem dort Gutes soll geschehn,
Der Gott hier herzlich ehret.

Wer diese Sachen allzumal   25
Sich christlich läßt bedeuten,
Wird lachend aus dem Jammerthal
Die Seinen hinbegleiten
Und wünschen, daß auch er der Pein
Des Kummers dieser Erden   30
Durch ein gewünschtes Stündelein
Bald mag befreiet werden.

---

8. Unwidersprechlich, unzweifelhaft.

Wir wollen, die sich fortgemacht,
In Frieden schlafen laßen
Und bloß nur sein auf uns bedacht,   35
Der Sünden Wege haßen,
Daß wir, weil sie nun ewig nicht
Zu uns zurücke kommen,
Zu ihnen in das wahre Licht
Bald werden aufgenommen.   40

8.

(1639. Auf Hieronymi Scharffen Tod.)

Mein letztes Hoffen wird erfüllt,
Ich scheide; stillt, ihr Freunde, stillt
Die Klagen, die ihr führet,
Hört endlich auf, es ist genug,
Mißgönnt mir nicht den edlen Schmuck   5
Der Kronen, die mich zieret!
Gott selber reißt mich von euch hin,
Bei dem ich gleichwol lieber bin,
Ob mich nach euch verlanget;
Ihr liebet mich, Gott noch viel mehr,   10
Nach dessen Rath in andrer Ehr'
Jetzt meine Seele pranget.

Was aller Frommen höchstes Gut
Und Hoffnung ist, durch Gottes Blut
So theuer vor erworben,   15
Besitz' ich schon. Welt, gute Nacht!
Die Anmut deiner ganzen Pracht
Ist bei mir nun erstorben;
Nicht aller Reichthum, alle Lust,
Und was dir Hohes ist bewust,   20
Kann mich herwieder bringen;
Die süße Ruh, der Engel Chor,
Die Seelen, die hieher zuvor
Sind kommen, mich bezwingen.

---

15. vor, zuvor, einst.

Hier seh' ich, was der Zeiten List   25
Die Seele zu berücken ist,
Was Freud' und Wollust können;
Hier lach' ich aller Menschen Müh
Und Sorgen, die sie spat und früh
In ihrer Flucht beginnen.   30
Wie man ein Schiff durch strengen Nord
In seine Sicherheit und Port
Jetzt glücklich hat getrieben,
So bin ich auf der wüsten See
Der Welt entgangen allem Weh   35
Und ruhe nach Belieben.

Herr, deine Hand mich sicher hält,
Daß mich forthin kein Unglück fällt,
Das Andre noch verwirret;
Du hast mich selber angethan   40
Mit deiner Kraft, daß ich der Bahn
Des Lebens nicht geirret.
Ich warte, wenn das feste Band,
Das jetzt der grimme Tod getrannt,
Soll wieder einig werden: 45
Da werd' ich erst für deine Treu
Dich loben, mir bezeiget frei
Im Himmel und auf Erden.

9.

(1639. An Lorenz vom Harlem. Comp. v. Stobäus.)

Herr Gott, meine Seele bringet
Dir zum Opfer Preis und Dank,
Meine Zung' in Freuden singet
Einen neuen Lobgesang.
Ueberall, bei allen Leuten   5
Will ich deinen Ruhm ausbreiten
Jetzo und mein Leben lang.

44. getrannt, getrennt.

Zwar du ließest mich empfinden
Deines Zornes schwere Macht,
Welchen ich mit meinen Sünden   10
Hatte über mich gebracht.
Wer die Sünde nicht will meiden,
Muß viel schwere Plage leiden,
Wenn dein Eifer recht erwacht.

Du bist aber auch sehr gütig;   15
Wenn man sich zu dir bekehrt
Und von Herzensgrund demütig
Deine Hülf' und Gnad' begehrt,
Wird im Augenblick geendet
Aller Eifer und gewendet   20
In Trost, der viel Freud' beschert.

Drum mein Herz ohn' Furchten lebet
In gewisser Sicherheit,
Weil es in Gott selber schwebet,
Der mein Heil bleibt allezeit,   25
Mich mit seinen Flügeln decket,
Wenn mein Feind die Hand ausstrecket
Wider mich in schwerem Streit.

In mir hilft des Herren Stärke,
Daß ich Alles überwind';   30
Aller Feinde List und Werke
Machet sie zunicht geschwind;
Wenn mich ein ganz Heer bekrieget,
Hab' ich dennoch stets gesieget,
Weil ich bei Gott Zuflucht find'.   35

Sollte denn mein Herz nicht bringen
Ihm zum Opfer Preis und Dank,
Sollt' ihm nicht die Zunge singen
Einen Psalm und Lobgesang?
Ja, ich will bei allen Leuten   40
Deinen Ruhm, mein Heil, ausbreiten
Jetzo und mein Leben lang.

———

10.

(1640. Albert's Arien III, 4.)

Was willst du, armes Leben,
Dich trotzig noch erheben?
Du mußt ohn' Säumnis fort,
Recht wie fern von der Erden
Die schnellen Wolken werden   5
Zerflattert durch den Nord.

Das, was man um dich spüret,
Was dich betrüglich zieret,
Dein Ansehn, deine Gunst,
Ist nur ein Haus der Plagen   10
Und, recht davon zu sagen,
Ein Schatten, Rauch und Dunst.

Du zeigst an allen Enden
Uns mit untreuen Händen
Der Wollust falschen Schein.   15
Die sich verleiten laßen,
Was müßen sie erfaßen?
Die strenge Seelen=Pein.

Drum weil ich ja muß sterben,
So will ich mich bewerben   20
Um ein recht gutes Gut:
Um ein standhaftes Leben,
Das Christus mir kann geben
Durch seiner Unschuld Blut.

Herr Jesu, Zwang der Höllen,   25
Der du uns tausend Stellen
Im Himmel aufgeräumt,
Nimm mich in deine Hände,
Weil meines Lebens Ende
Sich nahet ungesäumt.   30

Eil' aus der finstern Höhlen
Mit meiner armen Seelen
Und bring' mich an das Licht,
Da du selbst, Glanz der Sonne,
Mit Strahlen deiner Wonne   35
Verklärst mein Angesicht.

So werd' ich selbst anschauen,
Worauf wir hier nur bauen
Durch Glauben an dein Wort,
Und mit der Schar der Frommen 40
Aus Sturm und Wellen kommen
Zu dem gewünschten Port.

11.

(1640. Albert's Arien III, 11.)

Wer die Weisheit ihm erkoren
Und der Tugend hat geschworen,
Daß sein ungezähmter Fleiß
Ihre Schätze kann ergründen,
Soll und muß zuletzt empfinden, 5
Daß sie wol zu lohnen weiß.

Er wird sich in sich nur kehren
Und von außen Nichts begehren,
Sein Gemüth ist Reichthums voll,
Ist ein Vorrath aller Sachen, 10
Die uns gnüghaft können machen
Und ein Mensch ihm wünschen soll.

Niemand wird ihn leichtlich sehen
Dem verwöhnten Glücke flehen;
Was ein Andrer betteln muß 15
Und doch kaum weiß zu erlangen,
Reichthum, Ehre, Pracht und Prangen,
Tritt er unter seinen Fuß.

Sich im Glücke nicht erheben
Und durch Unglück nicht begeben, 20
Ist die Kunst, die er nur kann;
Er wird alles Leid begüten,
Was nicht stehet zu verhüten
Nimmt er sein mit Willen an.

---

1. ihm, sich. — 20. sich begeben, sich niederschlagen lassen. — 22. begüten, von der guten Seite auffassen.

Simon Dach. 2

Nichts wird ihm den Mut bewegen,   25
Fiel' die Welt mit harten Schlägen
Gleich auf seinen Schädel hin;
Und was hat er zu erschrecken?
Was ihn sicher kann verdecken,
Ist sein löwenstarker Sinn.   30

Trotz euch Allen, die ihr meinet,
Gold, und was von außen scheinet,
Sei, worauf man fußen kann!
Was ist Stand, Geburt und Güter?
Ach, ein Fallstrick der Gemüther,   35
Rauch und Schatten um und an.

Nein, Gott ehre mir die Tugend,
Die ein schöner Schmuck der Jugend
Und ein Stab dem Alter ist,
Die sich unser nicht wird schämen,   40
Wenn du, Glück, Reißaus mußt nehmen
Und vor allen Teufel bist.

12.
(1640. Auf Caspar von Letzgewang's Tod. Comp. v. Stobäus.)

Du siehest Mensch, wie fort und fort
Der Eine hier, der Andre dort
Uns Gute Nacht muß geben;
Der Tod hält keinen andern Lauf,
Er sagt zuletzt die Wohnung auf   5
Uns Allen, die wir leben.

Bedenk es weislich in der Zeit
Und fleuch den Schlaf der Sicherheit,
Sei augenblicklich wacker!
Denn wiß, es bleibet dabei nicht,   10
Daß man dich hin aus diesem Licht
Trägt auf den Gottesacker.

---

29. verdecken, Schutz gewähren. — 36. um und an, ganz und gar. —
3. Gute Nacht geben, Lebewohl sagen, scheiden. — 8. augenblicklich
wacker, in jedem Augenblick wach, wachsam.

Wir werden aus den Gräbern gehn
Und alle vor der Banke stehn,
Die Christus selbst wird hegen,   15
Wenn auf der Engel Feldgeschrei
Die Glut das große Weltgebäu
Wird in die Asche legen.

Alsdann wird erstlich aller Welt
Belohnung werden zugestellt;   20
Die Sünder sollen büßen
Und ihnen öhn' Betrug und Schein
Selbst Kläger, Richter, Henker sein,
Verdammt durch ihr Gewißen.

Ach Gott! Kommt mir dies Urtheil vor,   25
So steigen mir die Haar' empor,
Mein Herz fühlt Angst und Schrecken.
Ihr hohen Hügel, heb' ich an,
Ihr Berg', und was sich stürzen kann,
Fallt her, mich zu bedecken!   30

Herr Jesu, meine Zuversicht,
Ach laß dein strenges Zorngericht,
Ach laß es mir nicht schaden!
Beut' an dem Vater den Vertrag,
Damit ich freudig hören mag   35
Den süßen Spruch der Gnaden!

Gib, daß ich mich bei gutem Sinn,
Und weil ich noch bei Kräften bin,
Zum Sterben fertig halte,
Und nicht, o Jesu, meine Luft,   40
Begriffen in der Sünden Wuft
Zum ew'gen Tod erkalte!

---

14. Banke, Gerichtsbank. — 39. weil, während, solange.

13.

Sterblied.

(1640. Auf Johann Tragner's Tod.)

Laßet uns emsig Gott den Herren bitten,
Daß wir bei Zeiten diese Leibes-Hütten
Mögen ablegen und aus diesem Leiden
    Seelig abscheiden.

Daß wir gelangen in die Zahl der Frommen   5
Und da die wahre Lebenskraft bekommen,
Welche mit Krankheit uns nicht mehr beleget,
    Noch Jammer heget;

Da wir zugleich so wie die Engel singen,
Da so viel Saiten ohn' Aufhören klingen,   10
Da uns nur Reichthum, Lust und fröhlich Leben
    Müßen umgeben.

David erdichtet noch da schöne Lieder,
Singt, wie uns Christus, seine Freund' und Brüder
Durch sein Verdienst von Sünd' und allem Bösen   15
    Wollen erlösen.

Bleibt so der Herr der Sänger und Poeten,
Ihm folgen nach die Sänger und Propheten,
Der Saal des Himmels muß von solchem Allen
    Stark widerschallen.   20

Die Schar der Seraphin und Cherubinen
Müßen Gott auch mit Flug und Stimme dienen,
Aber wenn sie den Trommetenton erheben,
    Muß Alles beben.

Die Schwell' und Balken müßen sich erschüttern,   25
Die Wänd' und Pfeiler allerseit erzittern,
Rauch, Dampf und Nebel muß das Haus erfüllen,
    Gott zu verhüllen.

So herrlich geht es zu vor Gottes Throne;
Hier bleibt man immer bei dem Jammertone.   30
Laß uns, Herr, zeitig von der Welt entwöhnen
    Und dort hinsehnen!

Endlich führ' uns auch zu den frommen Scharen,
Laß uns mit Glauben wohl versehn hinfahren,
Damit auch wir dich in dem Himmel droben   35
        Ewiglich loben!

14.
Klag- und Trostlied.
(1640. An Brigitta Decimator, nach Worten des 71. Psalms.)

Herr unser Gott, wenn ich betracht'
Dein ewiges Regieren,
Und wie durch deine Wundermacht
Du mich pflegst oft zu führen,
Verwundert sich mein Herz und spricht: 5
Herr, deiner Weisheit recht Gericht
Ist sonnenklar zu spüren.

Du lässest mich zwar sehr viel Noth
Mit großer Angst erfahren,
Doch gibst du mich nicht in den Tod,   10
Du kannst mich wohl bewahren
Und wiederum zu rechter Zeit
Des Lebens neue Freudigkeit
Mir gnädig offenbaren.

Verstößest du mich gleich von dir   15
Oft in die tiefe Erde,
So bist du wieder bald bei mir
Mit freundlicher Geberde,
Du tröstest mich mit deinem Wort
Und holest mich vom finstern Ort,   20
Damit ich sehr groß werde.

Wie sollte denn mein Harfenklang
Nicht Ruhm und Preis dir geben?
Mein Psalterspiel und Lobgesang
Soll dich, mein Gott, erheben;   25
Dich, Heiliger in Israel,
Preist Mund und Seel', die von der Höll'
Du hast erlöst zum Leben.

Auch dichtet meine Zung' allzeit
Allein zu deinen Ehren,   30
Daß dein Lob der Gerechtigkeit
Sich immer möge mehren.
Die aber laß sich schämen sehr,
Zu Schanden mach' all ihre Ehr',
Die mein Glück wollen stören.   35

15.
Rede eines sterbenden Menschen.
(1640. Auf Brigitte Decimator's Tod.)

Alles läuft mit mir zum Ende:
    Meine Hände,
Füß' und Arme sind verdorrt,
    Auch die Fackel meiner Augen
      Will nicht taugen,   5
Geist und Leben eilen fort.

    Wie der Tod, die Pest der Erden,
      Recht kann werden
Anzusehen abgemalt,
    Müßen ihm die Arm' und Beine   10
      Recht wie meine
Und nicht anders sein gestalt.

    Meines edeln Geistes Kräfte,
      Die Geschäfte
Meiner Sinnen nehmen ab,   15
    Nichts ist anders zu besorgen,
      Als vor morgen
Noch zu scheiden in das Grab.

    Seele, wenn du nun dies Leben
      Hin sollst geben,   20
So entschlage dich der Noth;
    Denke, daß du zu den Frommen
      Nicht kannst kommen
Als nur einzig durch den Tod.

Laß dich seine finstern Hecken   25
    Nicht erschrecken,
Süß und sanft zwar thut er nicht;
Aber eh' wir es verstehen,
    Wird aufgehen
Des gewünschten Lebens Licht.   30

Hier, von dannen wir abfahren
    Zu den Scharen
Der Verstorbnen, schmerzt es wol;
Aber dort auf jener Seiten
    Ist kein Streiten,   35
Sondern Alles freudenvoll.

Da sind erst die rechten Hütten,
    Wo kein Wüten
Der verdammten Tyrannei,
    Sondern das nur ist zu schauen,   40
    Was wir trauen,
Daß es ewig uns erfreu'.

Hülle dich in Christi Wunden,
    Der empfunden,
Was zu leiden dir gebührt;   45
    Laß dich dein bethört Verüben
    Nicht betrüben,
Er hat Alles ausgeführt.

Gibt er nicht zu Gottes Rechten
    Den Geschlechten   50
Der Erwählten ihre Lust?
    Er wird, wenn du kommst gegangen,
    Dich umfangen
Und einschließen seiner Brust.

Wir sind Alle durch sein Sterben   55
    Himmelserben,
Ja, er wird des Todes Pein,
    Die du wirst empfinden müßen,
    Dir versüßen,
Daß sie nur ein Schlaf wird sein.   60

Legt euch nun geruhig nieder,
   Meine Glieder,
Eben wie ihr um die Nacht
   Euch, die Kräfte zu erholen,
     Gott befohlen   65
Und zu Bett' oft habt gemacht.

Ruhet frei von allem Jammer
   In der Kammer,
Die Gott fest verriegeln wird
   Und sie, wenn ihr sollt erwachen,   70
     Auf erst machen,
Selbst des Lebens Thür und Hirt.

Alsdann sollt ihr eurer Seelen
   Aus der Höhlen
Anvertraut dem Herren sehn,   75
   Euch in seinen wahren Freuden
     Ewig weiden,
Thun was hier nicht kann geschehn.

Gute Nacht, o Welt, sammt Allen,
   Die noch wallen   80
Hier auf deinem trüben Meer!
   Schau, ich werd' jetzt aufgenommen
     Zu den Frommen
Und dem großen Himmelsheer.

Welche mit mir hier begehren   85
   Einzukehren,
Schauen, daß sie nur die Ruh,
   Christum, sich nicht mögen schämen
     Anzunehmen
Und gehn auf ihr Stündlein zu.   90

Die ihr Ende stets betrachten
   Und verachten
Dieser Welt verkehrten Sinn,
   Jesum, bis sie ganz erkalten,
     Gläubig halten,   95
Fahren sanft und seelig hin.

16.
Nach Psalm 90.

(1641. Auf Andréas von Kreyzen Tod. Comp. v. Stobäus.)

Du, Gott, bist außer aller Zeit,
Von Ewigkeit zu Ewigkeit;
Eh' als die Welt gestanden,
Warst du schon, was du jetzund bist,
Und wirst, wenn Alles nichts mehr ist,   5
Noch immer sein vorhanden.

Hergegen, ach, wir Menschen sind
Vergänglich, flüchtig, Rauch und Wind!
Auf dein Wort sind wir kommen,
Beschauen kaum der Erden Kreis   10
Und werden bald auf dein Geheiß
Auch wieder weg genommen.

Wir fahren hin gleich wie im Traum,
Vergehn wie Schatten und wie Schaum,
Sind eine Waßerblase;   15
Der Zeit Gewalt eilt mit uns fort,
Wie mit den Wolken sonst der Nord,
Die Herbstluft mit dem Grase.

Da dieser auch und der vielleicht
Ein gutes Antheil Jahr' erreicht,   20
Was wird es groß verfangen
Bei dir, dem Nichts sich gleichen mag
Und tausend Jahre sind ein Tag,
Der gestern ist vergangen!

Wie kurz das Leben währen kann,   25
So ist es dennoch um und an
Nur Arbeit, Last und Leiden;
Angst ist, was uns zur Welt gebiert,
Angst, was uns leitet, trägt und führt,
Angst, was uns heißet scheiden.   30

Erbarmt dich, Gott, dies Alles nicht?
Was stellst du vor dein Angesicht

Den Greuel unsrer Sünden?
Ach, zürn' doch nicht mit dürrem Heu,
Mit Rauch und Staube, Dampf und Spreu,   35
Und laß uns Gnade finden!

    Schrei' unserm Ohr und Herzen ein
Des eitlen Lebens Flucht und Pein,
Daß wir die Sünde fliehen,
In Jesu suchen Hülf'. und Rath   40
Und endlich, dieses Lebens satt,
Zu dir von hinnen fliehen!

17.
Der 121. Psalm.

(1641. Auf Georg Decimator's und Catharina Wichert's Hochzeit.)

    Ich wend' aus hochbetrübtem Herzen
Mein' Augen auf die Berge zu,
Ob ich von dannen Hülf' und Ruh
Zu hoffen hätt' in meinen Schmerzen.
    Kommt, sag' ich, kommt mir Hülfe? Nein,   5
    Mein' Hülf' ist Gott der Herr allein.

    Der Herr des Himmels und der Erden,
Durch dessen Wort die Welt muß stehn,
Er schaffet, daß dein Fuß im Gehn
Nicht gleite noch gefällt mag werden;   10
    Er hütet dein, und sein Gesicht
    Entschläft darüber ewig nicht.

    Er ist, der Schutz hält seinen Knechten,
Kein Schlaf noch Schlummern nimmt ihn ein,
Er ist, zuwider aller Pein,   15
Ein Schatten über deiner Rechten,
    Damit die Sonne dich den Tag,
    Die Nacht der Mond nicht stechen mag.

    Kein Uebles wird dir widerfahren,
Der Herr wird deine Seele dir,   20

Auch Aus= und Eingang für und für
In Allem, was du thust, bewahren,
   Wird dich gesegnen jederzeit
   Von nun an bis in Ewigkeit.

18.

Trost-Reime.

(1641. An Cölestin Mislenta beim Tode eines Sohnes.)

   Gott herrschet und hält bei uns Haus,
Was sagst du, Mensch, dawider?
Was schlägst du seinen Willen aus?
Leg' in den Staub dich nieder,
Schweig still, laß ihn nur Meister sein,   5
Er ist das Haupt, wir insgemein
Desselben schwache Glieder.

   Belegt er dich mit Kreuz und Noth
Und greift dir nach dem Herzen,
Er schickt das Leben und den Tod,   10
Laß dir es etwas schmerzen,
Doch hüte dich für Ungeduld,
Du möchtest sonst durch diese Schuld
Dein bestes Heil verscherzen!

   Er bleibt schon so von Alters her: 15
Jetzt hält er sich verborgen,
Als wiß' er nichts um dein Beschwer,
Läßt immer hier dich sorgen,
Hat gegen dich sich hart gemacht;
Dies währt vom Abend in die Nacht   20
Und wieder an den Morgen.

   Jetzt ist er wieder gnädig hier,
Gibt Endschaft deinen Leiden,
Er leget deinen Sack von dir
Und gürtet dich mit Freuden;   25
Er züchtigt als ein Vater dich,
Jedoch muß seine Gnade sich
Nicht darum von dir scheiden.

Wie wol ist der Mensch doch daran,
Der sich in Gottes Wege   30
In tiefer Demut schicken kann,
Ihm aushält alle Schläge!
Dies nimmt der höchsten Kunst den Preis.
Herr, gib uns, daß sich aller Fleiß
Auf dies zu lernen lege!   35

19.
Auf Weihnachten.

(1642. Eccard und Stobäus, „Preußische Festlieder".)

Ihr, die ihr los zu sein begehrt
Von euren Missethaten,
Heut' hat sich Gott zu uns gekehrt
Und will uns Armen rathen.
Er äußert sich der Herrlichkeit   5
Und will uns an Geberden
Aehnlich werden:
Deßwegen dann sich freut
Der Himmel sammt der Erden.

Er ist uns gleich an Fleisch und Blut,   10
Uns also zu vertreten,
Er hat hierdurch uns von der Glut
Der Höllen losgebeten
Und wird der Himmels=Bürgerschaft
Uns nachmals einverleiben,   15
Daß wir bleiben
Da, wo der Freuden Kraft
Wird alles Leid vertreiben.

Drum kommt, laßt uns mit Freuden gehn
Und unsern Heiland schauen,   20
Laßt uns für seiner Krippen stehn
Und ihm von Herzen trauen.

---

21. für, vor.

Er wird aus seiner Mutter Schoß
Die Aermlein nach uns strecken
Und erwecken   25
Was für der Sünden Stoß
Uns ewig wird bedecken.

——— -

20.
Kreuz-Lied.
(1643. Auf Regina Tegen Tod.)

Wirst du nicht unser Kreuz mit tragen,
Uns nicht zur Seite stehn,
So müßen wir, o Gott, verzagen
Und nur für Angst vergehn.
Schau, wie wir unsern Mund gewöhnen   5
Zu lauter Thränen-Brod,
Uns tränkt ein großes Maaß der Thränen
In Schmerzen, Pein und Noth.

Dein Grimm muß wider uns sich regen
Und stürmt zu uns herein,   10
Als die an denen viel gelegen
Und die gewachsen sein.
Gedenk' an dich und deine Stärke
Und auch an uns dabei,
Wir sind zwar deiner Hände Werke,   15
Ach, aber Staub und Spreu!

Verfolg' erzürnt die stolzen Herzen
Durch Grimm und wilden Brand,
Wir küssen, Herr, in Reu' und Schmerzen
Die Ruth' und deine Hand.   20
Laß dich auch wieder gnädig finden,
Wend' unsres Kreuzes Last,
Ach komm, die Wunden zu verbinden,
Die du geschlagen hast!

Und soll dein Zorn ja ferner walten,   25
Weil wir durch große Schuld

Uns werth, Herr, aller Strafe halten,
So gib dabei Geduld!
Wol dem, der dein sich kann bescheiden
In Lust und Pein zugleich;   30
Das Kreuz wird ihm ein Schatz der Freuden,
Die Höll' ein Himmelreich!

21.
Psalm 3.

(1643. An Ursula Bärsin, Michael Adersbachen Witwen.)

Ach Herr, wie ist so gar
Unzählich groß die Schar
Der Feinde, die mich meiden!
  Wie viel' stehn wider mich,
  Wie muß von vielen sich   5
Mein' arme Seele leiden!
  Es wird ihr nachgesagt,
  Sie sei an Gott verzagt,
Müß' hülf- und trostlos stehen;
  Jedoch mein Schild und Ruh   10
  Und Ehre, Gott, bist du,
Du wirst mein Haupt erhöhen.

Ich pflege mit Geschrei
Und Thränen mancherlei
Den Herren anzuflehen,   15
  So neigt er sich zu mir,
  Von Sions heil'gen Zier
Mich gnädig anzusehen.
  Ich schlafe sicher ein
  Und kann auch wache sein,   20
Denn Gott ist mir zur Seiten;
  Ich seh ohn' Schrecken an
  Viel hundert tausend Mann,
Die mich umher bestreiten.

  Herr, auf, und hilf, mein Gott,   25
  Mir wider diese Rott',

Umgib mich allerwegen!
   Du haſt, o höchſter Freund,
   Die ſämmtlich, ſo mir feind,
Geſtraft mit Backen=Schlägen.   30
   Der Sünder böſen Schaar
   Haſt du die Zähne gar
Zermalt und aufgerieben.
   Gott iſt, der Hülf' und Rath
   Und reichen Segen hat   35
Für Alle, die ihn lieben.

22.

(1641. Auf Fabian zu Waldburg's Tod.)

   Wer iſt, der gnügſam leben
Und ſeelig ſterben will?
Ich weiß ihm Rath zu geben:
Er halte Gott ſein ſtill
Und ſchätze wegen ſeiner Schuld   5
Sich aller Straf' werth in Geduld.
Gott bleibet doch die Ehr' allein,
Er muß nur Meiſter ſein.

   Ein Menſch, die arme Made,
Wie mächtig er ſich hält,   10
Hat er nicht Gottes Gnade,
Was nützt ihm alle Welt!
Hier hilft kein Herz, kein Löwenmut,
Kein Adel, kein Geſchlecht, kein Gut;
Wer Demut für den Herren hat,   15
Weiß ſeinen Sachen Rath.

   Wie hoch wer iſt auf Erden,
Wie ſehr er muß geehrt,
Wie ſehr gefürchtet werden,
Ob ſich ſein Anſehn mehrt,   20
Ob Alles ihm nach Wunſch ergeht
Und dienſtlich zu Gebote ſteht —
Kommt ihm ein Fieberchen nur bei,
So merkt er, wer er ſei.

Kommt aber gar sein Ende, 25
Der Tod streckt nach ihm aus
Die abgefleischten Hände,
Gemahlin, Kinder, Haus,
Gut, Freundschaft, alle Herrlichkeit
Sind und verbleiben dieser Zeit, 30
Er stirbt verlassen und allein —
Was regt sich da für Pein?

Wird dann nicht bei ihm funden
Der Reu' und Demut Preis,
Wo er zu Christi Wunden 35
Nicht schnelle Zuflucht weiß:
So muß er nur verzweifelt stehn
Und ewig, ewig untergehn,
Ihm hilfet Nichts, und hat er gleich
Der Erden ganzes Reich. 40

Nun heißt Gott Alle scheiden
Sobald es ihm gefällt,
Dann ist der Spruch zu leiden
Des Richters aller Welt.
O Mensch, nimm stündlich deiner wahr, 45
Entkomm durch Buße der Gefahr!
Sie gibet Ruh in dieser Zeit
Und dort die Seligkeit.

— — — —

23.

(1645. Klage Sions über den Verzug ihres Bräutigams Jesu Christi.)

Der Tag beginnet zu vergehen,
Die Sonne läßt des Himmels Saal
Versetzt mit Sternen ohne Zahl
Wie einen bunten Teppich stehen,
Der Schlaf tritt Wald und Städten zu, 5
Gönnt Vieh und Menschen ihre Ruh.

Der Brauttanz ist bereits geschloßen,
Die Fackeln leuchten vor der Braut,
Ein Jeder läuft hinzu und schaut,

Die Sänger spielen unverdroßen, 10
Die Braut steht um und an geziert
Und wird vom Bräut'gam heimgeführt.

Dies sehen täglich deine Glieder,
O Christe, die von Ewigkeit
Im Glauben dir sind zugeträut, 15
Und weinen herzlich hin und wieder,
Dieweil du sie, o Gnadenschein,
So lange läßest trostlos sein.

Wann wirst du deine Braut heimführen?
Sie muß wie eine Wittwe gehn, 20
Von aller Welt verlaßen stehn,
Man gibt ihr Fleisch den wilden Thieren,
Der Gottlos' hält sie ohne Ziel
Zum Affenwerk und Fastnachtspiel.

Sie ist wie eine Turteltaube, 25
Die in dem Walde sich versteckt,
Da Einsamkeit und Grauen heckt;
Sie gleichet einer welken Traube,
Bei der kein Saft mehr wird erkennt,
Als die vom Reben ist getrennt. 30

Sie ist ein Schifflein, so das Brausen
Des tollen Meeres nicht erträgt,
Da eine Flut die andre schlägt
Und ungezähmt die Winde sausen;
Sie ist erblaßt und nur nicht todt — 35
Du aber schläfst in solcher Noth.

Errette sie doch von den Wellen,
Steh auf vom Schlaf, o süßer Hort,
Und führ' sie an des Lebens Port;
Treib deine Schafe zu den Ställen, 40
Eh' etwas, o getreuer Hirt,
Vom Wilde noch geraubet wird!

Sie ist ja, die du dir vermählet;
Eh' als der unbewegte Grund
Der Erden und des Himmels stund, 45

Simon Tach. 3

Ward sie dein Eigenthum erwählet,
Auf daß sie sollte neben dir
Im Himmel wohnen für und für.

Sie ist es ja, um welcher willen
Du Gottes dich geäußert hast,   50
Bist arm geworden und ein Gast
Und dich in Windeln laßen hüllen,
Des Todes und der Höllen Pein
Hast wollen unterworfen sein.

Und kannst es unbewegt ansehen,   55
Was man für Jammer mit ihr treibt,
Wie Jedermann sich an sie reibt,
Was Unglückswinde sie anwehen,
Was großes Waßers sie umringt
Und ihr bis an die Seele dringt?   60

Du hast dich ihrer nicht zu schämen:
Ihr unbeflecktes Ehrenkleid
Ist Unschuld und Gerechtigkeit,
Die wir im Glauben von dir nehmen;
Du hast sie selbst so ausgeziert,   65
Daß sie dir würde zugeführt.

Drum komm, sie endlich zu umfangen,
Es ist schon um die Mitternacht,
Die Lampe brennt, sie sitzt und wacht
Und will verschmachten vor Verlangen,   70
Sie wird vor Trauern schwach und alt,
Drum komm, gewünschter Aufenthalt!

Komm, komm, damit man dein Verziehen
Nicht halte nur für einen Spott
Und spreche: Wo ist nun ihr Gott,   75
Nach dem sie sich so heftig mühen?
Dies ist das Aergste, was sie kränkt,
Dieweil man dein so spöttlich denkt. —

Wer klagt doch so ohn' alle Maaßen?
Liebt eine treue Mutter sehr,   80
Ich liebe Sion noch viel mehr

Und komme bald, sie umzufaßen:
So spricht der Herr. Er kommt auch schon
Und führet seine Braut davon.

24.
Abendlied.
(1645. Albert's Arien V, 5.)

O Christe, Schutzherr deiner Glieder,
Du Arbeits=Trost, du Gott der Ruh,
Du schickest durch die Nacht uns wieder
Den Schlaf, der Sorgen Anstand, zu,
Hilfst mit neuen Kräften,   5
Unsern Amts=Geschäften
Folgends auf den Tag,
Stehest zu verhüten,
Daß kein Fall noch Wüthen
Uns betreten mag!   10

Erkenne, was wir dir von wegen
Der diesen Tag erzeigten Hut
Für Ehre, Lob und Dank ablegen,
Was bei uns Mund und Seele thut.
Wir gestehn und sagen,   15
Daß du uns von Plagen
Gnädiglich befreit;
Daß kein Grimm der Höllen
Uns hat können fällen,
Macht, Herr, dein Geleit.   20

Vergib die Sünd' und schnöde Sachen,
Die heute wider dich geschehn;
Laß deinen Sohn das richtig machen,
Was wir bald hie, bald da versehn!
Schütz auch, Herr, daneben   25
Unser schwaches Leben
Folgends diese Nacht,
Denn was hilft uns Armen,
Wo nicht dein Erbarmen
Ferner für uns wacht?   30

3*

Gib, daß wir niemals ohne Glauben
Hier anzutreffen mögen sein!
Die Nacht soll zwar das Licht uns rauben,
Doch nie des Geistes Kraft und Schein.
Laß uns unsre Leuchten   35
Stets mit Oele feuchten
Und bereitet stehn,
Daß wir an dem Ende,
Wann du kommst, behende
Mit dir können gehn!   40

25.
Bekehrung zum Herrn Christo.
(1645. Albert's Arien V, 8.)

Jesu, Quell gewünschter Freuden,
O mein Trost, mein bestes Theil,
Süßer Hort, gewißes Heil
Aller, die in großem Leiden
Sehr geängstet sich befinden   5
Wegen Drangsals ihrer Sünden!

Bist du nicht mit deinen Gaben
Jetzund schon vor meiner Thür?
Ja, du klopfest an bei mir,
Willst mein Herz zur Wohnung haben;   10
Aber ach, ich muß mich schämen,
So dich, Christe, aufzunehmen.

Packt euch erst, ihr Laster=Seuchen,
Zu der mörderischen Schar!
Geht, ihr grausame Gefahr!   15
Wollt ihr nicht? Ihr müßet weichen.
Dieses Haus soll meinem Leben,
Christo, einig sein ergeben.

Nun, Herr Christe, steht dir offen
Was du dir erwählet hast.   20
Komm, du großer Seelen=Gast,
Komm, mein Wunsch, mein ganzes Hoffen!

Kommst du? Ja, du bist zugegen,
Merk' ich doch schon deinen Segen.

Laßt das Unterst' oben stehen, 25
Laßt, ihr Felsen, euren Grund,
Stürzt euch in des Meeres Schlund,
Laßt die Welt zu Trümmern gehen:
Alles das, wo Christus wohnet,
Bleibt für Unglück wol verschonet. 30

26.

(1645. Auf Hans Dietrich von Schlieben's Tod.)

Sei, meine Seel', in dich gestellt,
Beruf' zusammen die Gedanken,
Thu einig dies, nimm vor die Welt,
Durchsuch' ihr Wesen, Thun und Wanken,
Schau, ob sie auch was anders sei 5
Als Eitelkeit und Trügerei!

Vergnüget Ehre meinen Sinn?
Je größer Ehr', je größre Plagen.
Groß Gut? Wie reich ich immer bin,
So will ich doch noch mehr erjagen. 10
Der Wollust Thun? Von ihrer Macht
Wird Leib und Seele durchgebracht.

Gesund und frisch von Leibe sein,
Was hilft es mir, wenn ich muß alten?
In Summa: Arbeit, Müh' und Pein 15
Sieht man in allen Dingen walten;
Und wäre ja was außer Noth,
So frißt uns sämmtlich doch der Tod.

Wie groß wir sind, wie schön, wie zart,
So eilt er mit uns nach der Erden; 20
Was wir durch allen Fleiß erspart,
Muß Andern hinterlaßen werden:
Hier hilft kein Diamanten-Thor,
Kein Schloß, kein Fels, kein Hochmuth vor.

Zeuch, Jüngling, du nach Weisheit aus,　　　25
Und härt' durch Arbeit deine Jugend,
Komm wieder heim, erfüll' dein Haus
Mit Ruhm und adelicher Tugend!
Und du wend' alle deine Macht
Auf Waffen und auf kühne Schlacht!　　　30

Nimm du den Handel vor die Hand,
Zeuch über Meer, reis' allenthalben!
Und du ergreif' den Liebes-Stand,
Schmück' deinen Leib mit Seid' und Salben!
Und wißt daneben allerseit,　　　35
Dies Alles währet kurze Zeit.

Wenn ihr dahingestrecket liegt,
Erblaßt und häßlich anzuschauen,
Daß die Verwesung euch besiegt
Und Jedermann muß vor euch grauen:　　　40
Mein, sagt, was Nutzes euch doch gibt
Die Eitelkeit, so ihr verübt?

Voraus wann wir nun Alle dort
Von unserm ganzen Thun und Leben,
Ja auch von jedem schlimmen Wort　　　45
Gott schwere Rechnung sollen geben:
O Herzeleid, was geben an,
Die nichts als schnödes Ding gethan?

Kehrt um, es ist sehr hohe Zeit!
Führt augenblicklich euch zu Sinnen,　　　50
Wie flüchtig ihr sammt Allem seid;
Sucht Gott durch Buße zu gewinnen
Und liebt den Nächsten, wie man soll:
So ist euch jetzt und ewig wohl!

27.

(1645. Auf Anna von Schlieben's Tod.)

Du, o getreue Mutter, Erde,
Am allerbesten ist es doch,
Daß auf des schweren Alters Joch
Ein Mensch in dich verscharret werde
Und schlafe stolz und ungeschreckt,   5
Biß ihn der Jüngste Tag erweckt.

Die Welt kann uns nicht ewig haben,
Sie wird noch unser endlich satt,
Wir sind verdrießlich, alt und matt;
Was Beßers ist, als sein begraben   10
Und räumen Welt und ihre Pein
Der Nachfahrt, unserm Samen, ein?

Du birgst das Wohnhaus unsrer Seelen,
Den Leichnam, tief in deinem Schoß,
Da ruht er aller Sorgen los   15
In den geheiligt stillen Höhlen,
Bis ihm der große Seelenhirt
Hoch aus den Wolken rufen wird:

Ihr Todten, findet euch nun wieder,
Kommt, werdet vor Gericht geschaut!   20
Da wirst du, was dir anvertraut,
Haut, Fleisch, Gebein und alle Glieder
Uns wieder geben also wol,
Daß auch kein Zahn gebrechen soll.

Ich war zu leben ganz verdroßen,   25
Wohl mir, daß ich gestorben bin!
Im Himmel schwebt mein Geist und Sinn,
Hier sprech' ich meine Blutsgenoßen,
Der Höchste selbst ertheilt sich mir
In aller Pracht und heil'gen Zier.   30

Du Erde, die mich erst geboren
Und wohl genährt, nimmst mein Gebein
Von meinen Kindern zu dir ein,

Hier bleibt kein Nagel mir verloren,
Wiewohl nur über wenig Jahr   35
Um mich ist weder Haut noch Haar.

Was weint ihr so, ihr lieben Kinder?
Begrabt mich christlich, als ihr thut,
Und tröstet nachmals euren Muth!
Ihr sterbet nach der Zeit nicht minder;   40
Denkt an den Tod, seid allzeit wach,
Ich reise vor, ihr folget nach!

28.

(1645. Auf Christoph Joachim von Packmohr's Tod.)

O Gott, nun lässest du mich hin
Aus diesem Leben fahren,
Weil ich durchaus nicht beßer bin,
Als meine Väter waren.
Du reißest mich, den Faden, ab,   5
Gleich wie ein Weber pfleget;
Ich werd' hinunter in das Grab
Ohn' Wiederkunft geleget.

Sobald des Leibes schwacher Sinn
Nur von mir ist gewichen,   10
So bin ich stracks gleich denen hin,
Die längst zuvor verblichen
Und nun ein tausend Jahr' und mehr
Wohl ausgeschlafen haben;
Weg ist mein Thun, weg Stand und Ehr',   15
Weg alle meine Gaben.

Bald werd' ich von Verwesenheit
Mit Haut und Haar gefreßen;
Die Welt hat mein in kurzer Zeit
Ganz, wie ich ihr, vergeßen.   20

-----

38. als, wie.

Ich werde Nichts, und wär' ich auch
Hie noch so auserlesen,
Gleich einem Schatten, Traum und Rauch
Und dem, der nie gewesen.

Soll ich deswegen, Herr, bei dir   25
Nun ebenso vergehen?
Wird kein Gedächtnis mehr von mir
In deinem Herzen stehen?
Soll denn mein Fleisch, der Würmer Spott,
Ohn' Lebenstrost verstäuben?   30
Bist du im Tod auch nicht mein Gott,
Wo soll mein Hoffnung bleiben!

Das sei von dir, o Höchster, fern!
Ich bin nicht so verdorben,
Ich lebe dir nur, meinem Herrn,   35
Dir werd' ich sein gestorben.
Und weil wir, Vater, dich allein,
Des Lebens Gott erheben,
Werd' ich im Tode todt nicht sein,
Ich sterb' und werde leben.   40

Denn Christus, wie ich bin gelehrt,
Stirbt und ersteht imgleichen,
Auf daß er werd' ein Herr geehrt
Der Lebenden und Leichen;
Er läßt hierum aus treuer Pflicht   45
Verwahren in die Erde
All mein Gebein, auf daß ja nicht
Nur eins verloren werde.

Ich will von Münze, Thymian
Und Nelken Samen holen,   50
Vermeng' es, thu' zu Majoran,
Die Saate von Violen
Und allen Blumen in gemein:
Ein Gärtner wird es kennen
Und auch ein jedes Körnelein   55
Nach seinem Namen nennen.

Viel mehr kennst du mich, werd' ich gleich
Zu Staub und Klößlein Erden.
Auch soll dies Fleisch zu deinem Reich
Noch auferwecket werden;   60
Dies mein Geäder, Haut und Blut
Wird dennoch mir gewähret,
Hätt' Erde, Wasser oder Glut
Mich tausendmal verzehret.

Mit dieser Hoffnung leg' ich mich   65
In Jesu Christi Wunden.
Auf, wahrer Gott, nicht säume dich
Mit einer sanften Stunden!
Ob Tod und Höll' und Satans List
Sich wider mich erregen,   70
Wenn du mir nur nicht schrecklich bist,
So bin ich obgelegen.

29.

(1646. Auf Friedrich Wilhelm Kappe's Tod.)

Soll ich das Elend und Beschwer
Des Lebens satt beweinen,
Wo nehm' ich alle Thränen her?
Wer ist es, ich weiß Keinen,
Der nicht von Hoffnung, Furcht und Noth   5
Verfolget sei bis in den Tod?

Sind unser unsre Mütter nicht
In Angst und Weh' genesen?
Ja unser erstes Werk und Pflicht
Ist Weinen nur gewesen;   10
Die Kindheit wird ganz ohn' Bedacht
In lauter Thorheit zugebracht;

Der Jugend läßt die Zucht nicht Ruh;
Ein Mann ist von dem Morgen
Biß auf den späten Abend zu   15

---

72. bin ich obgelegen, habe ich obgesiegt. — 2. satt, genügend.

In Arbeit, Müh' und Sorgen;
Dem Alter wohnet mancherlei
Furcht, Argwohn, Geiz und Krankheit bei.

Und über alles Ungemach
So sind wir keine Zeiten   20
Vom Tode frei, der stellt uns nach
Durch List von allen Seiten,
Würgt Alle, Kinder, Jugend, Mann
Ohn' Unterschied und wie er kann.

Was sag' ich von der Sünden viel,   25
Die liegt uns im Gewißen;
Wie werden wir ohn' Maaß und Ziel
Durch ihren Mord gebißen!
So wild wird keine See bewegt
Als wir, im Fall ihr Wurm sich regt.   30

Wer dieses wol zu Herzen faßt,
Wie sollt' er nicht der Erden,
Der Angst und Pein und aller Last
Befreiet wollen werden,
Zu kriegen für dies Herzeleid   35
Die wahre Ruh und Seeligkeit?

Dort, wo kein Unmuth hingelangt,
Wo Gnüg' und Wollust schweben,
Und wo die Schar der Frommen prangt
Mit Herrlichkeit umgeben,   40
Wo Freundschaft ohn' Betrug und List,
Und Gott in Allem Alles ist:

Da stehen um des Höchsten Thron
Die Väter und Propheten,
Vor allen Isai, dein Sohn,   45
Der Vater der Poeten,
Die stimmen sämmtlich hell und rein
Mit vielen tausend Engeln ein.

Ihr Lobspruch ist: Herr Zebaoth,
O wer kann dich ergründen?   50
Wie heilig, heilig, heilig, Gott,

Bist du doch zu befinden!
Des Himmels und der Erden Kreis
Ist viel zu klein für deinen Preis.

   Wer etwas von Erkenntnis hat,   55
Wird sich aus diesen Thränen
Dorthin in Gottes werthe Stadt,
Das wahre Zion, sehnen;
Wir laßen Welt und Sünde stehn
Und seinem Tod entgegen gehn.   60

   Lehr', Herr, uns dieses Lebens Noth
Recht kennen und recht haßen,
Daß wir die Kunst, auf Christus Tod
Zu sterben, zeitig faßen;
Und ist dann unser Stündlein hier,   65
So nimm uns seeliglich zu dir!

30.

Kreuz- und Trost-Liedchen.

(1646. Nach Psalm 94, 19, auf Regina Michel's Tod.)

Du sahest, Gott, auf meines Wandels Pfad;
Jetzt bin ich nun des eitlen Lebens satt.
Ich ward verfolgt durch große Müh' und Noth
Von Jugend auf bis jetzt an meinen Tod;
Wie ich geseufzt, wenn Unglück mich berannt,   5
Ist beßer dir, als mir, mein Gott, bekannt.
Ich hatte viel Bekümmernis im Herzen;
Dein Trost hat mich erquickt in allen Schmerzen.

   Voraus hat mir der Sünden wilde Macht
Gar manchen Trutz und Mordstich beigebracht,   10
Sie drang mir oft biß gar durch Mark und Bein
Und ließ an mir nicht viel Gesundes sein.
Die Seele war zur Erden ganz gebückt
Für ihrer Last, die unerträglich drückt.
Ich hatte viel Bekümmernis im Herzen;   15
Dein Trost hat mich erquickt in allen Schmerzen.

Der Tod nahm auch dazu mich in Gewalt
Und schreckte mich mit scheußlicher Gestalt,
Er zeigte mir das häßlich Angesicht,
Da war kein Fleisch und keiner Augen Licht.　　　　20
Dies, sprach er, wirst du sein mit Haar und Haut,
Sobald du die Verwesung nur geschaut.
Ich hatte viel Bekümmernis im Herzen;
Dein Trost hat mich erquickt in allen Schmerzen.

Die Hölle ward zuletzt mir aufgethan.　　　　25
Dies, sprach man, ist die breite Sündenbahn,
So du geliebt! Ich hört' auch schon dabei
Von unten her der Seelen Mordgeschrei.
Da nahm ich, Herr, zu dir hin meinen Lauf,
Und du nahmst mich in deinen Himmel auf.　　　　30
Ich hatte viel Bekümmernis im Herzen;
Dein Trost hat mich erquickt in allen Schmerzen.

31.

(1646. Auf Barthel Bütner's Tod.)

Die Seele des Gerechten ist
Befreit von Angst, Betrug und List,
Wie spät und früh sie möge sterben;
Denn wer hie Treu und Unschuld liebt
Und seinem Gotte stets sich gibt,　　　　5
Kann nicht verderben.

Nur daß der Ueberbliebnen Zahl
Empfindet dessen Leid und Qual
Und keinen Trost fast scheint zu haben;
Sie führen hochbetrübten Sinn,　　　　10
Und billich, denn ihr Theil ist hin
Und wird begraben.

Gott, dies ist deiner Weisheit Rath,
Der Böses nie begangen hat;
Du fällest, was nur lebet, nieder,　　　　15
Jung, Alt, eh' daß man sich besinnt,
Dann sprichst du: O du Menschenkind,
Komm eilends wieder!

Mein Leben, meine Luſt und Zier
Iſt einer Handbreit nur bei dir,   20
Wie nichts ſind alle Leut' auf Erden.
Was Kreuz und Elend kränkt uns doch,
Ach Gott, daß wir ſo ſicher noch
    Befunden werden!

Laß deinen Willen, Herr, geſchehn,   25
Thu was du über uns verſehn,
Nur gib Geduld in Kreuz und Leiden,
Daß wir, voraus in dieſer Pein,
Als deinen Kindern zuſteht, ſein
    Still und beſcheiden!   30

Der Waiſen Pfleg' und Schutz biſt du,
Die Einſam' heißt dich ihre Ruh,
Auf dich ſetzt Alles ſein Vertrauen,
Bedrückte Seelen ſonderlich,
Und dieſen läßt vor Andern ſich   35
    Dein Troſt auch ſchauen.

Reih' unſre Thränen fleißig auf,
Hemm' aber endlich ihren Lauf,
Stell' unſer krankes Herz zufrieden!
O Vater, ſei in keiner Noth,   40
Es gelte Leben oder Tod,
    Von uns geſchieden!

32.

(1647. Auf Helene von Pröhlen Tod.)

Halt aus, mein Herz, und ſei beſcheiden,
Schilt auf die Zucht des Herren nicht!
Der wahren Gotteskinder Pflicht
Iſt, alle Straf' in Demuth leiden.
Und wiß', daß Chriſti Schäfelein   5
Bloß durch das Kreuz gezeichnet ſein.

Drückt dich des Alters Laſt ohn' Maaßen,
Läßt Krankheit niemals von dir ab,
Eilt deiner Seele Pfand ins Grab,

Du lebest einsam und verlaßen   10
Und wünscheft dir in andrer Noth
Vielleicht aus Ungeduld den Tod.

    Gott züchtigt nicht, ohn' nur zum Guten,
Uns, die so ihm am liebsten sind;
Ein frommer Vater hält sein Kind   15
Am meisten unter scharfen Ruthen,
Ein Feldherr unter scharfem Streit,
Die er will krönen mit der Zeit.

    Wer Christo ähnlich dort will erben,
Der thu es ihm hier ernstlich nach   20
In aller Müh' und Ungemach
Und suche mit ihm auch zu sterben;
Noch Keinem ist der Himmels=Stand
Durch Scherz und Kurzweil zuerkannt.

    Was ist es doch, hier Unglück haben,   25
Mit Kreuz und Unmut sein beschwert,
So lang dies kurze Leben währt,
Und dafür dort sich ewig laben
In solcher Freuden, die kein Mann,
Wie tief er sinnt, erfinnen kann!   30

    Um welcher willen Viel' in Säcken
Für fürst= und königlicher Pracht
Ihr ganzes Leben zugebracht,
Geliebt für Schlößer wilde Hecken,
Geschätzt Schwert, Marter, Strick und Glut   35
Für dieses Lebens höchstes Gut.

    Wir sehen, was die Hand des Herren
Für Wohlthat täglich uns erzeugt;
Ob dann und wann sich Kreuz eräugt,
Wer hat dawider sich zu sperren?   40
Voraus weil der sehr übel steht,
Dem Alles nur nach Wunsch ergeht.

---

39. eräugt, sich eräugen (mhd. eröugen), vor Augen stellen, sich zeigen, ereignen.

Halt aus, mein Herz, und sei bescheiden!
Was kränkt dies Elend deinen Sinn?
Schau auf der Zukunft Güter hin,   45
Du wirst es sehn, daß dieses Leiden
Sei nimmer werth der Herrlichkeit,
Die Gott uns schenkt nach dieser Zeit!

33.

Aus dem Buch der Weisheit, Kap. 13.

(1647. Auf Thomas Jenden Tod.)

Was klagt man der Gerechten Seelen?
Sie fahren aus des Leibes Höhlen
Hinauf in Gottes Hand;
Nicht Angst noch Qual wird sie berühren,
Wol ihnen, ewig wol! Sie führen   5
Den auserwähltsten Freuden-Stand.

Man sieht sie an, als wenn sie stürben
Und durch die Hinfahrt ganz verdürben,
Der Wahnwitz hält sie todt;
Sie aber sind bei Gott in Frieden,   10
Sobald ihr Geist ist abgeschieden,
Und leben außer aller Noth.

Gott stäupt ein wenig hie auf Erden,
Dafür doch ihnen dort soll werden
Viel Gutes und viel Lieb' und Ehr';   15
Wiewol sie hie viel Leidens haben,
Muß sie die Hoffnung dennoch laben,
Sie sterben nimmermehr.

Er hat in den Versuchungs-Stunden
Sie seiner Liebe werth befunden,   20
Sie haben ihm vertraut;
Drum sehn sie, daß er sei der Alte,
Der ewig Bund und Glauben halte
Dem, der auf ihn in Liebe baut.

----

43. bescheiden, verständig, die rechte Einsicht habend.

Gott läßet ihm doch die nicht nehmen,   25
Die treu sind und sich sein nicht schämen.
Bleib heilig jederzeit,
So wird er dich in Aufsicht faßen
Und weder jetzt noch ewig laßen
Aus seiner Gnad' und Gütigkeit!   30

34.

Sirach 11, 21 bis Ende.

(1648. Auf Gregor Schubert's und Dorothea Beckschlager's Hochzeit.)

Bleib du nur fest an Gottes Wort
Und übe fleißig dich darinnen,
Wart' deines Rufes fort und fort,
Und ziehe dir es nicht zu Sinnen,
Wie sehr der Gottlos' eilt und läuft   5
Und immer Gut mit Gütern häuft!
Vertrau du Gott, nimm deiner Sachen
Dich fleißig und mit Treuen an;
Gott ist, der tausend Künste kann,
Die armen Leute reich zu machen.   10

Der Frommen Gut nimmt heimlich zu
Und muß zu seiner Zeit gedeihen.
Sprich nicht verzagt: Was hilft mich's nu,
Und wessen soll ich mich erfreuen?
Auch nicht vermeßen, bist du klug: 15
Es fehlt mir nie, ich habe gnug.
Muß dir das Glück zu Willen stehen,
Gedenk, das Wetter ändert sich;
Geht dir es schlimm, erinnre dich,
Daß es dir wieder wol kann gehen.   20

Gott weiß im Tod auch jedem sacht,
Was er verdient hat, zuzumeßen.
Nur eine böse Stunde macht,
Daß aller Freude wird vergeßen.
Wie wir gelebt, fällt uns doch ein   25
Erst in der letzten Todespein.

---

21. sacht, leicht.

Simon Dach.   4

Laß Keines guten Stand dich hindern,
Schätz Keinen seelig, lebt er noch:
Was er gewest, eräugt sich doch
Nach ihm an seinen Kindeskindern.   30

35.
Freudiges Sterblied.
(1648. Auf Regina Schwarz' Tod.)

Sei getrost, o meine Seele,
Und bestreite ritterlich
Dieses schwachen Leibes Höhle;
Die Erlösung nahet sich,
Da du aller Angst und Pein   5
Seelig wirst entbunden sein.

Christus selbst wird für dich kämpfen;
Er, der rechte Siegesheld,
Lehrt uns alle Feinde dämpfen,
Die er selber hat gefällt,   10
Als er mit dem Tode rang
Und der Höllen Reich bezwang.

Sollt' ich aber sorglich streiten,
Ei, so flieh' ich in die Hut
Seiner aufgespaltnen Seiten,   15
Die er öffnet mir zugut;
Sie ist ein sehr festes Schloß,
Satan, wider dein Geschoß.

O, wie werd' ich dort empfangen
So gewünschten Siegeslohn!   20
Mein verklärtes Haupt wird prangen
Mit der rechten Ehrenkron',
Alle Schwachheit und Verdruß
Wird sein unter meinem Fuß.

Wessen ich mich stets befleißen,   25
Meines Herzens gute Sach'
Und mein unbefleckt Gewißen

Folgen ungeſäumt mir nach,
Alſobald mein freier Geiſt
Aus dem Körper iſt gereiſt.　　　　　　　　30

Unterdeßen will ich leiden
Was mein Gott mir auferlegt;
Seine Hand küſſ' ich beſcheiden,
Die mich väterlich jetzt ſchlägt,
Seinen Zorn ertrag ich ſtill,　　　　　　　35
Laß ihn ſchaffen was er will.

Er wird mich von allem Böſen,
Es ſei Sünde, Tod und Zeit,
Seelig noch zuletzt erlöſen
Zu dem Reich der Herrlichkeit,　　　　　　40
Das er uns nach dieſer Welt
In dem Himmel vorbehält.

Ihm ſei Ehr' und Dank gegeben,
Ihn erheb' ich, wie ich weiß,
Beides in und nach dem Leben;　　　　　　45
Ihm allein ſoll Lob und Preis
Gar von Ewigkeit her ſein
Biß in Ewigkeit hinein!

36.
Todes-Erinnerung.

(1648. Auf Robertin's Tod, ſchon einige Jahre vorher gedichtet.)

Ich bin ja, Herr, in deiner Macht,
Du haſt mich an dies Licht gebracht,
Du unterhältſt mir auch das Leben,
Du kenneſt meiner Monden Zahl,
Weißt, wenn ich dieſem Jammerthal　　　5
Auch wieder Gute Nacht muß geben;
Wo, wie und wann ich ſterben ſoll,
Das weißt du, Vater, mehr als wol.

Wen hab' ich nun als dich allein,
Der mir in meiner letzten Pein　　　　　10

4*

Mit Trost und Rath weiß zuzuspringen?
Wer nimmt sich meiner Seelen an,
Wenn nun mein Leben nichts mehr kann
Und ich muß mit dem Tode ringen,
Wenn aller Sinnen Kraft gebricht,   15
Thust du es, Gott, mein Heiland, nicht?

   Mich dünkt, da lieg' ich schon vor mir
In großer Hitz', ohn' Kraft, ohn' Zier,
Mit höchster Herzensangst befallen:
Gehör und Rede nehmen ab,   20
Die Augen werden wie ein Grab,
Doch kränkt die Sünde mich für Allen;
Des Satans Anklag' hat nicht Ruh,
Setzt mir auch mit Versuchung zu.

   Ich höre der Posaunen Ton   25
Und sehe den Gerichtstag schon,
Der mir auch wird ein Urtheil fällen:
Hier weiset mein Gewißensbuch,
Da aber des Gesetzes Fluch
Mich Sündenkind hinab zur Höllen,   30
Da wo man ewig, ewig: Leid!
Mord! Jammer! Angst! und Zeter! schreit.

   Kein Geld und Gut errettet mich;
Umsonst erbeut ein Bruder sich,
Den andern hier erst los zu machen,   35
Er muß es ewig laßen stehn,
Wir werden ewig nicht entgehn,
Kriegt einmal uns der Höllen Rachen.
Wer hilft mir sonst in solcher Noth,
Wo du nicht, Gott, du Todes=Tod?   40

   Der Teufel hat nicht Macht an mir,
Ich habe blos gesündigt dir,
Dir, der du Mißethat vergibest.
Was maßt sich Satan deßen an,
Der kein Gesetz mir geben kann,   45
Nichts hat an dem, was du, Herr, liebest?
Er nehme das, was sein ist, hin;
Ich weiß, daß ich des Herren bin.

Herr Jesu, ich, dein theures Gut,
Bezeug' es mit selbs deinem Blut,　　　　　　50
Daß ich der Sünden nicht gehöre!
Was schont denn Satan meiner nicht
Und schreckt mich durch das Zorngericht?
Komm, rette deines Leidens Ehre!
Was gibest du mich fremder Hand　　　　　55
Und hast so viel an mich gewandt?

Nein, nein, ich weiß gewiss, mein Heil,
Du läßest mich, dein wahres Theil,
Zu tief in deinen Wunden sitzen;
Hie lach' ich aller Macht und Noth,　　　　60
Es mag Gesetz, Höll' oder Tod
Auf mich her donnern oder blitzen.
Dieweil ich lebte, war ich dein,
Jetzt kann ich keines Fremden sein.

37.
Klage über menschliche Hinfälligkeit.
(1648. Auf Georg Blum's Tod. Comp. v. Stobäus.)

Was ist Zeit und Welt,
Was ihr schnödes Wesen,
Ansehn, Kunst und Geld?
Nichts ist auserlesen,
Unbestand und Fall　　　　　　5
Herrscht nur überall.

Keine Hoffnung soll
Uns den Muth erheben;
Taug' auch etwas wol,
Trost in Noth zu geben,　　　　　10
Ist das Ruder fort,
Ohn' des Herren Wort?

Nichts sonst, was es sei,
Sättigt mein Gemüthe,
Alles Fleisch ist Heu,　　　　　15
Alle seine Güte,

Seine Zier, sein Ruhm,
Eine Wiesenblum'.

Herrlich pranget zwar
Eine Blum' im Lenzen,   20
Die auch unser Haar
Artig kann bekränzen,
Auch wird Gras und Kraut
Lieblich angeschaut.

Wann ihr Stolz nun meist   25
Sich beginnt zu blähen,
Und des Herren Geist
Anhebt drin zu wehen,
So ist Alles bald
Welk und ungestalt.   30

Also sind auch wir,
O wir armen Leute,
Unsers Lebens Zier
Brüstet sich zwar heute
Und ist rosenroth,   35
Morgen krank und todt.

Nur was Gottes Mund
Treulich uns versprochen,
Hat bewährten Grund
Und bleibt ungebrochen,   40
Wenn nun gleich die Welt
In einander fällt.

Was denn ist das Wort,
Das so fest bekleibet?
Daß er unser Hort   45
Stets in Christo bleibet
Und zu aller Frist
Unser Leben ist.

---

44. bekleibet, dauert, besteht.

38.
Trostliedchen.

(Bei Frau Catharinen Pöpping, geb. Kehsinn, Tod.)

Am allerbesten ist es zwar,
Im Herren sein verschieden
Und leben bei der Frommen Schar
Vergnüget und in Frieden,
Sein ewig außer Trug und List   5
Mang Abrahams Geschlechten,
Da Freud' und lieblichs Wesen ist,
O Gott, zu deiner Rechten.

Und hätt' ich aller Lust Genieß,
So hier erdacht mag werden,   10
Ja' säh' ein rechtes Paradies
Für mich gebaut auf Erden,
Herrscht' herrlich über Leut' und Land,
Groß, mächtig und erhaben,
Und wär' in aller Welt bekannt   15
Durch Kunst, Verdienst und Gaben:

Was wär' es denn nun endlich mehr?
Die Zeitflucht heißt mich alten,
Vergänglich ist Weltlust und Ehr',
Und dann muß ich erkalten,   20
Bin aus, verrotte ja sogleich,
Als hätt' ich unterdessen
Nichts oder aller Erden Reich'
In dieser Welt besessen.

Wer aber lebt so wol allhie   25
Und nur in guten Tagen?
Ein Ander weiß von seiner Müh,
Von meiner ich zu sagen;
Viel ist der Stern' am Himmelssaal
Und viel der Meereswellen,   30
Mehr aber ist der Menschen Qual
In mehr als tausend Fällen.

---

6. mang, unter, zwischen. — 18. alten, altern.

Nein, unser Bestes bleibet wohl,
Von hinnen seelig scheiden
Und aller Ruh und Anmut voll   35
Bei Christo sein in Freuden,
Und jung zwar, denn aus diesem Licht
Kaum alt erst wollen scheiden,
Ist Lust, sich gern ohn' Thorheit.nicht
Im Tode zu verweilen.   40

    Nur daß, die hinterblieben sein,
Sich gar zu heftig tränken
Und kaum einmal für großer Pein
An ihren Gott gedenken,
Der uns doch allen setzt ein Ziel,   45
Das heut kömmt oder morgen,
Ob wir gleich wenig oder viel
Desselben uns besorgen.

    Laß, Herr, des Glaubens Licht allzeit
In unsern Herzen brennen,   50
Daß wir die seelig' Ewigkeit
Ja mögen recht erkennen
Und klagen dann der Unsern Tod
Mit trostgemäßten Thränen,
Uns aber stets aus dieser Noth   55
In deinen Himmel sehnen!

39.

Christliche Freudigkeit, zu sterben und bei Christo zu sein.

(1648. Auf Maria Schmeissen Tod. Comp. v. Weichmann.)

    Ich muß aus diesem Leben:
Das ist Gesetz und Pflicht,
Ich mag gleich widerstreben,
Mag wollen oder nicht;

------

48. desselben uns besorgen, uns darüber Sorge machen. —
53. trostgemäßten, durch Trost gelinderten.

Drum nimm mich, Jesu, doch davon,   5
In Fried' als deinen Simeon!

   Auch ich hab', Herr, gesehen
Dich, aller Menschen Heil;
Die Rettung, so geschehen
Durch dich, ist nur mein Theil,   10
Ich trag' auf meiner Glaubenshand
Dich, meiner Seelen höchstes Pfand.

   Du bist mein Wegbereiter,
Mein Durchzug, meine Bahn,
Des Himmels Thür und Leiter,   15
Den du mir aufgethan;
Der Durchbruch wird mir nun nicht schwer,
Weil du, Gott, durchbrichst für mich her.

   Jetzt sitzest du, zur Rechten
Der Gotteskraft gestellt,   20
Und hast in deinen Mächten
Sünd', Hölle, Tod und Welt;
Was Himmel, Luft und Erd' erhöht,
Dient deiner hohen Majestät.

   Dir wird stets Lob gesungen   25
Von aller Engel Schar,
Es rühmen dich die Zungen
Der Väter immerdar,
Um dich wohnt Ehre, Dank und Preis
Und Freude, die kein Ende weiß.   30

   Laß mich dahin gelangen,
Mach' mich von Allem frei,
Was mich hier hält gefangen,
Auf daß ich bei dir sei
Und lobe dich, in dir erfreut,   35
In alle Ewigkeit!

40.

(1643. Auf Euphemia von Krahtzen Tod.)

Wir klagen überall,
Daß Noth und Todesfall
Uns manches Leid erreget,
Und nehmen nicht in Acht,
Daß Gottes Eifers Macht   5
Uns also schläget.

Er, dessen Auge sieht
Was in der Welt geschieht,
Ja selbst die Sonne blendet,
Nimmt mehr als fleißig wahr,   10
Was Bosheit hier und dar
Sein Urtheil schändet.

Mein Aufstehn, meine Ruh
Und Alles, was ich thu',
Schwebt stets ihm vor Gesichte, 15
Mein Trotz insonderheit
Steht bei ihm allezeit
Wie vor Gerichte.

Auch was ich noch nicht merk',
Es sei ein Sündenwerk,   20
Ist vor ihm dargestellet
Und wartet, was doch ihm
Sein Zorn für Ungestüm
Zum Urtheil fället.

Nun klag des Lebens Frist,   25
Daß sie so flüchtig ist
Und wir so sparsam alten;
Der Sünden Ungemach
Und hierauf Gottes Rach'
Heißt uns erkalten.   30

Drum unsre Tage sind
So schnell als kaum der Wind,
Und unsre Jahre fliehen

11. was, was für, welche.

Und wir mit ihnen auch,
Gleichwie sich sonst ein Rauch
Pflegt zu verziehen.   35

O Herr, lehr' in der Zeit
Uns unsre Sterblichkeit
Wol zu Gemüte faßen,
Und mach' uns hierdurch klug,   40
Daß wir des Satans Trug,
Die Sünde, laßen!

Kehr' dich doch wieder her,
End' unsre Angstbeschwer!
Und sollen wir dann reisen,   45
So nimm uns auf zu dir,
Daß wir dich zeitlich hier,
Dort ewig preisen!

— · —

41.

Chriſtliches Sterbliedchen.

(1648. Auf Rotger von Tieffenbrock's Tod.)

Nimm dich, o meine Seel', in Acht:
Du mußt schon hier in diesem Leben
Nach dem, was ewig seelig macht,
Nicht allererst im Tode streben.

Was hat die Erde wol vor dich?   5
Was kannst du mit von hinnen bringen?
Nicht Pracht, noch Hoheit hält den Stich,
Verhängnis herrscht in allen Dingen.

Der Himmel hat dein wahres Gut,
Nach dem du jederzeit sollst trachten,   10
Daselbst hin schick' du deinen Muth
Und lern' die Erde bald verachten.

O wer beschreibt den Reichthum mir,
Der dort ist beigelegt den Frommen,
Wer alle Luſt, zu welcher wir,   15
Wenn wir die Welt verachten, kommen!

Kein Ohr und Aug' hat je erkannt
Und Keines Herz hat noch empfunden
Der Seelen Ruh und Freudenstand,
Die alles seelig überwunden.   20

Was hemmt die Erde meinen Lauf,
Was hält sie mich mit Zaum und Zügel?
Ich sehne herzlich mich hinauf,
Wer gibt mir hierzu Adlersflügel?

Komm, Jesu, nimm mich zu dir ein,   25
Komm, säume nicht in meinen Freuden!
Ich habe Lust, bei dir zu sein
Und darum seelig abzuscheiden.

—

42.
Freudiger Abschied.
(1648. Auf Zacharias Kröhl's Tod.)

Freu, meine Seele, dich!
Dein Abschied nähert sich,
Der Herr wird jetzund kommen,
Hab' unbesorgten Wahn,
Es ist im Hui gethan,   5
So bist du hingenommen.

Wie ich um Abendszeit
Mich leg' auf eine Seit'
Und ganz nicht kann besinnen,
Wenn mich der Schlaf befällt: 10
Nicht anders schickt die Welt
Uns durch den Tod von hinnen.

So ist des Glaubens Grund,
Dein höchster Trost, dir kund,
Daß Christus zwar gestorben,   15
Doch auferstanden sei
Und uns durch solche Treu
Das Leben hab' erworben.

Halt' durch des Geistes Arm,
Weil dir zum Herzen warm,   20
Denselben fest umschloßen,
So fährst du wahrlich hin,
Als hätte deinen Sinn
Ein sanfter Schlaf begoßen.

Daß aber Fleisch und Haut   25
Stracks die Verwesung schaut,
Soll dieses dich bewegen?
Gott wird ihm das Gebein
Befohlen laßen sein
Und deiner Asche pflegen.   30

Was von dem Himmel rührt,
Wird Himmel ein geführt;
Da wirst du, Seele, schweben,
In Glanz und Herrlichkeit
Und aller Noth befreit   35
Stets bei dem Herren leben.

So steh in deiner Zier,
Die Mitternacht ist hier,
Dein Bräut'gam kommt gegangen
Und klopft auch. Ist er da?   40
Bist du es, Jesu? — Ja. —
Ei komm, du mein Verlangen!

O Erde, Gute Nacht!
Dein' höchste Lust und Pracht
Ist doch versalzt mit Leiden;   45
Ich ende meinen Lauf,
Mein Heiland nimmt mich auf
In seine Himmelsfreuden.

————

43.

(1648. Auf Dietrich Schwartzen Tod.)

Bei diesem hochbetrübten Leben
O wol uns, daß der Tod
Uns aller Müh und Noth

Muß ein seelig' Endschaft geben
Und bringt uns sein aus allem Jammer   5
In unsre Kammer!

Mehr aber wol uns wegen dessen,
Daß, sind wir gleich auch gar
Mit Haut, Gebein und Haar
Von der Verwesung aufgefreßen,   10
Wir aus dem Staube dürrer Erden
Erwachen werden!

Wenn Gottes Trompte wird erklingen
Von oben aus der Luft
Und mächtig durch die Gruft   15
Der tiefen Gräber selber dringen
Und alle Menschen, wo sie stecken,
Wird auferwecken:

Dann werden die verkehrten Herzen,
So Christus nie erkannt,   20
Zum Lohn empfangen Brand
Und unaussprechlich große Schmerzen,
Und wir, die wir ihm angehören,
Den Kranz der Ehren.

Dann werden wir das Lamm umringen,   25
Ihm dienen Tag und Nacht
Und seiner Liebe Macht
In seinem Tempel ewig singen,
Und über uns wird Ruh und Leben
Ohn' Ende schweben.   30

Mit dieser Hoffnung wol versehen,
Laßt uns geduldig sein,
Mit was Gefahr und Pein
Sich Zeit und Glück beginnt zu blähen,
Der Krankheit und des Alters Plagen   35
Bescheiden tragen.

Nur laß uns deinen Beistand merken,
O Jesu, unser Hort,
Und deines Trostes Wort

Uns stets in aller Schwachheit stärken; 40
Lehr' wider Höll' und Tod uns kriegen
Und ewig siegen!

44.
Preußisches Lob- und Danklied.
(1648. Christliche Weihnachtsfreude.)

Dies alte Jahr hat auch sein Ziel,
  Das neu' ist angetreten.
Wach' auf, mein Lob= und Saitenspiel,
  Mit Dank und mit Gebeten
    Rühm' den allein, 5
    Der alle Pein,
So uns bißher betroffen,
    Mit starker Hand
    Hat abgewandt
Und heißt uns Beßrung hoffen! 10

Wer hätte kurz zuvor gemeint,
  Dem Höchsten Lob zu singen,
Als Furcht war, daß der wilde Feind
  Sucht' uns auch zu verschlingen?
    Sein Säbel fraß 15
    Ohn' alle Maß
Der Nachbarn Gut und Leben;
    Wir schrieen: Ach,
    Jetzt wird die Rach'
Jetzt über uns auch schweben! 20

Denn unsres Hauptes Krone war
  Uns Armen abgefallen,
Daher entspann sich die Gefahr
  Und wüthet' unter Allen.
    Am meisten dreut 25
    Uneinigkeit,
Auch innerliche Kriege,
    Daß überall
    Furcht, Angst und Fall
Behielten Plätz' und Siege. 30

Wo bleibt der Nahrung Abgang, wo
  Die Armuth hin und wieder?
Eins klagt sich so, das Andre so,
  Es weiß sein Kreuz ein Jeder.
    So manches Herz,   35
    So mancher Schmerz:
Nun hat es Gott gewendet
    Und unser Leid
    Gleich mit der Zeit
Des alten Jahrs geendet.   40

Er hat den königlichen Stuhl
  Uns wieder aufgerichtet,
Erhalten Rathhaus, Kirch' und Schul'
  Und manchen Sturm geschlichtet,
    Des Kreuzes Last   45
    Mit angefaßt,
Uns nie zu hart geschlagen
    Und stets Geduld
    Mit unsrer Schuld
Nach Vaters Art getragen.   50

Drum werd' er auch von uns erhöht.
  Sprecht: Vater, deine Güte,
Die über Erd' und Himmel geht,
  Ist über uns in Blüte;
    War es ohn' sie,   55
    Wir würden hie,
O wir sündhafte Preußen,
    Ein Scheusal, ja
    Ein Sodoma
Und ein Gomorrha heißen!   60

Du hast dein Rachschwert eingestedt,
  Bist stets bei uns geblieben,
Das Wetter, so uns sehr erschreckt,
  Hast du gewünscht vertrieben
    Und Allen Brod,   65
    So viel uns noth,
Zu rechter Zeit bescheeret:

Wie wird hiefür
Dir nach Gebühr,
O Vater, Dank gewähret?   70

Es müßen um dein Heiligthum
Viel tausend tausend stehen,
Durch alle Himmel deinen Ruhm
Und große Pracht erhöhen.
    Luft, Erde, See,   75
    Reif, Hagel, Schnee
Muß, Herr, dir Ehre geben,
    Und allermeist
    Soll unser Geist
Dich ewig, Gott, erheben.   80

O hilf uns auch dies neue Jahr
.Mit neuem Trost und Segen!
Nimm unsrer hohen Herrschaft wahr!
Stift' Eintracht allerwegen!
    Treib Sünd' und Schand'   85
    Aus unserm Land,
Und was uns kann verderben!
    Kommt aber dann
    Der Tod uns an,
So laß uns seelig sterben!   90

45.

(1649. Auf Wolf von Kreytzen Tod.)

Nimm nichts zu thun in deinen Sinn,
Schau allzeit auf das End' erst hin,
So wirst du heilig leben.
    Du hast hinfort
    Von jedem Wort   5
Auch Rechenschaft zu geben.

Wer baut auf bloßes Eis ein Haus?
Wer geht, und weiß nicht wo hinaus?

Simon Dach.   5

Wer schätzt im Kampf zu ringen
   Für eine Pflicht,
   Und hoffet nicht
Den Kranz davon zu bringen?   10

Reizt Satan dich zur Missethat,
Bedenk, was sie zum Ausgang hat:
Wirst du dann fortgerißen,   15
   Die Lust verstäubt,
   Der Kummer bleibt
Dir ewig im Gewißen.

Die Sünde thut wie eine Bien':
Erst läßt sie uns den Honig ziehn   20
Und gibt dabei im Herzen
   Uns einen Stich,
   Der ewig sich
Erhält in tausend Schmerzen.

Erinnre dich der letzten Noth,   25
Bedenk den abgefleischten Tod,
Der Höllen weiten Rachen,
   Der ewig speit
   Brand, Weh und Leid!
Es wird dich frömmer machen.   30

Bedenk der Auserwählten Lohn,
Die unvergänglich' Ehrenkron'
Im Reiche der Gerechten,
   Und such um sie
   Ohn' End' allhie   35
Ganz ritterlich zu fechten!

Heb' deinen Sinn zu Gott hinauf,
Vollend' mit Freuden deinen Lauf;
Must du darüber sterben,
   Halt Alles gleich,   40
   Du wirst das Reich,
Den Sieg der Frommen erben!

46.
Klag-Lied.

(1649. Auf Georg von der Gröben Tod.)

Du hast mich wund geschlagen,
Mich, Herr, für Feind erkannt:
Was soll ich weiter sagen?
Ich fühle deine Hand
Und deines Eifers Brand.   5

Du kommst auf mich gedrungen,
Gleichwie ein Schiff zur See
Wird durch den Sturm bezwungen,
Wie man ein schwaches Reh
Fäht auf der Berge Höh'.   10

Seit daß der Wittwen Orden
Mich unter sich gebracht,
Bin ich mir ganz entworden,
Mir wild und fremd gemacht,
Ich weine Tag und Nacht.   15

Mein Haus, darin ich wohne,
Ist eine Wüstenei,
Es misset seine Krone
Und führet darum Reu
Und großes Angstgeschrei.   20

Was hilft es, daß ich lebe?
Ich komm' um Mann und Kind,
Weil meines Alters Stäbe
Und Stecken so geschwind
Gleich mit zerbrochen sind.   25

Wo sind nun meine Freuden,
Wo ist mein' Hoffnung hin?
An ihre Statt ist Leiden
Und hochgekränkter Sinn
Geworden, mein Gewinn.   30

— — — —

5. Eifers, Zornes. — 10. fäht, fängt. — 13. entworden, entfremdet.

Ergießt euch, heiße Zähren,
Durch meiner Augen Straß',
Und will euch Jemand wehren,
Gebeut euch Jemand Maß,
Den haßt ohn' Unterlaß,   35

Indem ich mich beraube
Der Freuden aller Welt,
Wie eine Turteltaube,
Wenn ihr der Gatt' entfällt,
Sich öd' und einsam hält.   40

Nur du, mein Wundenschläger,
Wie hart greifst du mich an!
Komm, sei nun auch mein Pfleger,
Mein Vater, Schutz und Mann,
Und trag' was ich nicht kann!   45

Laß mich in meinen Leiden,
O liebster Vater, sein
Geduldig und bescheiden;
Nimm mich nach solcher Pein
In deinen Himmel ein!   50

- - - -

47.

Klaglieder Jeremiä 3, 22—34.

(1649. Auf Georg Adam von Schlieben Tod, 15. März.)

Des Herren Güte macht allein,
Daß wir noch etwas übrig sein
Und nicht zusammen aufgerieben;
Denn mächtig groß ist seine Treu,
Kein End' hält seine Gnad' umschrieben,   5
Sie ist ja alle Morgen neu.

Der Herr, spricht meine Seel', ist mir
Das beste Theil, die höchste Zier,
Drum will ich auch auf ihn mich wagen.

5. umschrieben, begrenzt. — 9. mich wagen, mich stützen, vertrauen.

Der Herr thut sich sehr freundlich zu 10
Den Seelen, welche nach ihm fragen
Und bei ihm suchen Schutz und Ruh.

Es ist ein köstlich Ding, in Pein
Bescheiden und geduldig sein
Und auf des Herren Hülfe hoffen; 15
Es ist sehr köstlich einem Mann,
Daß er das Leid, so ihn getroffen
In seiner Jugend, tragen kann;

Daß ein Verlaßner sittsam sei
Und führ' in Drangsal kein Geschrei, 20
Den Mund hin in den Staub verstecke,
Der Hoffnung wart', und ob man gleich
Ohn' Schuld ihn viel mit Hohn beflecke,
Er willig leid' auch Backenstreich'.

Denn Gott verstößt nicht ewiglich, 25
Er züchtigt und erbarmet sich,
Er schlägt und heilet unsre Schmerzen
Nach seiner Güte, die er übt,
Denn er doch nimmermehr von Herzen
Die Menschen plaget und betrübt. 30

48.

(1649. Auf Ursula Bolius' Tod. Comp. v. Albert.)

Schöner Himmelssaal,
Vaterland der Frommen,
Die aus großer Qual
Dieses Lebens kommen
Und von keiner Lust 5
In der Welt gewußt,

Sei mir hoch gegrüßt!
Dich such' ich für Allen,
Weil ich öd' und wüst
In der Welt muß wallen 10
Und von Kreuz und Pein
Nie befreit kann sein.

19. sittsam, geduldig.

Deinetwegen bloß
Trag ich dies mein Leiden,
Diesen Herzensstoß,   15
Willig und mit Freuden;
Du versüßest mir
Alle Gall' allhier.

Trüg' ich durch den Tod
Nicht nach dir Verlangen,   20
O, in meiner Noth
Wär' ich längst vergangen!
Du bist, einig du,
Nichts sonst, meine Ruh.

Gott, du kennst vorhin   25
Alles, was mich kränket
Und woran mein Sinn
Tag und Nacht gedenket;
Niemand weiß um mich
Als nur du und ich.   30

Hab' ich noch nicht sehr
Ursach, mich zu klagen,
Ei, so thu noch mehr
Plage zu den Plagen;
Denn du trägst, mein Heil,   35
Doch das meiste Theil.

Laß dies Leben mir
Wol versalzet werden,
Daß ich mich nach dir
Sehne von der Erden   40
Und den Tod bequem
In die Arme nehm!

O wie werd' ich mich
Dort an dir erquicken!
Du wirst mich, und ich   45
Werde dich anblicken,
Ewig, herrlich, reich
Und den Engeln gleich.

38. versalzet, verleidet. — 41. bequem, gern, willig.

Schöner Himmelssaal,
Vaterland der Frommen,
Ende meine Qual,
Heiß mich zu dir kommen;
Denn ich wünsch' allein,
Bald bei dir zu sein!   50

49.

Psalm 128.

(1649. Auf Joh. Melhorn's und Anna Koesen Hochzeit.)

Wer auf Gottes Wegen wandelt
Und in seiner Furcht sich hält,
Alles, was er sinnt und handelt,
Auf den Grund der Unschuld stellt:
Der ist wahrlich wol daran   5
Und ein segenreicher Mann.

Wer du bist, du wirst dich nähren
Von der Arbeit deiner Hand,
Sie wird reichlich dir gewähren
Beides, Gut und Ehrenstand;   10
Wol dir, was dein Vorsatz thut,
Ueberall hast du es gut.

Dein geliebtes Weib wird eben
Um dein reiches Haus her sein
Wie ein Stock mit fruchtbarn Reben;   15
Deine Kinder groß und klein
Wie die Oelzweig' ohn' Gefähr
Deinen vollen Tisch umher.

Siehe, mit so großem Segen
Wird begabt ein solcher Mann,   20
Nimmt er nur sich allerwegen
Fein der Furcht des Höchsten an;
Gott, der Frommen Schild und Lohn,
Wird dich segnen aus Sion.

---

6. segenreicher, gesegneter. — 11. was dein Vorsatz thut, was du auch thun mögest.

Was Jerusalem wird bauen,   25
Ihren Schmuck, ihr Glück und Ruh
Wirst du, weil du lebest, schauen,
Kindeskinder auch dazu,
Es wird schweben Lust und Zier
Ueber Israel und dir.   30

50.
Seelige Ewigkeit.
(1649. Auf Sophie Schimmelpfennig's Tod.)

Seelig' Ewigkeit,
Lohn der Himmelserben,
Derer Herzeleid,
Die in Sünden sterben,
Bild' doch dich allein   5
Immer mir recht ein!

Laß mir Nichts dein Wort
Aus dem Herzen lenken,
Sondern fort und fort
Mich an dich gedenken;   10
Sei mein Tritt, mein Gang
Und mein Lebenszwang!

Hast du dich gesellt
Wohl zu meinen Sinnen,
Nichts in dieser Welt   15
Wird mein Herz gewinnen;
Denn was gleicht allhier
Deiner hohen Zier?

Deinen reichen Stand
Würdig auszusprechen,   20
Wird uns Witz und Hand,
Zung' und Mund gebrechen;
Hier hat Wissenschaft
Weder Ort noch Kraft.

---

27. weil, dieweil, solange.

Gott von Angesicht,   25
Wie er ist, erkennen,
Durch das große Licht
Seiner Liebe brennen,
Sprechen: meine Ruh,
Gott, bist ewig du!   30

Ueber alle Maß
Gnugsam sein genießen,
Ihn ohn' Unterlaß
In die Arme schließen
Und sich spiegeln ganz   35
Nur in seinem Glanz,

Aller Wünsche Macht,
Aller Weisheit Gaben,
Aller Hoheit Pracht,
Allen Reichthum haben,   40
Nirgends sehn Verdruß
In dem Ueberfluß,

Aller Väter Schar
Und die lieben Seinen
Sprechen immerdar,   45
Nirgends über weinen,
Ohn' Gefahr und Pein
Und ohn' Krankheit sein,

Seine Stimm' empor
Mit den Engeln schwingen   50
Und in vollem Chor
Unserm Schöpfer singen:
Heilig bist du, Gott,
O Herr Zebaoth!

Und dies Alles zwar   55
Nicht nur lange Zeiten,
Hundert tausend Jahr,
Die zuletzt verschreiten,
Nein, ohn' End' und Zeit
Und in Ewigkeit.   60

46. nirgends über, über nichts. — 58. verschreiten, verlaufen, zu Ende gehen.

Dieses, und was mehr
Ueber Menschen Zungen
Und in kein Gehör,
In kein Herz gedrungen,
Wohnt, du Himmelszier,   65
Ewigkeit, in dir!

Sollt' ich nicht allhie
Gern um dich ertragen,
Armut, Blöße, Müh',
Hohn und Krankheitplagen,   70
Ja die höchste Noth
Bis in meinen Tod?

Gott, der du bereit
Warst, für uns zu sterben,
Bloß der Ewigkeit   75
Heil uns zu erwerben,
Dieses theure Gut
Kostet dir dein Blut.

Laß hie meinen Leib
Wohl gezüchtigt werden,   80
Schlag, hau, trenn', zerreib
Ihn zum Klößlein Erden;
Nur die Seel' entgeh
Ewig ihrem Weh!

Keiner Wollust Schuld   85
Steige mir zum Herzen,
Daß ich deine Huld
Wollt' hierum verscherzen,
Ewig auch dazu
Meiner Seelen Ruh!   90

Täglich tödt' in mir
Meiner Lust Beginnen,
Keiner Welt Begier
Komme mir zu Sinnen,
Ihre falsche Lust   95
Sei mir Gram und Wust!

---

96. Gram und Wust, zuwider wie Gram und Schmuz.

Laß mich nirgends hin
Aus der Unschuld wanken,
Und mir in dem Sinn,
Werken und Gedanken   100
Schallen jederzeit:
Seelig' Ewigkeit!

- - - - - -

51.
Römer 5, 1. 2; 8, 38. 39.
(1650. Auf Heinrich Schultzen Tod.)

Herr Jesu, nun dein Tod und Blut
Mein Trost ist und mein höchstes Gut,
Darauf ich sicher mich kann gründen,
Dadurch ich bin gerecht und frei
Von des Gesetzes Tyrannei   5
Und los von allen meinen Sünden:

So weiß ich durch des Glaubens Sinn,
Daß ich mit Gott vertragen bin
Und er mir zuneigt sein Gemüte,
Mich als ein Vater herzlich liebt,   10
Mir, seinem Kind, auch Zugang gibt
Zu seiner väterlichen Güte.

Daher ich in des Todes Bann
Mich auch der Hoffnung rühmen kann
Der Herrlichkeit nach diesem Leben,   15
Die Gott, wann wir im Glauben stehn
Und auf der Unschuld Wegen gehn,
Uns sich versprochen hat zu geben.

Ja, Herr, in aller meiner Noth
Bin ich gewiß, daß weder Tod   20
Noch Leben, weder Lust noch Leiden,
Nicht Fürstenthum noch Engelkraft,
Noch sonst was Erd' und Himmel schafft,
Mich soll von deiner Liebe scheiden.

_____

8. vertragen, versöhnt.

- - - - - -

52.

(1651. Auf Michael Friesen Tod. Comp. v. Albert.)

Herr, wir wallen sämmtlich dir,
Weil der Leib uns hält umschloßen,
Denn wir sind dir beides hier,
Fremd' und Reichsgenoßen;
Dieses kurzen Wandels Lauf   5
Steht hinauf,
Da wir her entsproßen.

Sei du beides, Licht und Stab,
Durch dein Wort auf unsern Wegen,
Wend' der Feinde Bosheit ab,   10
Die uns Stricke legen,
Laß sich deiner Engel Schar
Immerdar
Treulich um uns regen!

Bis wir seelig durch den Tod   15
Unsre Bürgerstadt erreichen,
Da uns weder Gram noch Noth
Ewig wird bestreichen,
Da, was hier uns immer irrt,
Alles wird   20
Von uns müßen weichen.

Unsre Stadt, die seine Hand
Selbst so herrlich aufgeführet,
Da man keiner Sonnen Brand
Und kein Mondlicht spüret,   25
Weil dein' Herrlichkeit allein
Sie mit Schein
Unvergleichlich zieret.

Ihre Gaßen sind Crystall,
Ihrer Thore zwölf erhöhet   30
Aber Perlen allzumal;
Ihr Gebäu bestehet
Klar aus Golde, dessen Preis
Was man weiß
Weit, weit übersteiget.   35

6. steht hinauf strebt nach oben. — 34. was man weiß, alle menschliche Kenntniß.

Herr, wir sehnen da uns hin,
End' uns dieses Pilgerleben,
Laß von hier sich unsern Sinn
Stets hinauf erheben,
Biß nach unserm Tode wir   40
Gar bei dir
Ohn' Aufhören schweben!

53.

Römer 8, 35.

(1651. Auf Achatius zu Dohna Tod. Comp. v. Albert.)

Ich bin bei Gott in Gnaden
Durch Christi Blut und Tod:
Was kann mir endlich schaden,
Was acht' ich alle Noth?
Ist er auf meiner Seiten,   5
Gleich wie er wahrlich ist,
Laß immer mich bestreiten
Auch alle Höllenlist.

Was wird mich können scheiden
Von Gottes Lieb' und Treu?   10
Verfolgung, Armut, Leiden
Und Trübsal mancherlei?
Laß Schwert und Blöße walten,
Man mag durch tausend Pein
Mich für ein Schlachtschaf halten: 15
Der Sieg bleibt dennoch mein.

Ich kann um dessentwillen,
Der mich geliebet hat,
Gnug meinen Unmuth stillen
Und fassen Trost und Rath;   20
Denn das ist mein Vertrauen,
Der Hoffnung bin ich voll,
Die weder Drang noch Grauen
Mir ewig rauben soll:

' Daß weder Tod noch Leben   **25**
Und keiner Engel Macht,
Wie hoch sie möchte schweben,
Kein Fürstenthum, kein' Pracht,
Nichts dessen, was zugegen,
Nichts, was die Zukunft hegt,   **30**
Nichts, welches hoch gelegen,
Nichts, was die Tiefe trägt,

   Noch sonst, was je erschaffen,
Von Gottes Liebe mich
Soll scheiden oder raffen;   **35**
Denn diese gründet sich
Auf Jesu Tod und Sterben,
Ihn fleh' ich gläubig an,
Der mich, sein Kind und Erben,
Nicht laßen will noch kann.

54.
(1651. Auf Annen Fahrenheyds Tod).

Ich kenn' ein Haus nach dieser Zeit,
Das heißt die seelig' Ewigkeit,
Die Vaterstadt der Frommen,
    In welche sie
    Aus aller Müh   **5**
Nach diesem Leben kommen.

   Sie darf des Sonnenscheines nicht,
Gott selber ist ihr helles Licht,
Das glänzt ohn' Maß und Ende;
    Gold und Crystall   **10**
    Sind überall
Da Pfosten, Thür und Wände.

   Da wird des Lammes schöne Braut
Dem Bräutgam heimgeführt geschaut,
Der sie von Herzen liebet,   **15**
    Als seine Zier,
    Und ganz sich ihr
Selbst zu genießen gibet.

---

7. darf, bedarf.

Ihr allerbestes Ehrenkleid
Ist Unschuld und Gerechtigkeit,
Nur hiemit will sie prangen, .
  Das ist ihr gnug,
  Kein ander Schmuck
Kann ihren Liebsten fangen.

  Und also wird das Hochzeitmahl   25
Hoch in der Ewigkeiten Saal
Mit höchster Pracht gehalten,
  Da Spiel, Gesang
  Und Saitenklang
Und Freuden ewig walten.   30

  Die Engel selbst sind hocherfreut
Von wegen unsrer Seeligkeit;
Da widerfährt den Frommen
  Was nimmermehr
  Uns zu Gehör   35
Noch in das Herz ist kommen.

  Da sehn' ich herzlich mich hinauf.
Wer endet mir den Lebenslauf?
Ich will befreiet werden.
  Komm, Jesu, bald,   40
  Mein Aufenthalt,
Und nimm mich von der Erden!

  Doch mach' mich von der Sünd' erst rein;
Nur diese kömmt bei dir nicht ein,
Denn draußen sind die Hunde.   45
  Gefall' ich dir,
  Nichts wünsch' ich mir
Als eine seel'ge Stunde.

      —————

55.

(1651. Auf Barbara Friesen Tod. Comp. v. Albert.)

Wir haben, Herr, ein festes Wort,
Darum uns keiner Höllen Mord
In Ewigkeit wird bringen:

Daß du uns kennest allerzeit,
Was Ungemach und Herzeleid
Je auf uns möchte bringen.   5

Sonst gehst du wahrlich mit uns um
So wunderseltsam und so krumm,
Daß Trost und Rath uns fliehen
Und wir bei der gehäuften Last   10
Auch deine Sorge für uns fast
In Zweifel möchten ziehen.

Zeuchst du nun die Verheißung ein,
Vergißest, gnädig mehr zu sein?
Du läßest von dir lesen,   15
Wie du vor Alters deiner Schar,
Die dir vertrauet in Gefahr,
Barmherzig bist gewesen.

Wie stellst du dich denn jetzund an?
Du bist uns wie ein fremder Mann,   20
Der nur will förder gehen,
Bist wie ein Riese, der nicht Rath,
Nicht Herz noch Kraft zu helfen hat,
Wenn Angst und Noth entstehen.

Schau, wie sich unsre Trübsal nährt!   25
Das Herz ist uns fast aufgezehrt
Von Sorgen, die uns nagen;
Du stürmst so grausam zu uns ein
Und schlägst uns, wie man in gemein
Pflegt seinen Feind zu schlagen.   30

Erzeig' uns deine Güte doch,
Du bist ja unser Vater noch
So wie vor alten Zeiten;
Setz' unsre Hoffnung nicht in Spott
Und sei auch ferner unser Gott   35
Von nah und nicht von weiten!

---

21. förder, fürder, weiter.

Wend' endlich unser Nothgeschrei,
Wohn' uns mit Trost und Rettung bei!
Die Todten in der Erden
Erweisen dir mehr keinen Dank;   40
Wir wollen unser Leben lang
Dein Ruhm= und Danklied werden.

56.
Klag- und Trost-Liedchen.

(1652. Auf Barbara Schultzen Tod. Comp. v. Weichmann.)

Vater, deine Ruth'
Hab ich gnug geschmecket,
Deines Eifers Glut
Hat mich stets erschrecket,
Um mein Leiden weist   5
Du erst allermeist.

Nunmehr will es auch
Mit mir Abend werden:
Wie ein dünner Rauch
Aufsteigt von der Erden,   10
Wie ein Dampf entsteht,
Aber bald vergeht,

Also nehm' ich ab;
Meine kranken Glieder
Eilen in das Grab.   15
Alles legt sich nieder.
Ich bin alt und matt
Und des Lebens satt.

Aber weist du dich
Mein nicht anzumaßen?   20
Wirst du jetzund mich
Hülf= und trostlos laßen?
Wird dein Wort allein
Mir nicht Wahrheit sein?

---

20. mein anzumaßen, meiner anzunehmen.

Simon Dach.   6

Ich will euch, sprichst du,   25
Sein in bösen Tagen
Aufenthalt und Ruh,
Euch im Alter tragen,
Euer graues Haar
Retten aus Gefahr.   30

Dieß vollbring' an mir,
Die ich mühsam lebe,
Tag und Nacht zu dir
Meine Händ' aufhebe
Und ohn' Unterlaß   35
Bin von Weinen naß!

Wie ein Wandersmann
Nach der Herberg eilet,
Sieht kein Wetter an,
Nirgends sich verweilet,   40
Also sehn' ich mich
Auch zu schauen dich.

Unterdessen steh
Hie mir, Herr, zur Seiten,
Hilf mir alles Weh   45
Fein getrost bestreiten,
Tilge meine Schuld
Und verleih Geduld!

Ist es denn dein Will',
Und ich soll verscheiden,   50
Ei, so nimm mich still
Hin aus diesem Leiden,
Stell die wahre Ruh
Mir im Himmel zu,

Da an keine Qual   55
Mehr gedacht wird werden,
Da kein Thränenthal
Und kein Angstgeberden,
Sondern Freud' allein
Wird ohn' Ende sein.   60

Da will ich dir Dank
Mit den Engeln geben,
Durch der Stimmen Klang
Deinen Ruhm erheben,
Der du ewig, Gott,   65
Bist, Herr Zebaoth!

———

57.

(1652. Auf Gregor Werner's Tod. Comp. v. Albert.)

Wir sprechen sonst: Je größre Noth,
Je näher Gott.
Herr, meine Sorgen
Und Plagen, die ich jetzt empfind'
Im Herzen, sind   5
Dir unverborgen;
Die Lebenskräft' entgehen mir,
Sodaß ich schier
Empfinde Grauen,
Wie gänzlich mir die Arm' und Bein   10
Entfleischet sein,
Mehr anzuschauen.

Die Zung' hat keine Sprache mehr,
Auch mein Gehör
Beginnt zu schwinden,   15
Ich weiß durch meiner Augen Licht
Die Sonne nicht
Mehr zu empfinden;
Für Allen schweben immerdar
Die jungen Jahr'   20
In meinem Herzen,
Sodaß bei mir der Sünden Gift
Weit übertrifft
Die Leibesschmerzen.

Ich winsle, wie ein Kranich thut,   25
Für schwerem Muth,
Muß täglich girren,.
Wie Tauben, die verwittwet sein,

———
26. für schwerem Muth, vor Schwermuth, Angst.

6 *

Im Wald allein
Und flüchtig irren.   30
Setz' mich in dieser Angst, o Gott,
    In keinen Spott,
    Steh mir zur Seiten
Und hilf mir allen Höllenmord,
    Mein starker Hort,   35
    Getrost bestreiten!

Herr Christ, ich bin auf dich getauft,
    Durch dich erkauft
    Von allen Sünden;
Die haben nunmehr, o mein Heil,   40
    Durchaus kein Theil
    An mir zu finden.
Mein Glaube läßet nicht von dir,
    Nur tilge mir
    Dies letzte Leiden   45
Und laß mich ewig weder Noth
    Noch auch den Tod
    Von dir nicht scheiden!

58.
Philipper 3, 20. 21.
(1652. Auf Gertrud von Dühren Tod.)

Laßt Andre immerhin
Mit ihrem eiteln Sinn
An dieser Erde kleben,
Sich nie zu Gott erheben,
Die gern in Lüsten wallen,   5
Dem Bauche zu Gefallen.

Ihr End' ist Herzeleid
Und Weh in Ewigkeit.
Wir wollen darauf sehen,
Was künftig soll geschehen,   10
Und schwingen die Gedanken
Weit aus der Erden Schranken.

Ja, unser Wandel ist
Allein um Jesum Christ,
Wir schweben mit den Sinnen   15
Hoch um des Himmels Zinnen
Und hoffen mit Verlangen,
Von da ihn zu empfangen,

Ihn, unsrer Seelen Theil
Und allerhöchstes Heil;   20
Der wird die Nichtigkeiten,
Die unsern Leib begleiten,
Durch seinen Glanz verzehren
Und herrlich ihn verklären.

Er wird ihn lassen rein   25.
Gleich seinem Leben sein,
Der groß von allen Mächten
Dort sitzt zu Gottes Rechten,
Auch schön ist und erlesen
Und in verklärtem Wesen.   30

Und dies nach seiner Kraft,
Die, was er ausdenkt, schafft,
Nach der er alle Sachen
Ihm unterthan kann machen,
Dafür wir ihn erheben   35
Hier und in jenem Leben.

59.

(1652. Auf Sigismund Scharff's Tod.)

Was haben wir zu sorgen,
Wenn uns heut oder morgen
Des Leibes Hütte bricht?
Sie muß zerbrochen werden,
Ist aus sehr schwacher Erden   5
Und währt die Länge nicht.

Wir wißen, daß wir haben
Ein reiches Haus von Gaben

---

34. ihm, sich.

Im Himmel prächtig stehn,
Gebaut durch Gottes Stärke,   10
Nicht durch der Hände Werke,
Das nimmer ein wird gehn.

Ein Haus, da Gnüge, Leben
Und solche Freuden schweben,
Die Keines Ohr gehört,   15
Kein Aug' hat eingenommen,
In Keines Herz sind kommen
Und keine Zunge lehrt.

In die Behausung sehnen
Wir uns aus diesen Thränen,   20
Und uns verlangt allein,
Daß damit unsre Seele
Für diese Leimenhöhle
Mög' überkleidet sein.

Gott aber, dem für Allen   25
Wir hier in Liebe wallen,
Schenk' uns des Glaubens Kleid,
Daß wir nicht nackend gehen
Und sündenhäßlich stehen,
Gehöhnt in Ewigkeit.   30

Wird dann die Hütt' aus Knochen
Uns endlich abgebrochen,
Führ' er die Seel' heraus
Und laße sie im Wagen
Der lieben Engel tragen   35
In seiner Freuden Haus.

Da wollen wir, von Leben
Und Lust berauscht, erheben
Der Stimm' und Saiten Klang
Und singen: ihm gehöre   40
Macht, Weisheit, Herrschaft, Ehre
Und aller Liebe Dank!

---

23. Leimenhöhle, das irdische Haus, der Leib.

60.

1. Timotheus 1, 15.

(1653. Auf Anton Sartorius' Tod.)

Herr, wohin soll ich mich wenden
Jetzt in meiner letzten Noth?
Denn es dräut mir aller Enden
Dein Gericht, Sünd', Höll' und Tod.
Jetzt schließ' ich die kurze Zeit   5
Und tret' an die Ewigkeit,
Da mich Qual ohn' End' und Maßen
Oder Freude wird umfaßen.

Keinem kann der Himmel werden,
Der nicht heilig ist und rein.   10
Mich beschmutzt der Schlamm der Erden,
Hunde sieht man draußen sein.
Wird die Hölle denn mein Theil?
Ist nicht Rettung, Trost noch Heil?
Weist du, Gott, nicht Rath zu finden   15
Diesem Greuel meiner Sünden?

Das sei fern von deiner Güte!
Deine Treu ist offenbar
Und erquickt mir mein Gemüthe;
Es ist ja gewißlich wahr   20
Und ein theuer werthes Wort:
Diesen starken Grund kein Mord
Und kein wilder Sturm der Höllen
Ewig mir wird können fällen,

Daß mein Jesus ist gekommen   25
Zu den Sündern in die Welt,
Ihrer Noth sich angenommen,
Sie erkaufet, nicht durch Geld,
Sondern durch sein theures Blut,
Ihre böse Sache gut   30
Und sie von der Höllen Rachen
Frei und seelig dort zu machen:

Solches glaub' ich, Gott, von Herzen.
Gib mir nur Beständigkeit,
Kürz' mir meine Todesschmerzen,   35
Sei mein Beistand, mein Geleit;
End' mir seelig meinen Lauf
Und nimm mich zu dir hinauf,
Daß ich mit der Engel Weisen
Dich dafür mög' ewig preisen!   40

61.

Psalm 80, 6—9.

(1653. Auf Cölestin Mislenta's Tod. Comp. v. Huck.)

Wenn Drangsal und Gefahr
Sich wider deine Schar
Einmüthig, Gott, verschworen,
Die Hölle sie bekriegt,
Des Menschen Rath erliegt   5
Und Alles gibt verloren:

Wohl denen, welche sich
Dir heimgestellet, dich
Für ihre Stärke halten,
Die dir mit aller Macht   10
Zu folgen sind bedacht
Und furchtsam nicht erkalten,

Von Herzen bei dir stehn,
Das Thränenthal durchgehn,
Wo Noth und Grauen wachen,   15
Und, wenn für dürrer Zeit
Man nur nach Waßer schreit,
Daselbst viel Brunnen machen!

Die Lehrer, so dein Wort
Dann treiben fort und fort   20
Und gern sich laßen höhnen,
Empfinden Schmuck und Ruh,
Sie allesammt wirst du
Mit vielem Segen krönen.

Sieg über Sieg behält   25
Bei ihnen doch das Feld,
Der Feinde Sturm muß schwinden
Und selbst gestehn mit Spott:
Es sei der rechte Gott
Zu Zion nur zu finden.   30

62.
Abendlied.
(1653. An den Hauptmann von Schlieben.)

Auch der Tag ist geschloßen,
Die dunkle Nacht ist hier;
Mein Herz, sei unverdroßen
Und sprich: Ich danke dir,
Daß du dein' Hut, o Gott,   5
Hast ob mir laßen walten
Und von mir abgehalten
Der Bosheit finstre Rott'.

Indem der Höllen Rachen
Ohn' Ablaß offen steht,   10
Und tausend Stricke wachen,
Durch die man irre geht!
Wer kennt, die überall
Nur heut sind aufgerieben,
Die sind durch Mord geblieben,   15
Und die durch andern Fall?

Und der hätt' über Hoffen
Gar leicht auch mich entwandt;
Daß ich nicht bin getroffen,
Thut deiner Gnaden Hand   20
Und große Treu allein,
Die bei den schweren Sünden,
Durch die wir dich entzünden,
Uns noch läßt übrig sein,

Uns väterlich beschützet,   25
Mit Mauern fest umschränkt

---

14. aufgerieben, umgekommen. — 16. Fall, Unfall.

Und Alles, was uns nützet,
Gar überflüßig schenkt.
Thät' einig die es nicht,
Es wär' um mich geschehen,   30
Ich würde nimmer sehen
Der schönen Sonnen Licht.

Um solcher Güte willen
Trag', Herr, mit mir Geduld,
Laß deinen Sohn dich stillen   35
Von wegen meiner Schuld!
Der hat mich los gebürgt,
Der Alles abgetragen,
Als er ward wund geschlagen
Und an dem Kreuz gewürgt.   40

63.

Christliches Sterblied.

(1653. Auf Reginen Wessel's Tod.)

Tod, du aller Sorgen Ruh,
Aller Arbeit Ende,
Schleuß mir sanft die Augen zu,
Schlag um mich die Hände,
Nimm mich aus der Eitelkeit   5
Dieser schnöden Erden!
Ich will aus der bösen Zeit
Abgefordert werden.

Meine Tage sind hinweg,
Weg sind meine Stunden,   10
Meiner Noth und Schmerzen Zweck
Hat sich schon gefunden.
Wie ein Schaum auf wilder Flut,
Die die Wind' erheben,
Wie der Rauch von einer Glut,   15
So vergeht mein Leben.

Zeig', o Ewigkeit, dich mir,
Reich' mir deine Flügel

---

35. dich stillen, deinen Zorn besänftigen.

Und führ' meinen Geist von hier
Auf die Himmelshügel,   20
In die Freuden, die mein Hort,
Christus, mir erworben,
Als er durch verhöhnten Mord
Ist für mich gestorben!

Jesu, dieser Ruhm ist dein,   25
Daß, wiewol ich sterbe,
Ich des wahren Lebens Schein
Allererst recht erbe,
Für der Erden Müh und Noth
Zu der Ruh gelange,   30
Die nicht Arbeit kennt noch Tod,
Und ohn' Ablaß prange.

Laß nur die Beständigkeit
Kräftig ob mir walten,
Mich voraus in allem Streit   35
Oberhand behalten
Und mit meinem Stündelein
Mich begnügt umgeben!
Dafür will ich dich allein
Ewig dort erheben.   40

64.

Christliche Sterbenslust.

(1654. Auf Peter Michel's Tod.)

Biß zur Grabeskammer
Und biß an den Tod:
Weiter muß kein Jammer,
Weiter keine Noth;
Hier hält uns die stille Ruh   5
Ewig Ohr und Augen zu
    Und verhütet,
    Daß, was wüthet,
Uns durchaus nicht Schaden thu'.

---

32. ohn' Ablaß prange, ohne Unterlaß glücklich bin.

Unsre Seelen schweben   10
Hoch in Gottes Reich,
Da sie ewig leben
Selbst den Engeln gleich,
Voller Glanz und Herrlichkeit,
Doch dafern sie in der Zeit   15
    Unschuld lieben,
    Gutes üben
Und der Sünden sind befreit.

Muß dann in der Erden
Unsrer Leiber Zier   20
Staub und Asche werden:
Ei, die Stund' ist hier,
Wo dies Fleisch und dies Gebein,
Bringt man es gleich traurig ein
    Jetzt der Höhlen,   25
    Mit der Seelen
Wieder wird vereinigt sein.

Da wird man mit Preisen
Vor den Höchsten gehn,
Ihm auf tausend Weisen   30
Ehr' und Dank gestehn,
Singen nicht ohn' Lustgeschrei,
Daß er heilig, fromm, getreu
    Im Gemüthe,
    Ja die Güte   35
Und die Langmuth selber sei.

Wer gibt solcher Maßen
Etwas auf den Tod,
Weiß nicht Trost zu faßen
Wider alle Noth?   40
Gott, bereit' uns allzumal,
Daß wir aus dem finstern Thal
    Dieser Thränen
    Stets uns sehnen
In den ew'gen Himmelssaal!   45

---

15. in der Zeit, in der Zeitlichkeit, auf Erden. — 25. der Höhlen, in
die Gruft.

65.

(1654. Auf Ahasver von Brandt's Tod.)

Mein Gemüth, sei froh
Und vergiß der Schmerzen,
Daß die Lebensloh'
Dir verlischt im Herzen
Und dein Augenlicht   5
Nun für Schwachheit bricht.

Dieser Erdenstand
Wird nicht lang' mehr währen,
Denn der letzte Brand
Alles wird verzehren,   10
Selbst der Sonnen Pracht
Wird sein finstre Nacht.

Kränket sich dein Muth,
Daß du dich beflecket
Und des Höchsten Glut   15
Wider dich erwecket,
Die mit Ach und Pein
Brennet höllen=ein.

Zwar dich hat ohn' Ruh
Sünde mitgenommen,   20
Ihrer Brunst bist du
Oft zu nah gekommen,
Welcher Wunden blind
Und unheilbar sind.

Aber tröste dich,   25
Dir ist Rath geworden:
Christus läßet sich
Wegen dein ermorden,
Und sein theures Blut
Löscht der Höllen Glut.   30

Daß wir würden frei
Unsrer Missethaten,
Läßt er sich aus Treu

---

13. Muth, Sinn, Geist.

Mehr als grausam braten,
Ein unschuldig Lamm   35
Hoch am Kreuzesstamm.

Hiedurch nimmt uns Gott
Wieder auf zu Gnaden,
Daß der Höllen Rott'
Uns nun nicht kann schaden,   40
Und der Tod dazu
Uns ist süße Ruh.

Schluckt das kalte Grab
Dein' erstarrten Glieder
Eine Weil' hinab,   45
Ei, die Zeit kommt wieder,
Da auch dies Gebein
Licht und Glanz wird sein.

Dann wirst du erst voll
Heil'ger Andacht brennen,   50
Und dein Auge soll
Gott im Grund' erkennen,
Gott, der im Gemüth
Stets von Liebe glüht.

66.

Christliche Freudigkeit im Leben und im Tode.

(1657. Auf Martin Bolder's Tod.)

Wer seinen Sinn auf Gott nicht einig stellt
Und gründet sich auf Dinge dieser Welt:
Wie kann er ruhig leben?
Denn Alles wird zu Schatten mit der Zeit;
Worauf besteht denn seine Sicherheit   5
Und seine Ruh im Leben?

Ich habe mir den Herren vorgesetzt;
Er ist, woran sich meine Seel' ergetzt,

Mein Schatz und meine Freude;
Er schwebet mir vor Augen fort und fort,   10
An ihm hab' ich Schutz, Zuversicht und Port
In alle meinem Leide.

Ich sehe nicht der Feinde Wüthen an,
Nicht ihre Macht, noch was betrüben kann,
Denn Gott ist mir zur Rechten;   15
Er stärket mich, gibt mir beherzten Sinn,
Daß ich getrost in allem Unfall bin
Und sieghaft weiß zu fechten.

Drum, greifen mir gleich Schmerzen, Krankheitpein,
Des Satans Mord, der Tod auch selber ein   20
Und will mich gar zerstäuben,
Ja kommt die Welt gleich in den letzten Brand,
Werd' ich beschützt durch seiner Allmacht Hand
Doch ewiglich wol bleiben.

67.
Christliches Sterblied.
(1657. Auf Christoph zu Kitlitz' Tod.)

Gott ist nicht Ursach unsrer Noth;
Wir bringen uns in Fluch und Tod.
Erschreckt uns Kriegsgetümmel,
Pest, theure Zeit
Und ander Leid,   5
Beschuldigt nicht den Himmel!

Klagt über eure Missethat,
Die Gott zu Zorn gereizet hat;
Sie reichet ihm die Waffen,
Auch Pest und Brand   10
In seine Hand,
Die uns ohn' Ablaß strafen.

Hie rührt der Menschen ihr Beschwer
Und aller Arten Krankheit her,

Hie ist der Tod entsprungen,   15
Für welchem bebt
Was irgends lebt,
Kommt er nur angedrungen.

Doch wäre Sterben nicht so groß;
Dies gibt der Seelen ihren Stoß,   20
Daß sie nach dieser Erden
Mit ew'gem Weh
Im Höllensee
Ohn' Tod gequält soll werden.

Was ist hie Hunger, Krankheit, Schwert? 25
Dies ist des Schreckens schier nicht werth
Für jenem Ungeheuer.
Ist irgends Pein,
Dort wird sie sein,
Gift, Schwefel, Pech und Feuer.   30

O Jammer, hätte Christus' Blut
Nicht ausgelöscht der Höllen Glut,
Die Keinem nun kann schaden,
Der sich durch ihn
Zu Gott kann ziehn   35
Und Theil hat seiner Gnaden!

Habt eurer Sünden wahre Reu,
Und glaubt an seinen Sohn dabei!
Und müßet ihr dann sterben,
Erschrecket nicht,   40
Ihr sollt das Licht
Des rechten Lebens erben.

68.

Christliches Sterblied.

(1658. Auf Christoph Rappe's Tod.)

In allen deinen Sachen
Sollst du dir Rechnung machen
Von jener letzten Noth,

19. nicht so groß, nicht das Aergste. — 2. Rechnung machen, in Betracht ziehen, bedenken.

Die diesem armen Leben
Dich Gute Nacht zu geben
Wird zwingen durch den Tod.   5

Nichts anders ist zu werben,
Du sollst und mußt, Mensch, sterben,
Umsonst ist all zumal.
Aus dieser schweren Ketten   10
Taugt dich nicht zu erretten
Der Freunde große Zahl

Noch deiner Diener Haufen;
Sie werden all' entlaufen,
Du bleibst ohn' Hülf' und Rath.   15
Drum such' auf den zu schauen,
Der wider Tod und Grauen
Die stärksten Mittel hat.

Bei dem der armen Seelen
Nach dieses Lebens Höhlen   20
Ohn' Ende wol mag sein,
Zu dem mußt du dich kehren
Mit bittersüßen Zähren
Und flehen ihm allein.

Er hat dich ihm erworben,   25
Als er für uns gestorben;
Ihm beichte deine Schuld
Und bleib ihm ganz ergeben
Auf Sterben oder Leben
In Demut und Geduld!   30

Und scheidest du von hinnen,
Du wirst das Heil gewinnen,
Das Leben durch den Tod;
Denn Niemand wird verloren,
Der diesen Trost erkoren   35
Voraus in Sterbensnoth.

---

8. werben, erwerben, erreichen. — 24. ihm, zu ihm. — 25. ihm, sich.

Simon Dach.   7

69.

Abendlied.

(Ohne Jahr. Abschriftlich.)

Der Tag hat auch sein Ende,
Die Nacht ist wieder hier;
Drum heb' ich Herz und Hände,
O Vater, auf zu dir
Und danke deiner Treu,   5
Die mich ganz überschüttet
Und für der Tyrannei
Der Höllen mich behütet.

Dein Wort hat auch daneben
Mein krankes Herz geheilt,   10
Mir reichlich Trost und Leben
In aller Noth ertheilt.
Für solche Liebesthat
Was soll ich dir erzeigen?
Was Erd' und Himmel hat,   15
Das ist vorhin dein eigen.

Mein Herz sei dir geschenket,
Das richt', o Gott, dir zu,
Daß, was es nur gedenket,
Sei nichts als einig du.   20
Entzeuch es dieser Welt,
Daß es aus diesen Thränen
In beiner Freuden Feld
Sich mög' ohn' Ablaß sehnen.

Und da ich heut verübet,   25
Was gegen dein Gebot
Und deinen Geist betrübet,
Das sei vertilgt und todt
Durch Christi theures Blut,
Das mildiglich geflossen,   30
Als er es, mir zugut,
Aus Liebe hat vergoßen.

---

16. vorhin, ohnehin, von Anfang an.

Und weil ich jetzt soll schlafen,
So laß mich sicher sein
Durch deiner Aufsicht Waffen,   35
Schleuß deiner Hut mich ein!
Des Teufels Mord und List,
Der bösen Menschen Tücke
Und was sonst schädlich ist,
Treib, Herr, von mir zurücke!   40

   Laß mich kein böses Ende
Betreten allermeist,
Denn ich in deine Hände
Befehle meinen Geist.
Ich bin zu aller Zeit   45
Dein Eigenthum und Erbe,
Es sei Lieb' oder Leid,
Ich leb', Herr, oder sterbe.

70.

(Ohne Jahr. Seneca, De beata vita, XV; abschriftlich.)

   Erkennest du, daß Noth,
Verhängniß, Fall und Tod
Sich wider dich verbinden
Und ändern deinen Muth,
Daß oftmals Fleisch und Blut   5
Sich nicht darein kann finden:

   Bleib ein beherzter Mann
Und nimm es tapfer an.
Was Niemand weiß zu meiden,
Natur darüber hält,   10
Es trägt es alle Welt,
Das trag' auch du bescheiden!

   Uns bindet dieser Eid:
Geduldig, was die Zeit
Und sterblich ist, ertragen,   15
Und was bald für sich geht

10. Natur darüber hält, was die Gesetze der Natur fordern.

Und nicht zu wenden steht,
Für diesem nicht verzagen.

Wir kommen Alle gleich
Geboren in ein Reich,
Da Niemand sich muß sperren;
Doch Gott gehorsam sein,
Dies machet uns allein
Zu unsrem eignen Herren.

20

71.

Morgenlied.

(Ohne Jahr. Abschriftlich.)

Des hohen Himmels Zinnen,
Die Erd' und was darinnen,
Ist, reicher Gott, dein eigen
Und muß dir Pflicht erzeigen.

Du heißt das Feld uns bauen
Und unsre Saat ihm trauen;
Gehn wir auf deinen Wegen,
So bringt es reichen Segen.

5

Du hast zu meinem Leben
Den Acker mir gegeben;
Ich trau' in deinem Namen
Ihm meinen armen Samen

10

Und weiß dabei mit nichten
Ein mehrers zu verrichten,
Ohn' daß ich komme treten
Für deinen Thron mit Beten.

15

Sieh gnädig an mich Armen,
Und hab', o Gott Erbarmen,
Laß mich für deinen Augen
Mit meinem Opfer taugen.

20

4. Pflicht, Gehorsam, Ehrfurcht. — 6. trauen, anvertrauen.

Daß mich mein Feld nicht trüge,
Noch mein Geschrei erliege,
Komm gnädig meinen Saaten
Mit deiner Hut zu statten.

Laß sie nebst sanften Winden   25
Stets Sonnenschein empfinden,
Jetzt regnen, daß für Hitze
Die Hoffnung nicht versitze.

Dem Ungeziefer steuer'
Und allem Ungeheuer.   30
Es treffe sie kein Schade
Durch irgend eine Rade.

Laß keinen Mehlthau fallen,
Den Hagelschlag vor allen   35
Wollst du zurücke halten
Und Gnade laßen walten,

Damit die Frucht der Erden
Wohl eingebracht mag werden,
Und wir sie wol genießen,
Von keiner Noth gebißen,   40

Und auch davon den Armen
Mittheilen aus Erbarmen,
Den Kirchen, dir zu Ehren,
Und deinen Dienst zu mehren.

Gib unserm Herzen Freude,   45
Dem Vieh gesunde Weide,
Und laß den milden Segen
Um uns sich kräftig legen.

Voraus lab' unsre Seele
Durch deines Wortes Oele,   50
Das Christus hat erworben,
Da er für uns gestorben.

---

28. versitze, fehlschlage. — 32. Rade, hier für Unkraut jeder Art. —
50. Oele, Balsam, Trost.

Er ist das Brod des Lebens,
Ohn' ihn ist nur vergebens
Das Alles, was wir haben;   55
Er schenkt uns Himmelsgaben.

Ach, laß uns den gewinnen!
Er wird uns Seel' und Sinnen
Aus seinen Wunden speisen,
Wenn wir von hinnen reisen.   60

72.
Morgenlied.
(Ohne Jahr. Abschriftlich.)

Auch die Nacht ist verflossen
Und weicht dem Tagesschein;
Mein Herz ist unverdrossen
Und danket dir allein,

Herr Jesu, Heil der Frommen,   5
Daß du auch diese Nacht
Mich hast in Schutz genommen
Und väterlich bewacht.

Du bist die wahre Sonne,
Der Sündenmächte Zwang,   10
Drum bleib auch meine Wonne
Und leuchte meinem Gang.

Reiß aus der Sünden Höhle
Mich, dein erworbnes Gut,
Und meiner armen Seele   15
Hilf durch dein theures Blut.

Leit' mich auf deinen Steigen,
Zeig' mir des Lebens Pfad,
Daß ich mich nicht mag neigen
Auf ein'ge Missethat.   20

----

10. Zwang, Bezwinger.

Und möchte mich betrügen
Ein irgend schnöder Lauf,
Laß, Jesu, mich nicht liegen,
Heb mich, dein Schäflein, auf.

Schleuß um mich deine Hände;   25
Kommt dann mein Stündelein,
Nimm durch ein seelig Ende
Mich in den Himmel ein!

73.
Morgenlied.
(Ohne Jahr. Preußisches Gesangbuch 1665, Anh., S. 71.)

Der Nacht Gefahr und Grauen
Ist diesmal auch vorbei,
Das Taglicht läßt sich schauen,
Das wache Hahngeschrei
Sagt, daß es Morgen sei.   5

Die Welt springt aus dem Bette
Zur Arbeit, die sie kann,
Es legt sich um die Wette
Zugleich ein Jedermann
Mit Kleid und Sorgen an.   10

Ich will für allen Dingen,
Gott, deiner Liebe Macht
Auf meinem Psalter singen,
Daß du mich diese Nacht
So väterlich bewacht.   15

Ich hab' als todt geschlafen,
Ohn' Sinn und ohn' Verstand,
Beschirmt durch keine Waffen
Für Satans starker Hand,
Für Dieberei und Brand,   20

Ohn' daß du mich verborgen
In deiner Gunst Gezelt

Und haft aus treuen Sorgen
Dein' Hut um mich geftellt,
Die uns ftets fchadlos hält.   25

Kein Vater deckt die Kinder
So treu des Abends zu,
Daß jeder ihr nicht minder
Denn er gewünfchet ruh',
Als, treuer Gott, mich du.   30

So will ich auch erhöhen
Dich, weil ich leb' allhier;
Jetzt laß ich mit aufftehen
Die Saiten, meine Zier,
Die danken einig dir.   35

Du bift Israels Hüter;
Wen du befchützeft, Gott,
Den fchreckt kein Ungewitter,
Er fchätzt der Höllen Rott'
Und auch den Tod für Spott.   40

Er mag zu Lande fahren,
Er reife feewärts ein,
Du wirft ihn wohl bewahren,
Ihm wider alle Pein
Schild, Burg und Mauer fein.   45

Nur nimm mich heut auch wieder
Mang deiner Engel Schar,
Behüt' mir Seel' und Glieder,
Damit ich immerdar
Sei ficher für Gefahr!   50

Laß mich befcheiden wandeln
Und redlich allermeift
Mit meinem Nächften handeln,
Und dämpf' den Eifergeift,
Der mich zu Boden reißt.   55

_____

25. fchadlos hält, vor Schaden bewahrt. — 28. jeder ihr, jedes von
ihnen. — 47. mang, unter, zwifchen.

So möcht' ich heut auch fallen
Vielleicht in Todesstrick',
O gib, daß ich für allen
Auf jeden Augenblick
Mich zu dem Ende schick'.   60

Herr, du kannst Alles geben,
Laß mich durch Lieb' und Leid
Dir sterben, dir auch leben
Wie hier in dieser Zeit
So dort in Ewigkeit!   65

74.

(Ohne Jahr. Preuß. Gesangb. 1675, S. 237.)

Wer, o Jesu, deine Wunden
Stets für seine Ruhstatt hält,
Hat den größten Schatz gefunden;
Er verachtet diese Welt,
Ihm ist Sterben eine Lust,   5
Weil ihm Himmelsfreud' bewußt.

Nicht des Satans wüstes Schrecken
Noch die große Stärk' und List
Kann ihm eine Furcht erwecken,
Ob sie noch so grausam ist;   10
Christus' Leiden ist sein Schutz,
Bietet allen Feinden Trutz.

Nicht des frechen Todes Dräuen
Kann ihn bringen in Gefahr,
Er darf seinen Grimm nicht scheuen,   15
Darf getrost sein immerdar;
Was den Bösen Furcht einjagt,
Dies erwart' er unverzagt.

Nimmer kommt ihm aus dem Herzen
Sein Erlöser, sein Gesicht   20
Ist auf seine schweren Schmerzen

Und das bittre Kreuz gericht,
Jesu Wunden und sein Blut
Macht ihm einen Heldenmuth.

Hierin will ich ewig bleiben,   25
Spricht er, es soll keine Noth
Mich aus dieser Wohnung treiben,
Hie kann nichts der blasse Tod,
Hie ist keine Sorg' und Qual,
Sondern Wollust ohne Zahl.   30

Christe, laß auch deine Wunden
Mir Trost, Hülf' und Rettung sein
In den letzten Todesstunden
Wider allen Schmerz und Pein;
Wer dein theures Blut auffaßt,   35
Dem ist Sterben keine Last.

75.

(Ohne Jahr. Preuß. Gesangb. 1675, S. 440.)

Ach, frommer Gott, wo soll ich hin
Mit meinem hochbetrübten Sinn
Und tiefen Seelenschaden!
Mein krankes Herz
Ist wie mit Erz   5
Und Steinen überladen!

Wie klagt mich mein Gewißen an,
Es thut mich grausam in den Bann,
Ich muß mich selbst verjagen
Und seinen Mord   10
An allem Ort
In meinem Busen tragen.

Gleich wie ein Wild durch schnelle Flucht
Den Pfeilen zu entgehen sucht,
Die schon sein Herz empfunden,   15
So eil' auch ich
Und trage mich
Mit meinen Höllenhunden.

---

30. ohne Zahl, ohne Maßen, unbegrenzt.

Was hilft in diesen Nöthen mir?
Herr, mein Verlangen steht nach dir,   20
Ich stell' auf dich Vertrauen
Und Hoffnung, Gott;
Laß keinen Spott
Bei deiner Furcht mich schauen.

    Denn Keiner, der geduldig dein   25
Kann harren, wird in Schanden sein.
Laß den zu Schanden werden,
Der deiner Macht
Verächtlich lacht
Und traut der schnöden Erden.   30

    Gedenk an die Barmherzigkeit,
Die du erwiesen allezeit
Seit daß die Welt gestanden;
Gedenke nicht
An dein Gericht   35
Und meiner Jugend Schanden.

    Sieh meine Thorheit überhin
Nach deiner großen Langmuth Sinn,
Laß doch mein Herz sich stillen;
Gedenke mein   40
In Lieb' allein
Um deiner Güte willen.

    Gib deinem großen Namen Statt,
Sei gnädig meiner Mißethat,
Die ich dir nicht verhehle,   45
Ist gleich kein Ziel,
Und ihr so viel,
Daß ich sie gar nicht zähle.

    Mach' mich von meinem Kummer los,
Denn meines Herzens Angst ist groß,   50
Entführ' mich meinen Nöthen,
Schau gnädig her
Auf mein Beschwer,
Es dräuet mich zu tödten.

_____

37. sieh überhin, übersieh. — 43. gib Statt, bewähre, bestätige.

Vergib, o Vater, aus Geduld   55
Mir alle meine Sündenschuld,
Laß meine Seele leben;
Errette sie,
Damit ich nie
In Schanden möge schweben.   60

Denn sieh, ich trau allein auf dich,
Durch schlecht und recht behüte mich,
Gott, woll' aus allem Bösen
Mein' arme Seel',
Und Israel   65
Aus aller Noth erlösen!

———

76.
Aus Hosea 2, 19.

(Ohne Jahr. Preuß. Gesangb. 1675, S. 711.)

Alles ist, o Gott, in dir
Ueberschwenglich: Weisheit, Leben,
Freude, Reichthum, Macht und Zier;
Menschen Pracht daneben,
Ihr Verstand, Gewalt und Lust   5
        Ist nur Wust,
Schaum und Schatten eben.

    Wol der Seelen, welche dich
Einig für ihr Theil erwählet
Und im Glauben inniglich   10
Sich mit dir vermählet!
O, was Gnüg' erdenkt ein Sinn,
        Was Gewinn,
So dem Edlen fehlet?

    Weg, o Herrlichkeit der Welt,   15
Weint, ihr Kön'ge aller Enden,
Die das Glück erhaben hält
Mit untreuen Händen;

———

12. was Gnüg', welches Genügen.

Eure Hoheit ist ein Rad
    Und ein Blatt,   20
Das sich bald kann wenden.

  Sie hat Gott, das theure Gut,
Der gibt ihr sich zu erkennen
In der Liebe, daß ihr Muth
Gegen ihn muß brennen;   25
Denn in ihm besitzet sie
    Was man ie,
Schönes möchte nennen.

  Weder Furcht noch Sorge legt
Sich in ihrer Liebe Kerzen,   30
Denn sie seinetwegen trägt
Mit standhaftem Herzen,
Dürftig, nackt, verachtet sein,
    Krankheit, Pein,
Ja auch Todes Schmerzen.   35

  Denn sie weiß, bei wem sie hält,
Und daß sie von ihm nicht Leiden,
Nicht Gewalt noch Zeit noch Welt
Ewig werde scheiden,
Und daß ihrer Trübsal Lohn   40
    Sei die Kron'
Aller ew'gen Freuden.

  Sündenpracht und Glückesschein
Tritt sie himmlisch groß mit Füßen,
Ist an Lieb' und Glauben rein,   45
Heilig am Gewißen,
Darum Fried' und Freud' im Geist
    Allermeist
Sie bedienen müßen.

  Herr, wann nimmst du mich von mir   50
Und erwählst mich für den Deinen,
Daß ich mag in heil'ger Zier

---

21. sie, diese Seele. — 25: daß ihr Sinn für ihn entbrennen muß. —
27. ie, alte Form für je.

Stets für dir erscheinen
Und dich, o mein Eigenthum,
    Wiederum   55
Halte für den Meinen?

  Meine kranke Seel' ist matt
Und verkömmt ganz für Verlangen;
Aller Kummer, den sie hat,
Ist nur, dich zu fangen   60
Und, von Welt und Sünden los,
    Dir stets blos
Brünstig anzuhangen.

  Laß, mein Hort, ohn' Unterlaß
Mich mit dir vereinigt leben,   65
Wirk' in mir der Erden Haß,
Daß ich, dir ergeben,
Keine Lust, darauf die Welt
    Etwas hält,
In mir laße schweben,   70

  Daß ich hab' in Lieb' und Noth
Blos an dir die höchste Freude,
Krankheit, Blöße, Schmach und Tod
Gern und willig leide
Und, ist dann mein Stündlein hier,   75
    Gar zu dir
In mein Erbreich scheide!

77.

Am Sonntag.

(Ohne Jahr. Preuß. Gesangb. 1675, S. 925.)

Auch diese Nacht hat sich verloren,
Der Sonntag wird geschaut,
Den Gott zu seiner Ruh erkoren,
Als er die Welt gebaut,
Und will, daß er uns in gemein   5
Soll gleichfalls heilig sein.

---

60. zu fangen, in sich aufzunehmen. — 66. der Erden Haß, Abwendung vom Irdischen.

So dank' ich, Vater, dir von Herzen,
Daß du mein armes Gut
Und mich bewahrt für Noth und Schmerzen
Durch deiner Engel Hut,   10
Die Dieberei, auch Mord und Brand
Getreulich abgewandt.

Und nun du mich erleben laßen
Den werthen Sabbattag,
So gib, daß ich auch Kräfte faßen   15
Und ihn recht feiern mag,
Und schenk' mir hierzu allermeist,
Herr, deinen guten Geist.

Der öffne meines Herzens Pforte
Und thu, was ihm bewußt,   20
Daß ich an deinem heil'gen Worte
Hab' alle meine Lust
Und mir es laße lieber sein
Als Gold und Edelstein.

   Laß mit den Sinnen mich nicht wanken,   25
Nimm gänzlich mich von mir,
Sperr' ein den Umschweif der Gedanken
Und richte sie zu dir,
Damit die ganze Predigt frei
Von fremden Sorgen sei.   30

   Mach' mir mein Herz für allen Dingen
Zu deinem Heiligthum,
Und laß den ganzen Tag erklingen
Von deinem Lob und Ruhm,
Gib keiner Sünd' und Frevelthat   35
In meiner Seelen Statt.

   Mein Herz eröffne sich dem Armen
In seiner großen Noth,
Daß ich aus christlichem Erbarmen
Ihm theile mit mein Brod,   40
Des Kranken pfleg' und mancherlei
Erweise Lieb' und Treu.

---

30. von fremden Sorgen, von der Sorge um andere Dinge.

Werd' ich die Woche so anfangen,
So wird mein Werk darauf
Auf aller Wolfahrt Zweck gelangen,   45
Biß sich beschleußt mein Lauf
Und ich den ew'gen Sabbattag
Im Himmel halten mag.

78.

(Ohne Jahr. Preuß. Gesangb. 1675, S. 1003.)

Wenn Gott von allem Bösen
Und dieser Lebensnoth
Wird meine Seel' erlösen
Durch einen seel'gen Tod,
Daß ich werd' aufgenommen,   5
Groß, herrlich, himmlisch, rein,
Hoch in die Zahl der Frommen,
Wie seelig werd' ich sein!

Mein Mund wird nichts als lachen,
Und meiner Zungen Klang   10
Wird nichts als Lieder machen,
Gott, unserm Heil, zu Dank.
Ihm werd' ich Ehre bringen,
Von seiner Werke Zahl
Wird heilig widerklingen   15
Der ganze Himmelssaal.

Herr, wende mein Verlangen,
Daß ich der Bande frei,
Darin ich bin gefangen,
Und ganz mein eigen sei!   20
Solang' ich hie muß leben,
So bin ich immerzu
Mit Sünden nur umgeben
Und finde keine Ruh.

Was dein Gesetz mir zeiget,   25
Belustigt meinen Geist;

Doch ist mein Fleisch geneiget
Zum Argen allermeist,
Ich kann mich oft nicht retten
Für Wünschen und Begier   30
Und schrei' in diesen Ketten:
Ach Gott, wer hilfet mir!

   Laß deinen Geist mich stärken,
Mach', daß ich überall
Kann seinen Beistand merken,   35
So fürcht' ich keinen Fall.
Und ob ich lang' muß weinen,
So wird die Sonne mir
Um so viel heller scheinen ·
Mit unbewölkter Zier.   40

   Hie muß ich Samen streuen
Mit Thränen vieler Pein,
Dort werd' ich Wonne meien,
Der Ende nie wird sein;
Hie muß ich traurig singen   45
Und klagen meine Zeit,
Dort werd' ich Garben bringen
In ew'ger Herrlichkeit.

---

43. meien, mähen, ernten.

II.

Weltliche Lieder.

79.

Frühlingslied.

(1632. Auf Matth. Stephan und Marg. Marderwold's Hochzeit.)

Die Sonne rennt mit Prangen
Durch ihre Frühlingsbahn,
Sie lacht mit ihren Wangen
Den runden Erdkreis an,
Der Westwind läßt sich hören,   5
Die Flora, seine Braut,
Kommt auch, uns zu verehren
Mit Blumen, Gras und Kraut.

Die Vögel kommen nisten
Aus fremden Ländern her,   10
Das Vieh hängt nach den Lüsten,
Die Schiffe gehn ins Meer,
Der Schäfer hebt zu singen
Von seiner Phyllis an,
Die Welt geht wie im Springen,   15
Es freut sich, was nur kann.

Drum wer anjetzt zum Lieben
Ein ehrlich Mittel hat,
Der flieh, es aufzuschieben,
Und folge gutem Rath,   20

---

7. verehren, beschenken. — 19. flieh, es aufzuschieben, zögre nicht.

Weil Alles, was sich reget,
Indem es sich verliebt
Und zu seins Gleichen leget,
Hiezu uns Anlaß gibt.

80.

Hochzeitswunsch.

(1635. Auf Chr. Kuhno und Justine Thilo's Hochzeit.)

O du vormals grünes Feld,
O ihr Büsch' und Auen
Vor mein Pallast und Gezelt,
Jetzt ein ödes Grauen!
O ihr Bäche, die ihr klar   5
Hinzurauschen pflaget,
Da wo Pan der Nymphen Schar
Oftmals hat verjaget!

Meine Phyllis zwingt mich, euch
Gute Nacht zu geben,   10
Ihr seid traurig, todt und bleich,
Sie ist ganz mein Leben;
Euch ist durch des Herbstes Noth
Alle Pracht vergangen,
Sie ist weiß und sonnenroth   15
Auf den frischen Wangen.

Bei euch stürmt es ohne Ruh'
Und in allen Höhlen,
Phyllis weht ein Theil mir zu
Ihrer edeln Seelen;   20
Bei euch muß ohn' Unterlaß
Sich die Luft ergießen,
Sie wird nur von Thränen naß
Um die Nachtzeit fließen.

Keine Sonne lacht euch an,   25
Ihr Gesicht von fernen

----

3. vor, zuvor, früher. — 22. sich die Luft ergießen, Regen herabströmen.

Ist, was mich ergetzen kann,
Trotz den lichten Sternen.
Ich will in der Phyllis Schos
Steten Frühling führen,   30
Bei euch möcht' ich nackt und bloß
Und vor Kält' erfrieren.

Darum soll nur sie allein
Mir an Statt der Felder
Und an Statt der Berge sein;   35
Hie sind meine Wälder,
Meine Brunnen sind allhie,
Wo ich ohne Leiden
Meine Seele spät und früh
Sicher werde weiden.   40

Kein betrübtes Sinnenweh
Soll mich hier erschrecken,
Ihrer weißen Arme Schnee
Wird mich treulich decken;
Mein verliebtes Herze soll   45
Zwischen ihren Brüsten,
Als den Hügeln, welche voll
Süßer Freude, nisten.

Dieses ist mein Kaiserthum,
Dies sind meine Schätze;   50
Was hat sonst bei mir den Ruhm,
Daß es mich ergetze?
Dieses ist das rechte Ziel
Meiner Müh' auf Erden:
Was mein Herze denkt und will,   55
Muß mir Phyllis werden.

Zeucht ein Kaufmann hin und her
Ueber Stock und Steine,
Durch die Klippen, durch das Meer,
Durch die wüsten Haine: 60
Was er suchet für und für
Und ich kann gedenken,
Kann mir meiner Phyllis Zier
Reicher Vorrath schenken.

---

62. gedenken, ersinnen.

Viel' erzwingen ihre Luft   65
Aus den wilden Kriegen,
Da sie oft in Reif und Frost
Unterm Himmel liegen;
Unterm Himmel darf ich nicht
Reif und Frost ertragen,   70
Gleichwol gibet mir mein Licht
Worum sie sich plagen.

Die sind über Leut' und Land,
Reich an schönen Städten,
Diese muß der Flüße Rand,   75
Die das Meer anbeten;
Meine Phyllis, die mich hält,
Kann mich reicher machen,
Sie ist mir die ganze Welt
Bei so schlechten Sachen.   80

Andre fallen immer hin
Zu des Glückes Füßen,
Es um Ehr' aus eitelm Sinn
Freundlich zu begrüßen;
Nun sich meiner Phyllis Gunst   85
An mir hat verliebet,
Ist mir aller Ruhm ein Dunst,
Den das Glücke gibet.

Bei der Phyllis hab' ich mich,
Weisheit, dir vermählet;   90
Der hat Alles, welcher dich
Klüglich ihm erwählet;
Du bei meiner Phyllis bist,
Die mich vor den Blitzen,
So des Glückes eigen ist,   95
Kräftig weiß zu schützen.

Phyllis, mein gewünschtes Gut,
Meine Zier und Krone,
Du, in deren Milch und Blut
Ich am meisten wohne,   100

Komm, uns will an solchen Ort
Venus selber leiten,
Wo uns keines Glückes Nord
Muß noch kann bestreiten!

— — — — —

81.

(1636. Auf Eberhardt von Düren und Regina Michel's Hochzeit.)

O Venus, die du uns mit deinen Flammen
Durch Mark und Seele dringst
Und Herzen, die es nie gemeint, zusammen
Sich zu begeben zwingst,
Komm doch her und thue das Best'   5
Hie auf diesem Hochzeitfest!

Schau auf die Braut und ihrer Jugend Gaben,
Schau auf den Bräut'gam hin,
Sie sind es, die sich dir verpflichtet haben
Mit Hand und Mund und Sinn;   10
Komm, verscherze durch dein Band
Ihre Sinnen, Mund und Hand!

Du kannst dich tief in unsre Herzen senken
Und nimmst mit süßer Pein
Da, wo wir es am wenigsten gedenken,   15
Den Platz der Seelen ein;
Daß man liebet ohne Ruh,
Süße Venus, das machst du.

Nicht, die du pflegst die Herzen zu vergeilen,
Dich Arge mein' ich nicht;   20
Die du uns triffst mit keuschen Liebespfeilen
Und eheliche Pflicht
Zweien Herzen auferlegst
Und ein keusches Feu'r erregst,

Dir ruf' ich zu! Du mußt von dem her kommen,   25
Der Alles geben muß;
Du kannst auch nichts als nützlich sein und frommen,

---

11. verscherze, verschürze, verknüpfe.

Du bringest nie Verdruß;
Segen, Ruh und Einigkeit
Geben stets dir das Geleit.   30

Was, ist sie nicht schon bei uns auf dem Saale?
Ach ja, schaut nur empor,
Ihr helles Licht und ihres Feuers Strahle
Blinkt wie ein Gold hervor;
Weg, was ihr im Wege steht,   35
Machet Raum da, wo sie geht!

Sie träget in der Hand die heiße Kerzen,
Ihr kleines Volk ist wach
Und führet ihr der Küsse Thun, das Herzen,
Bald auf der Fersen nach;   40
Diesem folgt der Liebessieg,
Dann auch Fried' und gutes Glück.

Nehmt euch in Acht, ihr Jungfraun und Gesellen!
Ihr Kind, das spät und früh
Durch seine Kraft sich uns bemüht zu fällen,   45
Ist auch mit ihr allhie,
Geht im Saal herum und schaut
Auf den Bräut'gam und die Braut.

Inmittelst was er kann und mag erreichen,
Das macht er eilends wund.   50
Wer ihn nicht kennt, der merk' ihm diese Zeichen:
Sehr freundlich ist sein Mund,
Purpurfarb ist seine Tracht,
Pfeil und Bogen seine Macht.

Er wird im Tanz am meisten sein zu spüren,   55
Bald geht er mitten ein,
Bald wird er selbst verdeckt den Reihen führen,
Bald gar der letzte sein;
Scherz und List, die uns bethört,
Ist, was sonst ihn kennen lehrt.   60

Die Augen sind ihm beide zugebunden.
Doch scheut ihn nicht zu viel!
Er trifft uns zwar, jedoch mit süßen Wunden,

33. Strahle für Strahl.

Durch ein gewünschtes Spiel,
Wunden, die das Sterben fliehn   65
Und das Leben auf sich ziehn.

Ich weiß, daß sich jetzt Braut und Bräut'gam freuen
Nur über seiner List,
Die ihnen nun zum Leben soll gedeihen
Und recht das Mittel ist,   70
Daß ihr Nam' in dieser Welt
Nach dem Tode Raum behält.

Schaut, wie sie schon einander freundlich winken,
Die Flamme steigt empor,
Die Augen sind wie wann die Sterne blinken!   75
Geht, laßt die Braut hervor;
Venus will nicht länger stehn,
Sagt, sie soll zu Bette gehn.

Nun, kömmt sie? Ja, der Venus Völker springen
Und jauchzen vor ihr her,   80
Ich sehe Gott viel Segen auf sie bringen,
Das Horn ist voll und schwer,
Schwer von Glück und Segens voll,
Das sie überschütten soll.

———

82.

(1637. Auf Johann Portatius' und Anna Neander's Hochzeit.)

In samländischer Mundart.

Anke van Tharau ös, de mi gefüllt,
Se ös min Lewen, min Goet on min Gölt.

Anke van Tharau heft wedder eer Hart
Bi mi gerüchtet än Löw' on än Schmart.

Anke van Tharau, min Rikdom, min Goet,   5
Du mine Seele, min Fleesch on min Bloet.

Quöm' allet Wedder glik ön ons to schlan,
Wi sin gesönnt bi nen anger to stahn.

———

8. bi nen anger, beieinander.

Krankheit, Verfölgung, Bedörfnös on Pin
Sal unsrer Löwe Vernöttinge sin.   10

Recht as een Palmenbom äwer söl stöcht,
Je mer en Hagel on Regen anföcht,

So wart de Löw' ön ons mächtig on grot
Dörch Kriz, dörch Liden, dörch allerlei Not.

Wördest du glik een mal van mi getrennt,   15
Lewbest dar, wor öm de Sönne kum kennt:

Eck wöll di fälgen dörch Wöler, dörch Mär,
Dörch Is, dörch Isen, dörch senblöcket Här.

Anke van Tharau, min Licht, mine Sönn',
Min Lewen schlut öck ön dinet henönn.   20

Wat öck geböde, wart' van di gedahn,
Wat öck verböde, dat lätstu mi stahn.

Wat heft de Löwe döch ver een Bestand,
Wör nicht een Hart ös, een Mund, eene Hand?

Wor öm söck hartaget, kabbelt on schleit,   25
On glik den Hungen on Katten begeit.

Anke van Tharau, dat war wi nich don,
Du bist min Disken, min Schapken, min Hohn.

Wat öck begehre, begehrest du ock,
Eck laht den Rock di, du lätst mi de Brok.   30

Dit ös det, Anke, du söteste Ruh,
Een Lif on Seele wart ut öck on du.

Dit mack dat Lewen tom hämmlischen Rik,
Dörch Zanken wart et ver Hellen gelik.

83.

Hochzeitslied.

(1638. Auf Alex. Buhlbed's und Elisabeth Großen Hochzeit.)

Lachen jetzt der Sonne Wangen
Durch die Luft uns freundlich zu,
Liegt des Westes Sturm gefangen,
Ist die stolze See in Ruh,
Zeigen sich die Felder gütig,   5
Stehn die Saaten übermüthig:
Denket, ob es lang' auch hin,
Daß die Zier der Luft und Erden
Soll nur Leid und Grauen werden
Durch des Herbstes Eigensinn.   10

Warum soll man nun versäumen
Was die liebe Zeit uns gönnt?
Trollt euch, die ihr nichts als träumen,
Nichts als sauer sehen könnt.
Laß uns wo in einem Garten   15
Unsers frischen Leibes warten,
Oder um der Bäche Rand
In ein weiches Gras uns strecken,
Wo die Rosen uns bedecken
Für der heißen Sonne Brand!   20

Jungen, gebt das Flaschenfutter!
Ei, nicht dieses, dort den Wein!
Sagt beileibe nicht der Mutter,
Daß wir jetzund fröhlich sein.
Ihr, scherzhafte Quellen, spielet,   25
Klunkert hin auf euren Zweck,
Keine Rückfahrt könnt ihr halten;
Wenn auch wir einmal erkalten,
Sind und bleiben wir schon weg.

Komm, du meiner Seele Leben,   30
Du mein Trost, den Gott mir schenkt,
Komm, du kannst vollauf mir geben
Alles, was mein Herz gedenkt.

6. übermüthig, üppig. — 25. Klunkert, rieselt.

Weil wir ja dann mit den Jahren
Zu dem Tode müßen fahren, 35
Laß es immerhin geschehn,
Wenn wir uns und unsern Namen
In gewünschtem Heirathsamen
Nur zuvor erstattet sehn.

84.

(1638. Albert's Arien I, 7.)

Hie habt ihr, ihr Jungfrauen,
Was ohne Schein und List
Recht werth an euch zu schauen
Und höchst zu lieben ist:
Ihr mögt durch schöne Jugend 5
Gefallen wem ihr wollt,
Der Keuschheit güldnen Tugend
Sind Gott und Menschen hold.

Ihr Lob kann fest bestehen
Und hält beharrlich Fuß, 10
Wenn alle Pracht vergehen
Und flüchtig werden muß;
Der Wangen Farb' und Leben
Wird ausgestrichen sein,
Wenn Ehr' und Zucht wird geben 15
Den allerbesten Schein.

Legt hier an diese Waare,
Die nicht vergehen kann,
Das theure Gold der Jahre,
Die zarte Jugend an! 20
Seht, daß ihr eure Seele
Mit ihren Farben malt,
Durch die des Leibes Höhle
Wird sonnenklar bestrahlt!

Wißt ihr herauszustreichen 25
Den Leib, den Erde trägt,
So werd' auch Schmuck imgleichen
Dem Herzen angelegt;

---

17. an diese, in dieser. — 25. herauszustreichen, herauszuputzen.

Laßt nicht den Sack der Motten
Die Haut und das Gebein,   30
Das endlich muß verrotten,
Mehr als die Seele sein!

85.
(1638. Albert's Arien I, 8.)

Mein Kind, dich müßen Leute lieben,
Vor welchen ich ein Schatten bin,
Drum wundert mich es, daß dein Sinn
Zu meiner Einfalt wird getrieben!
Es pfleget jetzt ja zu geschehn,   5
Daß Alle nur auf Hochzeit sehn.

Ich weiß mich nicht so auszuputzen,
Wie jetzt die geile Jugend thut,
Und die ihr väterliches Gut
Im halben Jahr oft ganz verstutzen;   10
Was hoch und über Standsgebühr,
Das ekelt meiner Seele für.

Wie schlecht ich auch herein mag gehen,
So schämest du dennoch, mein Licht,
Dich nimmer meiner Liebe nicht;   15
Du darfst es öffentlich gestehen
Und sagst durch Keines Zwang und Trieb:
Ja, ja, mein Kind, ich hab' Euch lieb.

Ich hab' es Venus wißen laßen,
Sie hat es Amor kund gethan,   20
Die haben ihre Lust daran
Und lieben dich auch bester Maaßen,
Daß du, o frommer Seelen Lust,
So fromm und redlich bei mir thust.

Gehabt euch wol, ihr stolzen Pfauen!   25
Ich kenn' und liebe wenig Gold,
Und dennoch ist mir treu und hold
Die Zier und Krone der Jungfrauen,
Die mehr auf ein berühmtes Lied
Als auf vergülbte Kleider sieht.   30

---

8. geil, verschwenderisch. — 10. verstutzen, vergeuden. — 13. herein,
einher.

86.

(1633. Albert's Arien I, 12.)

O ihr Auszug meiner Freuden,
Dem mein Herz sich untergibt,
Müßt ihr eben von mir scheiden,
Da euch meine Seele liebt?
Gebt ihr mir schon Gute Nacht,   5
Nun ihr mich erst aufgebracht?

Könnet ihr kein Mittel finden,
Das euch hie behalten kann?
Sagt was von den rauhen Winden,
Von dem kalten Wintermann,   10
Der solch Ungemach erregt
Und so sehr zu stürmen pflegt!

Sollet ihr zu Lande reisen,
So gedenkt der Kriegesglut,
Redet stets vom Brand und Eisen,   15
Von der Mörder wildem Muth,
Sagt, es sei zu Land und Meer
Jetzt die größeste Beschwer.

Klaget über eure Glieder,
Sprecht, es sei euch Kost und Trank   20
Zu genießen ganz zuwider,
Eßt genöthigt und durch Zwang;
Vielen hat zu seiner Zeit
Krank zu liegen nicht gereut.

Treue Lieb' ist allermaßen   25
Witzig, sinnreich und gelehrt,
Kann mit jedem Griff erfaßen
Was die Klügsten auch bethört.
Wer nicht wol zu dichten weiß,
Hat im Lieben keinen Preis.   30

87.

(1638. Albert's Arien I, 14.)

Nymphe, gib mir selbst den Mund,
So wird mir dein Herze kund,
Reich' mir deiner Armen Band,
Der gewünschten Liebe Pfand!

Denn solange du noch nicht   5
Mir gehorchen wirst, mein Licht,
Wird dein Lieben nur ein Schein
Und für Nichts zu achten sein.

Treue Lieb' ist jederzeit
Zu gehorsamen bereit,   10
Hat ihr Thun gerichtet hin
Auf des Liebsten Herz und Sinn.

Glut bricht von sich selbst hervor
Und stößt ihre Flamm' hervor,
Wo sich Rauch und Dampf nur findt,   15
Muß vergehn durch Luft und Wind.

Schämst du aber dich vor mir,
So gedenke, meine Zier,
Daß ich das bin, was du bist,
Und werd' jetzt nicht erst geküsst.   20

Wo ich mich, gleich wie du wol,
Auch mit Andern schämen soll,
Würde nicht die ganze Welt
In gar kurzer Zeit gefällt?

Venus hat sich, wie bekannt,   25
Zum Adonis selbst gewandt
Und mit ihm so manche Nacht
In der Liebe zugebracht.

Komm, der Mond am Firmament
Hat sich schon zu uns gewendt!   30
Komm, die Nacht kommt auch heran,
Da sich küsset was nur kann!

24. gefällt, vernichtet.

Simon Dach.   9

Morgen, hör' ich, willst du fort
Von uns an ein fremdes Ort,
Und wer weiß, auf welchen Tag   35
Ich dich wieder sprechen mag.

Darum herz' mich ohne Scheu,
Daß ich deiner indenk sei!
Ich bitt' einmal noch jetzund,
Nymphe, gib mir selbst den Mund!   40

88.

(1638. Albert's Arien I, 15.)

Soll denn mein junges Leben,
Da alles liebt und freit,
Alleine sich ergeben
Der langen Einsamkeit?
Bleibt dann die Freud' und Lust   5
Der schleierweißen Brust,
Nach der wir Alle streben,
Mir ewig unbewußt?

Die Würmer, die nur schleichen,
Die schnellen Fisch' im Meer,   10
Das Wild in den Gesträuchen,
Der Vögel leichtes Heer,
Und was sich in der Welt
Durch Luft und Flut erhält,
Kriegt Jedes seines Gleichen,   15
Sobald es ihm gefällt.

Nur ich muß nicht genießen
Worauf dies Leben geht,
Das Glück will mir verschließen
Was Andern offen steht;   20
Der Frühling meiner Zier
Ist ferne schon von hier,
Gleich wie die Bäche fließen,
So eilt mein Herbst zu mir.

---

21. der Frühling meiner Zier, meine Jugendblüte.

Ich aber muß noch bleiben   25
So wie ich vormals war,
Soll nimmer mich beweiben,
Mit Keiner sein ein Paar,
Das süße Wangenroth
Soll nimmer mir die Noth   30
Der Einsamkeit vertreiben;
Solch Leben ist ein Tod!

Du Königin Dione,
Von der es einig rührt,
Daß meiner Zeiten Krone   35
Mir keine Lust gebührt,
Ist dies der Lieder Dank,
Die ich mein Leben lang
In meine Geige sang?

Es hat mich nie gefangen,   40
Was mir verboten ist,
Bin nie dem nachgegangen,
Was Leib und Seele büßt,
Will keiner wilden Brunst;
Nur Eines Menschen Gunst   45
In Ehren zu erlangen,
Versuch' ich alle Kunst.

Soll ich mir dann erst rathen,
Wenn schon mein Winter scheint,
Was thu' ich dann für Thaten   50
Im süßen Liebesstreit?
Wer jung ist, liebt den Krieg;
Ein Alter bleibt zurück,
Denn solcher Art Soldaten
Erhalten schlechten Sieg.   55

Nein, jetzund will ich haben
Was auf mein Leiden dient,
Weil noch die Füße traben
Und noch mein Alter grünt.

Komm, Venus, schleuß mich ein
Der Liebsten, die ich mein'!
Ich will von deinen Gaben
Recht satt und trunken sein.

       60

89.

Der Bräutigam an seine herzgeliebte Braut,

als ihn dieselbe zum ersten mal in seiner Behausung besuchte.

(1638. Auf Cölestin Mislenta und Regine Winter.)

Seid mir tausendmal willkommen,
Ihr mein Trost und Sonnenschein!
Ach, was Segen, Heil und Frommen
Kommt mit euch, mein Licht, herein!
Welch ein Glanz bricht durch mein Haus   5
Jetzt mit güldnen Strahlen aus!

Alles beut euch dar die Hände,
Nichts bei mir ist so erstarrt,
Das nicht lächle; ja die Wände
Merken eure Gegenwart,   10
Eure, die ihr sie in Gold
Bald hernach verkehren sollt.

Schaut, wie alles Einsamleben,
Nun ihr hie seid, auf die Flucht
Sich im Kurzen zu begeben   15
Schon sein Thun zusammen sucht,
Dessen Stelle Scherz und Spiel
Süßer Lieb' ersetzen will.

Hieher werdet ihr entbinden
Eures Muthes edeln Geist,   20
Hie soll eure Seele finden
Was sie sucht, doch allermeist
Wird mein Herz, mein Freudenschein,
Euer Haus und Ruhstatt sein.

90.

(1638. Albert's Arien II, 9.)

Wol dem, der sich nur läßt begnügen
Daran, was ihm auf Gottes Gunst
Das Glück unfeilbar zu muß fügen,
Und nährt sich redlich seiner Kunst!
Ein Andrer halt' auf Geld und Gut,   5
Ich liebe Kunst und freien Muth.

Wie bald kann Reichthum dich verlaßen,
So bist du elend gnug daran;
Kunst aber wird dich stets umfaßen,
Sie nähret treulich ihren Mann.   10
Ein Andrer halt' auf Geld und Gut,
Ich liebe Kunst und freien Muth.

Gibt sie mir nicht viel Goldestonnen,
So macht sie mich doch beßer satt,
Als den sein Geld, der viel gewonnen   15
Und Herr nicht ist deß, was er hat.
Ein Andrer halt' auf Geld und Gut,
Ich liebe Kunst und freien Muth.

Wie Manchem hat der Krieg genommen
Was ihm vorhin das Glücke gab,   20
Der jetzt für alles Geld bekommen
Nur einen kahlen Bettelstab!
Ein Andrer halt' auf Geld und Gut,
Ich liebe Kunst und freien Muth.

Wer was gelernt, scheut keiner Waffen,   25
Die Kunst ist ihm für alles Geld;
Der muß in steten Aengsten schlafen,
Der nur den Schatz im Kasten hält.
Ein Andrer halt' auf Geld und Gut,
Ich liebe Kunst und freien Muth.   30

---

3. unfeilbar, unfehlbar. — 4. seiner, von seiner.

Was ich besitz', ist nicht im Kasten;
Will Jemand meinen Gütern an,
Der muß mein Leben selbst antasten:
Ist dies nun hin, was darf ich dann?
Ein Andrer halt' auf Geld und Gut,
Ich liebe Kunst und freien Muth.

Bring' mich dahin aus diesem Lande,
Wo nie der Tag recht bricht herfür:
Durch Kunst kann ich im fremden Sande
So seelig leben gleich wie hier.
Ein Andrer halt' auf Geld und Gut,
Ich liebe Kunst und freien Muth.

Muß gleich die Kunst nach Brot jetzt gehen,
Wie man von ihr verächtlich schwätzt,
So will ich dennoch bei ihr stehen,
Weil sie mich inniglich ergetzt.
Ein Andrer halt' auf Geld und Gut,
Ich liebe Kunst und freien Muth.

Wenn mir der Höchste das nur gibet,
Was mir zu leben nöthig ist,
Und eine Seele, die mich liebet
Und mich vor Allen auserkiest,
So lieb' ich über Geld und Gut
Sie, und die Künst', und freien Muth!

––––––

91.

(1639. Albert's Arien II, 17.)

Lesbia, mein Leben
Hat sich dir ergeben
In gewünschter Pflicht!
Ich will bei ihr stehen,
Biß ich werde gehen
Hier aus diesem Licht.

––––––

34. darf, bedarf.

Was vor Leid
Ich jederzeit
Um sie hab' ertragen müßen,
Will ich jetzt beschließen.   10

   Die gewünschten Freuden,
So sie vor mein Leiden
Mir ertheilen will,
Soll kein Leid beschweren,
Ja sie sollen währen   15
Ohne Maß und Ziel.
Ihre Zier
Will einig mir
Sich in allen Liebesfällen
Zu Gebote stellen.ʼ   20

   Alle Pracht und Prangen
Ihrer süßen Wangen,
Ihr Korallenmund,
Ihre zarten Hände,
Ihrer Armen Bände   25
Sind mir nun vergunnt.
Ehe muß
Ein Ueberfluß
Als ein Mangel in den Sachen
Mich verdroßen machen.   30

   Sind im Obst viel Kerne,
Viel am Himmel Sterne,
Wirft der Nord viel Schnee,
Sind viel rauhe Wellen,
Wenn die Winde bellen   35
Auf der wüsten See:
Mehr sind Küss',
Ich weiß gewiß,
Die sie mir zum Liebeszeichen
Wird mit Willen reichen.   40

   Sollt' ich solchermaßen
Mich gereuen laßen

Meiner Sorg' und Pein?
Wer auf sein Verdrießen
Dies hat zu genießen,   45
Kann nicht elend sein;
Elend kann
Nicht sein der Mann,
Dem sein Lieb' auf alles Leiden
Lohnt mit solchen Freuden.   50

92.

(1639. Auf Crispin Derchow's und Regina Bessel's Hochzeit. Comp. v.
Stobäus.)

Was dieses saure Leben
 Verkehr' in Honigseim,
 Will ich durch wenig Reim'
Jetzt zu verstehen geben:
 Ein Herz, das tugendfest   5
Sich seiner Unschuld freuet
Und, wenn ihm Unglück dräuet,
 Getrost auf Gott verläßt;

Ein Leib, der wol gediehen
 Und nicht vonnöthen hat,   10
 Daß man um Hülf' und Rath
Die Aerzte muß bemühen;
 Ein Acker, der wol trägt;
Mit keinem Menschen streiten;
Ein Herd, der aller zeiten   15
 Zur Nothdurft Feuer hegt;

Der klugen Einfalt Gaben;
 Ein Tisch ohn' alle Pracht;
 Wol ruhen bei der Nacht;
Gewünschte Freunde haben;   20
 Ein Weib, das ihren Mann
In höchsten Treuen liebet
Und klüglich nichts verübet,
 Das ihn bekümmern kann;

Von fremder Leute Sachen   25
   Durchaus geschieden sein,
   Sie bringen wenig ein;
Für sich am meisten wachen;
   Belieben seinen Stand;
Den Stolz und Hochmuth haßen;   30
Sich wol gefallen laßen
   Was Gott ihm zuerkannt;

Aus Ungeduld und Leiden
   Den Tod nicht rufen zwar,
   Doch, stellt er sich nun dar,   35
Beherzt sein, abzuscheiden.
   Dies sind die wenig Reim'
Und haben kund gegeben,
Was dieses saure Leben
   Verkehr' in Honigseim.   40

93.

Vorjahrsliedchen.

(1640. Albert's Arien III, 1.)

Der Mai, des Jahres Herz, beginnt
Durch Kraft der Sonnenstrahlen
Feld, Berg und Thal zu malen,
Daß Alles neuen Schmuck gewinnt.
Der Baum, ein Speisemarkt der Bienen,   5
Trägt Laub und edeln Saft,
Die Feld- und Gartenkräuter grünen.

Und du, mein Herz, bist träg und kalt,
Gibst noch, dich zu verstecken,
Der faulen Winterdecken,   10
Der Wolluft, Schirm und Aufenthalt?
Nein, laß dich die Natur bewegen!
Des Höchsten Gnadenschein
Wird deine Sonne sein,
Sein theures Wort dein güldner Regen.   15

26. geschieden sein, sich fern halten. — 29. belieben lieben.

Verjünge dich und brich herfür
Mit deinem Tugendkleide
Als Gottes Seelenweide,
Nimm an die lilienweiße Zier
Der Heiligkeit, recht fromm zu leben;   20
Wo nicht, so wird der Baum
Des Lebens keinen Raum,
Sein Zweig hinfort zu sein, dir geben.

94.
Vorjahrsliedchen.
(1640. Albert's Arien III, 2.)

Es ist ja wahr, wir haben nun
Die beste Seel= und Augenweide,
Wenn auf dem bunten Blumenkleide
Dies immer dem zuvor will thun
Und prächtiger sich meint zu machen;   5
Daher man jetzt sieht Alles lachen.

Geht, Kinder, auf das Feld zerstreut
Und pflückt euch von der Frucht des Lenzen
Hie Gelb und Blau, dort Grün zu Kränzen,
Beraubt das schöne Maienkleid,   10
Geht, von Narcissen und Violen,
So viel euch gut dünkt, einzuholen!

Doch eh' ihr dies und das berührt,
So schwingt zuvor aus diesen Schranken
Hinauf zum Himmel die Gedanken,   15
Wo zu Gemüth euch wird geführt,
Was dort in jenen Kranz der Ehren
Für schöne Blumen noch gehören.

Der Lilien farbenreiche Pracht,
Die Zier der Tulipan' und Nelken   20
Muß oft vor Abends noch verwelken,
Wie schön sie uns auch angelacht;
Der ewiggrüne Kranz der Frommen
Wird nie um seinen Zierath kommen.

Es grünen Blumen ihm zugut 25
Dort an den silberklaren Quellen,
Kein Nord ist, der sie weiß zu fällen,
Kein Brand, der ihnen Schaden thut,
Der Thau des Lebens muß sie netzen
Und süße Klarheit auf sie setzen. 30

Wie seelig werden die doch sein,
Die dort in eitel Vorjahrstagen
So schöne Kränze werden tragen!
Fragt ihr, ob dieser Blumenschein
Auch euer Haar einmal wird kleiden? 35
Ja, wo ihr fromm könnt sein und leiden!

95.

(1640. Albert's Arien III, 14.)

Auf, ihr meine güldnen Saiten,
Raffet meinen Geist von hier!
Lydia will neben mir
Ueber Luft und Himmel schreiten,
Ist durch meiner Sinnen Macht 5
Auf ein ewigs Lob bedacht.

Sie erkennt, daß Pracht und Jugend
Wie ein Dampf verrauchen muß,
Darum stellt sie ihren Fuß
Auf den Pfad standhafter Tugend, 10
Will durch meiner Gaben Schein
Immer jung und schöne sein.

Schau, ich reiße mich von hinnen!
Sei beseelt, o meine Hand!
Fleuch, du feuriger Verstand, 15
Ueber des Gestirnes Zinnen,
Suche da hinauf zu gehn,
Wo dies schöne Weib soll stehn!

Ihre sonnenrothen Wangen,
Ihrer Augen güldnes Licht 20

18. Weib, ursprünglich „Mensch".

Und ihr himmelrund Gesicht
Soll hie neue Pracht erlangen,
Pracht, die ewig nicht verblüht
Und nicht Herbst noch Winter sicht.

Freue dich, du Preis der Schönen,   25
Hie soll deiner Gaben Schar
Sich vor aller Zeit Gefahr
Mit der Ewigkeit bekrönen,
Keine feindliche Gewalt
Soll dir rauben die Gestalt!   30

Dieses, was ich von dir schreibe,
Hebt mein Phöbus selber auf,
Daß es von der Zeiten Lauf
Ewig unbetastet bleibe,
Legt es bei, wo Glut und Wind,   35
Erd' und See verbannet sind.

Starke Wälle, Thürm' und Mauern
Fallen mit den Jahren ein,
Erz und Eisen, Stahl und Stein
Können vor der Zeit nicht dauern;   40
Aber deine Pracht und Zier,
Lydia, bleibt für und für!

96.

(1640. Albert's Arien III, 17.)

Mein Herz enthält sich kaum, es will und muß zerbrechen,
Mein Geist geht in der Irr und kennt sich selbst nicht wol,
Weil ich nicht weiß, mein Lieb, wenn ich euch werde sprechen,
Indem ich jetzt so weit von hinnen ziehen soll.

Ihr Winde, kehret um und stellt euch mir zuwider,   5
Biß daß ich sie gleich wie sie mich gesegnet hat!
Ihr Segel, haltet an, legt euren Hochmuth nieder!
Wir letzen uns noch erst und weinen uns recht satt.

Laßt ab, mein' Argine, und schonet eurer Thränen!
Was schwächt ihr eu'r Gesicht? Ich muß doch endlich fort. 10
Je mehr ihr weint, je mehr werd' ich mich nach euch sehnen
Und irren ohne Trost dort um den fremden Port.

Ich will in meine Seel' ein kleines Haus euch bauen,
In welches eure stets soll eingeschloßen sein,
Und will hergegen euch auch meine Seele trauen; 15
Die hebt euch auf und schließt sie eurer Seelen ein!

Kein Thränlein fleußet jetzt von euren bleichen Wangen,
Und muß kein Seufzer auch aus eurem Herzen gehn,
Ich habe sie mit Fleiß zur Beilag' aufgefangen
Und laße meine Seel' hiemit gefüllet stehn. 20

Die sollen mit mir ziehn durch Wetter, Wind und Wellen,
Ich nehme sie für euch zu meiner Liebsten an,
Auf daß sie euer Bild mir stets vor Augen stellen
Und tragen was ich selbst nicht mit mir nehmen kann.

Mit ihnen will ich mich besprechen und ergetzen, 25
Sie sollen sein mein Trost in Noth und Traurigkeit,
Kein Glück, kein böser Fall soll mir dies Volk verletzen,
Kein Sturm und wilde Flucht, auch keiner Winde Streit.

Kein fremdes Weib soll sie durch ihre Gunst vertreiben,
Sie sollen, hilft mir Gott gesund hie zu euch her, 30
Bezeugen meine Treu und mein Beständigbleiben
Und sagen, wie ich nie ein ander Lieb begehr'.

Ihr werdet selbst alsdann es an mir können schließen,
Wenn dieses euer Pfand durch meiner Augen Bach
Aus Lieb' und Fröhlichkeit euch wird entgegenfließen, 35
Und rühmen meinen Sinn, mein Lieben vor und nach.

Mit dem Bedinge nun geh' ich von euch zu scheiden.
Du, Venus, die du uns zusammen hast geführt,
Komm abendlich zu Steur mit deinem Licht uns Beiden;
Was mich und sie betrifft, werd' auch an dir gespürt! 40

Traur' ich wo, oder sie, so zeige deine Wangen
Erblaßt, als wäreft du auch neben uns in Noth;
Steht's wol um sie und mich, so sollst du, Güldne, prangen
Mit deinem besten Glanz gemalet rosenroth!

Und wo mir je mein Lieb will etwas sagen laßen,   45
So schick' dein Liebesvolk für ihren zarten Mund,
Die meiner Liebsten Red' in ihre Köcher faßen
Und thun sie nachmals mir vom hohen Himmel kund.

Muß gleich das wilde Meer uns von einander trennen,
So wollen wir durch dich dennoch beisammen sein   50
Und unser Beider Thun und Leben stets erkennen,
Uns freuen in dem Glück und tröften in der Pein.

97.
Tanz nach Art der Polen.
(1640. Albert's Arien III, 23.)

Was ist zu erreichen
Hier in dieser Zeit,
Das sich möchte gleichen
Meiner Fröhlichkeit,
Nun ich mein Verlangen   5
Kühnlich mag umfangen
Und mit meines Lebens Zier
Einen Reihen führ'?

Alle Pracht der Erden
Ist nur Rauch und Wind   10
Ueber den Geberden,
Die du trägst, mein Kind!
Nicht die güldne Sonne
Macht mir solche Wonne,
Solchen Glanz befind' ich nicht   15
An des Mondes Licht.

Hier in diesen Armen,
In dem Freudensaal,

Hoff' ich zu erwarmen
Tausend tausend mal;   20
Hier in diesem Herzen
End' ich meine Schmerzen,
Diese Brust soll meiner Pein
Niederlage sein.

Mit den schönen Händen,   25
Welche Marmor ziert,
Will sie mir verpfänden
Alles, was sie führt;
Auf dem süßen Munde
Soll ich manche Stunde   30
Künftig weiden meinen Geist,
Der sich mir entreißt.

Liebste, laß uns leben,
Sei mein Trost in Noth!
Ich will dir mich geben   35
Auch biß in den Tod.
Fleuch, das rechte Lieben
Länger aufzuschieben,
Fort! Hab' ich doch Recht dazu,
Was ich mit dir thu'!   40

98.

(1640. Albert's Arien III, 28.)

Man sagt mir zwar, ich soll dich haßen
Und nicht mehr lieben, wie ich pflag:
So kann ich doch nicht von dir laßen,
Ich fliehe dich auch wie ich mag.

Wie oft hab' ich mir vorgenommen,   5
Du solltest mir in meinen Sinn,
O Galathee, nun nicht mehr kommen:
Nein, nein, ich lieb' als nie vorhin.

Wir sein ja nicht zugleich geboren,
Es gleichen unsre Sterne nicht: 10

Mir hatte Venus sich verloren,
Dir aber schien ihr helles Licht.

Werd' ich durch List denn hintergangen,
Und hat man mir was beigebracht,
Daß ich so stets an dir muß hangen   15
Und ruhen weder Tag noch Nacht?

Seh' ich dich nicht, so fühl' ich Schmerzen;
Genieß' ich deiner Gegenwart,
So ist mir doch nicht wol im Herzen,
Ich stehe bei dir wie erstarrt.   20

Die Rede will mir ganz nicht fließen,
Ich zittre wie ein Espenlaub,
Der Augen Quell muß sich ergießen,
Und ich bin sinnlos, stumm und taub.

Ich glaube, daß aus dieser Ketten   25
Und aus dem harten Liebesstreit
Mich Perseus selbst nicht könn' erretten,
Der doch Andromeden befreit.

Darum soll Klotho meinem Leben,
Weil sonst mir nicht zu helfen steht,   30
Die längstgewünschte Endschaft geben;
Ob so ein Mensch der Lieb' entgeht?

———

99.
Vorjahrslied.
(1641. Albert's Arien IV, 14.)

Wir sehn sich jetzt erfreuen
Der Erden ganzes Haus,
Die schöne Lust der Maien
Lockt Dorf und Stadt hinaus.
Mein Herz beginnt zu wallen,   5
Wann sich das Luftvolk schwingt
Und läßt ein Lied erschallen,
Daß Berg und Thal erklingt.

6. das Luftvolk, die Vögel.

Die Heerden gehn sich weiden;
Ihr träger Hirtenmann   10
Hebt hoch auf grüner Heiden
Ein freies Waldlied an,
Sieht, wie in großem Haufen
Dort um der Flüße Rand
Die Heerden sich belaufen,   15
Und wünscht ihm gleichen Stand.

Indem daselbst von weiten
Ein klares Bächlein quillt,
Das sich von beiden Seiten
In Gras und Laub gehüllt.   20
Der Scherz herrscht aller Maßen,
Die Lust bezwingt das Leid,
Die Welt ist ausgelaßen
Mit Lieb' und Freundlichkeit.

Auf, Venus, die ich singe,   25
Füg' mir auch jetzund bei
Die willich in mich dringe
Und meine Liebste sei!
Ich habe gnug gepriesen
Zwar dich und deinen Sohn,   30
Mich dienstlich gnug erwiesen,
Dies aber ist mein Lohn:

Daß ich ohn' Maß und Ende
Muß derer müßig gehn,
Die mir das Herz verpfände,   35
Mir treulich beizustehn;
Was fleucht, was kreucht, was schwimmt,
Schmeckt jetzt die Vorjahrskost,
Ist liebevoll und glimmet —
Nur ich klag' über Frost.   40

Ist denn in mir kein Leben
Zu deiner Freuden Schein,
Daß ich so gut nicht eben,
Als Heerd' und Laub kann sein?

34. müßig gehn, entbehren.

Simon Dach.   10

100.
Mailiedchen.

(1641. Albert's Arien IV, 16.)

Komm, Dorinde, laß uns eilen,
Nimm der Zeiten Gut' in Acht,
Angesehen daß Verweilen
Selten großen Nutz gebracht,
Aber weislich fortgesetzt   5
Hat so manches Paar ergetzt!

   Wir sind in den Frühlingsjahren;
Laß uns die Gelegenheit
Vorn ergreifen bei den Haaren,
Sehn auf diese Maienzeit,   10
Da sich Himmel, See und Land
Knüpfen in ein Heirathband.

   Wenn sich die Natur verjünget,
Liegt in Liebe krank und wund,
Alles sich zu nehmen zwinget,   15
Thut sie frei dem Menschen kund,
Daß sich er, die kleine Welt,
Billich nach der großen hält.

   Still zu sein von Feld und Büschen,
Von dem leichten Heer der Luft,   20
Da sich jedes will vermischen,
Jedes seines Gleichen ruft,
Hört man in den Wäldern nicht,
Wie sich Baum und Baum bespricht?

   An den Birken, an den Linden   25
Und den Eichen nimmt man wahr,
Wie sich Aest' in Aeste binden;
Alles machet offenbar
Durch das Rauschen, so es übt,
Daß es sei wie wir verliebt.   30

---

19. Still zu sein, zu geschweigen.

Luft betrübt, die man verscheubet;
Dieser Eifer, dieser Brand,
Diese Jugend, so uns treibet,
Hat nicht ewig den Bestand,
Zeigt sich wind= und vogelleicht,   35
Ist geflügelt, kömmt und weicht.

101.
(1641. Albert's Arien IV, 17.)

Mein schönes Lieb verließ mit mir,
Ich sollt' in diesem Garten
Ein wenig ihrer warten.
So sitz' ich und verschmachte schier:
Wo bleibst du doch, mein süßes Leben?   5
Säum' nicht, mein Sonnenschein,
Mit Aepfeln wart' ich dein
Und Trauben von den besten Reben.

Hie, wo der Baum uns Schatten gibt,
Die Winde lieblich wehen   10
Und meinen Kummer sehen,
Soll sein, was mir und dir beliebt;
Ich habe Gras hieher getragen
Und weiß von keiner Ruh.
Es mangelt nichts als du;   15
Laß mich nicht über Untreu klagen!

O Mutter, haltet Ihr sie an,
So will ich Euch beschwören
Bei meiner Glut und Zähren,
Bei allem, was Euch lieb sein kann,   20
Bei ihren sittsamen Geberden,
Bei ihrem jungen Blut
Und tugendhaftem Muth,
Der alles zwingt, was lebt auf Erden,

---

1. verließ, verabredete. — 17. an, zurück.

Biß daß ihr laßt mein Trost und Licht.   25
Ich aber will indeſſen
Nur ihre Zier ermeßen,
Die mein' und mich dazu zerbricht.
Betreugt mich aber mein Verlangen,
So ſoll nach langer Noth   30
An dieſem Ort der Tod
An ihrer Statt mich doch umfangen.

102.

Lobgesang der Liebe.

(1641. Auf Hieron. von Weinbeer und Catharine Panzer's Hochzeit.
Comp. v. Albert.)

O Amor, Herzenbinder,
Du Herr der Freundlichkeit
Und aller guten Zeit,
Du Zwietrachtüberwinder,
Du großer Wolfartheger,   5
Wie daß die ganze Welt
Dir hin zu Fuße fällt
Und folget deinem Läger?

Wie weißt du einzusperren
Des Scepters ganze Macht!   10
Dir dient der Kronen Pracht,
Der Knecht auch sammt dem Herren.
Das Alter wird gerißen
Zwar an dein strenges Joch,
Die Jugend pflegst du doch   15
Am meisten einzuschließen.

Du machst dich in die Wangen
Der Frauenbilder hin
Und führst den starken Sinn
Der Männer so gefangen.   20
Was keine Macht kann brechen,
Kein Stahl, kein fallend Blei,
Was keine Tyrannei,
Weißt endlich du zu schwächen.

---

6. **Wie daß,** wie kommt es, daß.

Du hast die Welt gelehret   25
Das, was sie Gutes hat,
Daher auch Dorf und Stadt
Dir billich zugehöret,
Daß wir die Felder bauen,
Nach Ehr' und Gütern stehn,   30
Tief in das Erdreich gehn,
Uns Wind und Wellen trauen.

Wodurch wir zugenommen,
Ja alle Pracht und Zier
Muß eigentlich von dir,   35
Du Weltbereicher, kommen.
Du endest Angst und Leiden;
Greifst du, o Amor, an
Und hilfst, so träget man
Des Kreuzes Last mit Freuden.   40

Durch dich muß alles werden,
Was Vieh und Menschen noth,
Ohn' dich kommt weder Brot
Noch Weinwachs aus der Erden.
Wie schön die Vögel singen,   45
Wie fröhlich durch das Meer
Der Fische Schar, das Heer
Der Thier' im Walde springen;

Wie lustig sich mit Tänzen
Das Volk der Sterne macht,   50
Wie helle bei der Nacht
Sie um den Mond her glänzen,
Wie schnell der Sonnen Räder,
Wie lieblich Luft und Wind,
Wie angenehm uns sind   55
Die Brunnen, Flüße, Bäder:

Doch wäre nichts zu spüren
Von allem, was man kennt,
Wenn du das Regiment
Nicht, Amor, solltest führen.   60

36. Weltbereicher, Weltbereicherer. — 44. Weinwachs, Weinwuchs.

Glückseelig ist die Stunde,
Kriegt anders Zeit hie Statt,
Da Gott gezeugt dich hat
Aus seines Herzens Grunde!

Man hat von keinen Plagen   65
Da irgendswo gewußt
Und nur von lauter Lust
Und Freude können sagen;
Da war kein Haß vorhanden,
Kein Argwohn und kein Streit,   70
Fried' und Gerechtigkeit
Sind um dich her gestanden.

Man sieht noch jetzund Leben
Und großes Wolergehn
An allen Orten stehn,   75
Wo du dich hinbegeben.
So komm nun, dein Begnügen
Umschließ auch dieses Paar
In Eintracht immerdar,
Die ehlich jetzt sich fügen!   80

Du bist es, den wir singen,
Du, und das wahre Gut,
Der uns das Liebste thut,
Gott selbst für allen Dingen.
Wir werden angetrieben,   85
Zu sagen: Er allein
Muß selbst die Liebe sein,
Die er so rein kann üben.

O seelig, seelig wären
Wir Menschen allerzeit,   90
Die wir durch Haß und Streit
Erbärmlich uns verzehren,
Wenn doch auch uns die Liebe,
Die Alles hie und da
Und selbst den Himmel, ja   95
Am meisten Gott treibt, triebe!

103.

(1641. Albert's Arien V, 14.)

Willst du nichts vom Bräut'gam hören,
Wünschest dir für ihm den Tod?
Laß dich nicht, mein Kind, bethören,
Setz' dich willich nicht in Noth,
Denk, was dieses sei für Pein,   5
Alt und doch noch Jungfrau sein!

Lieben und geliebet werden
Ist das Beste von der Welt,
Ist, was bloß dies Haus der Erden
Frei von allem Fall erhält;   10
Was nicht lieben will noch kann,
Wozu taugt es um und an?

Wenn der Scheitel dir wird blecken,
Und du wirst die Zähne nicht
Mehr für Alter können decken,   15
Runzlicht sein im Angesicht,
Ach, hätt' ich doch vor der Zeit,
Wirst du sagen, noch gefreit!

Wie die Aepfel sammt den Zweigen
Vor dem Gartenherren sich   20
Um die Herbstzeit niederbeugen
Und fast sprechen: Pflücke mich!
Wie der damals reife Wein
Seufzt und will gelesen sein;

Wie die volle Ros' im Lenzen   25
Kläglich thut nach deiner Hand,
Will, dein Härchen zu bekränzen,
Von dir werden angewandt;
Wie auch gern die reife Saat
Ihren Trost, die Schnitter, hat: 30

---

13. blecken (schon im Mhd.), blicken lassen, sich zeigen, sich entblößen,
kahl werden.

Also reifen deine Gaben
Und, treugt mich das Auge nicht,
Wollen einen Freier haben,
Was dein Mund dawider spricht;
Wo nicht du, doch deine Zier   35
Suchet einen Bräut'gam dir.

Komm zu mir, mein Obst und Traube,
Ros' und Saat, erfreue mich!
Komm, nach dieser Früchte Raube
Sehnet meine Seele sich!   40
Dies Obst sättigt meinen Sinn,
Ob ich sonst gleich obstschen bin.

‒

104.
Tanz nach Art der Polen.
(1641. Albert's Arien V, 19.)

Die ihr jetzt seid erschienen
Zu unsrer Fröhlichkeit,
Was kann euch beßer dienen
Bei dieser kalten Zeit,
Als daß ihr theils im Tanzen   5
Euch übt, wie ich zwar thu,
Theils auch mit Gläserschanzen
Setzt auf einander zu?

Ihr Jungfern und Gesellen,
Man fordert euch hervor,   10
Kommt, kommt, euch einzustellen!
Es winkt der ganze Chor
Und sagen die Schalmeien,
Daß dies der Brauttanz sei,
Ihr steht im ersten Reihen,   15
Kommt, findet euch herbei!

Hat Jemand nun im Herzen
Beschloßen die er liebt,
Der thu er kund die Schmerzen
Und was ihn nur betrübt.   20

Hie mag er sich besprechen,
So gut er immer kann,
Er sage sein Gebrechen
Getrost der Liebsten an.

Er rede mit den Augen,   25
Mit Seufzen ohne Ziel,
Und was zum Vortrab taugen
Mag in dem Liebesspiel;
Durch süßes Händeküssen
Und was ihm sonst bekannt,   30
Laß er der Liebsten wißen
Der Liebe großen Brand.

Dann auch ihr Herrn und Frauen,
Die ihr uns Gutes gönnt,
Kommt, laßet jetzund schauen,   35
Daß ihr auch tanzen könnt!
Legt euren Gram was nieder
Den schlauen Lebensdieb!
Oft haben alte Glieder
Noch junge Freiheit lieb.   40

Die aber nicht zu lenken
Noch auf zu bringen sein,
Die laßen sich beschenken
Mit gutem Bier und Wein.
Geht, Blasien, schenkt die Mandel   45
Der Gläser frisch und voll,
Ihr wißt in diesem Handel
Des Hofes Ordnung wol.

Verzeiht mir doch daneben,
Ihr Herren, daß ich geh';   50
Ihr seht, mir winkt mein Leben,
Weil ich im Tanze steh'.
Ich geb' euch zu erkennen,
Nehmt ihr es ab an euch,
Ob nicht mein Herz mag brennen   55
Dem Kattich=Feuer gleich.

---

36. Kattich, Wachholder.

In der sich meine Seele
Hat ganz und gar verirrt,
Von der mich kaum die Höhle
Des Grabes trennen wird,   60
Sollt' ich mit der nicht tanzen,
So hätt' es diesen Schein,
Als sollte schon das Pflanzen
Der Lieb' erstorben sein.

So lang' es, meine Sonne,   65
Mir warm zum Herzen geht,
Sollt ihr sein meine Wonne;
Ich hab' in mir erhöht
Ein Schloß für euch, darinnen
Ihr ewig herrschen sollt,   70
Hie könnt ihr meinen Sinnen
Gebieten, wie ihr wollt.

So laßt euch nun, zu Ehren
Uns und der ganzen Schar,
Ihr Musikanten, hören   75
Und macht es offenbar,
Daß mich für allen Leiden
Die Lieb' jetzt hat verschanzt,
Und daß in solchen Freuden
Ich nie vorhin getanzt!   80

105.
Vorjahrsliedchen.
(1641. Albert's Arien V, 18.)

Die Luft hat mich gezwungen,
Zu fahren in den Wald,
Wo durch der Vögel Zungen
Die ganze Luft erschallt.

Fahrt fort, ihr Freudenkinder,   5
Ihr Büschebürgerei,
Und Freiheitvolk nicht minder,
Singt eure Melodei!

Ihr lebt ohn' alle Sorgen
Und lobt die Güt' und Macht   10
Des Schöpfers von dem Morgen
Biß in die späte Nacht.

Ihr baut euch artig Neste,
Nur daß ihr Junge heckt,
Seid nirgends Fremd' und Gäste,   15
Habt euren Tisch gedeckt.

Ihr strebet nicht nach Schätzen
Durch Abgunst, Müh' und Streit,
Der Wald ist eur Ergetzen,
Die Federn euer Kleid.   20

Ach wollte Gott, wir lebten
In Unschuld gleich wie ihr,
Nicht ohn' Aufhören schwebten
In sorglicher Begier!

Wer ist, der also trauet   25
Auf Gott, das höchste Gut,
Der diese Welt gebauet
Und Allen Gutes thut!

Wir sind nicht zu erfüllen
Mit Reichthum und Gewinn   30
Und gehn um Geldes willen
Oft zu der Höllen hin.

O daß wir Gott anhingen,
Der uns versorgen kann,
Und recht zu leben fingen   35
Von euch, ihr Vögel, an!

106.

(1644. Auf Martin Neumann's und Maria Paschke's Hochzeit.
Comp. v. Albert.)

Wer hie zu etwas kommen will,
Pflegt sich erst wol zu leiden,
Er lebt in allen Sachen still,

---

29. erfüllen, sättigen.

Ist sittsam und bescheiden,
Er lässet manchen sauren Wind   5
Ihm in die Nase gehen
Und sucht das Glück, als taub und blind,
Getrost zu überstehen.

    Sein Herz ist stets in Gott gestellt
Mit gläubigem Verlangen,   10
Er weiß, es hab' in dieser Welt
Nie beßer zugegangen,
Nimmt fleißig seiner Pflicht sich an
Am Abend und am Morgen,
Und was er nicht bestreiten kann,   15
Da läßt er Gott für sorgen.

    Ist er darüber wie in Spott
Nach Manches Sinn gesetzen,
So ist er doch bei seinem Gott
Daneben unvergeßen;   20
Der braucht sich seiner alten Kunst,
Daß solcher Mensch, den Frommen
Zu Trost, durch hoher Leute Gunst
Zu Stand und Brod muß kommen.

    Ich pflege so und so die Welt   25
Bei mir zu überschlagen
Und finde, daß es Gott gefällt,
Den Stolz nicht zu vertragen;
Er hat ihm einen Sitz erkiest,
So hoch als nichts kann werden,   30
Und sieht doch an was niedrig ist
Im Himmel und auf Erden.

————

107.

(1645. Auf Sigismund Scharf's und Regina Schimmelpfennig's Hochzeit.)

    Nichts nach Heirath fragen,
    Ist: der Ruh entsagen,
    Hold sein aller Noth,

————

5. sauren, widrigen, scharfen.

Ist: sich selber haßen,
Wollen sein verlaßen   5
Und lebendig todt.
Welche Rath annehmen,
Werden dem, was Gott gefällt,
Und der Ordnung aller Welt
Sich bequemen.   10

Sie sind zu erreichen,
Sehn nach ihresgleichen
Und voraus auf Gott;
Der will selbst sie paaren,
Will sie stets bewahren   15
Für Gefahr und Spott,
Will sein Werk erhalten
In gewünschter Einigkeit,
Wenn des Glückes trübe Zeit
Sucht zu walten.   20

Wol, o wol euch Allen,
Denen es gefallen,
So verliebt zu sein!
Ihr könnt sicher gehen
Und ohn' Wanken stehen,   25
Fiel' die Welt gleich ein;
Werdet im Gewißen
Aller Angst und Furcht befreit
Und nicht leicht von Eitelkeit
Fortgerißen.   30

Worauf ihr euch gründet,
Was euch fest verbindet,
Ist nicht schnödes Gut
Oder schöne Jugend,
Sondern Zucht und Tugend   35
Und standhafter Muth,
Der nicht fällt zurücke,
Sondern krieget stets den Preis,
Daß er zu begegnen weiß
Beidem Glücke.   40

---

40. beidem Glücke, dem bösen wie dem guten Geschick.

Gnüge soll auf Erden
Euch nach Wunsche werden,
Daß kein Widerwind
Euch groß wird beleiden,
Ja ihr sollt in Freuden   45
Schauen Kindeskind
Und in grauen Haaren,
Dieses armen Lebens satt,
In des Himmels schöne Stadt
Seelig fahren.   50

———

108.

Brauttanz.

(1617. Auf Reinh. Schultzen und Marie Friesen's Hochzeit.)

Wo lebt ein Mensch auf Erden,
Wenn vor der Zeiten List
Es ihm so gut kann werden,
Der nicht gern fröhlich ist?
Je mehr des Himmels Güte   5
An Jemand sich eräugt,
Je mehr ist sein Gemüthe
Zu frommer Lust geneigt.

In welchem sie hergegen
Sich kärglich oder faul   10
Hat anfangs wollen regen,
Das bleibt ein Sauermaul,
Der zürnt und geht beiseite,
Hat dessen Gram und Pein,
Sieht er wo junge Leute   15
In Ehren fröhlich sein.

Was soll mich der anfechten?
Ich wohne denen bei,
Wo Liebe sieht zum Rechten,
Daß alles lustig sei,   20

———

41. beleiden, betrüben, Leid verursachen. — 12. Sauermaul, Sauertopf, Griesgram.

Wo Gnüge, Scherz und Lachen
Nichts wißen von Verdrieß
Und dieses Leben machen
Zu einem Paradies.

Hie soll, mein süßes Leben,   25
Uns Treu', die unverwandt,
Mit einer Burg umgeben
Von lauter Diamant,
Um welche sie wird stellen
Zur Schildwach Heil und Ruh,   30
Damit kein Neid der Höllen
Uns irgends Schaden thu.

Laß den und jenen sagen
Von diesem unsern Sinn
Auch was ihm mag behagen,   35
Es heißt doch schon vorhin,
Seit daß du bist mein eigen,
Uns hänge dort das Haus
Des Himmels voller Geigen;
Der Hohnspruch bleibt nicht aus.   40

Wir wollen fleißig bitten,
Daß Gott zu aller Zeit
Geb' unter uns den Dritten
Und wende Müh' und Streit.
Tritt der von uns nicht ferne,   45
Auch mitten in der Pein,
Wird uns das Haus der Sterne
Voll Trostesgeigen sein.

Man weiß, daß nie an Leiden
Der Heirath was gebricht,   50
Es fehlt ihr auch an Freuden
Und süßen Seiten nicht;
Gott hat der Welt Getümmel
Auch gnug mit Ruh bedacht,
Nur daß der Mensch den Himmel   55
Ihm selbst zur Höllen macht.

---

26. die unverwandt, die beständig ist.

—

109.

Abschiedsliedchen.

(1648. Albert's Arien VII, 19.)

Hat meines Herzens keusche Brunst
Denn bei dem Himmel keine Gunst,
Daß ich dich, Schönste, muß verlaßen
Hie, wo du stets mit Neid und List
Der falschen Zungen, die dich haßen,   5
Mein Sinnentrost, umgeben bist?

Entschlag dich aber aller Pein,
Und laß dein Herz versichert sein,
Daß ich kurzum nicht von dir scheide;
Mein bloßer Schatten zeucht von hier,   10
Ich aber bleib' in Lieb' und Leide
Stets um dich her und diene dir.

Laß nur die Misgunst immerhin,
Vergiftet aus verboßtem Sinn,
Auf dich zu stechen sich bemühen;   15
Es schmerzt sie, daß dein Glanz und Pracht,
Du edle Rose, so muß blühen
Und sie, die Hecken, schamroth macht.

Es kommt, ob Gott will, noch die Zeit,
Daß wir der Disteln rauhes Kleid   20
Durch unsrer Liebe Brunst verbrennen,
Da man hergegen nichts an dir,
Du güldne Blume, wird erkennen
Als Glanz und unverwelkte Zier.

Nun, hiemit reis' ich, auf den Schluß   25
Des Himmels, dem ich folgen muß;
Doch wo ich mich befinden werde,
Daselbst wird auch dein Licht und Schein,
Dein Sinn und höfliche Geberde
Mein Thun, Red' und Gedanken sein.   30

Ach, wenn es kürzlich wird geschehn,
Daß ich dich wieder werde sehn

9. kurzum, ganz, völlig.

Und deiner Gegenwart genießen,
Ich werde dieses Gut, mein Licht,
Mit Nichts hie zu vertauschen wißen,   35
Mit keinem Kaiserthum auch nicht!

110.
Aus dem Französischen.
(1648. Albert's Arien VII, 22.)

Lenz ohn' meine Sonne,
Bist du wieder hie?
Meinst du, daß mir Wonne
Ein Tag bringt ohn' sie?
    Nein, ohn' Cloris kann der Pein   5
    Tirsis nie entladen sein.

Deiner Blumen Menge,
Flora, nützt mir nicht,
Ist gleich ihr Gepränge
Tausendfärbigs Licht.   10
    Tirsis' Blumen müßen sein
    Leidgedanken, Sorg' und Pein.

Soll dein Wind mir dienen,
Angenehmer West,
Der sich hier im Grünen   15
Lieblich hören läßt?
    Tirsis' Wind und Blumen sein
    Tiefe Seufzer, Sorg' und Pein.

Dein Gesang daneben,
Nachtigall, den man   20
Sonst nur muß erheben,
Geht mich nicht mehr an.
    Tirsis' Klang und Blumen sein
    Klag' und Seufzer, Sorg' und Pein.

Ja ich will auch meiden   25
Euch, ihr Brunnen, wol;

---

22. Geht mich nicht mehr an, erfreut mich nicht mehr.

Seht, von meinem Leiden
Sind die Bäch' hie voll!
    Tirsis' Blut und Blumen sein
    Thränenwaßer, Sorg' und Pein.   30

Cloris ist von hinnen!
Seh' ich sie nicht hier,
Nichts wird mich gewinnen,
Nichts von eurer Zier.
    Denn ohn' Cloris kann der Pein   35
    Tirsis nie entladen sein!

111.
Aus dem Französischen.
(1648. Albert's Arien VII, 24.)

Phyllis, o mein Licht,
Die Lilj' und Ros' hat nicht,
Was an Farb' und Schein
Dir möcht' ähnlich sein,
    Nur daß dein stolzer Muth   5
    Der Schönheit Unrecht thut.

Du nur höhnst das Recht,
Das Venus rund und schlecht
Treuen Herzen stellt,
So dies Grün erhält.
    Denn wer nicht leben mag,   10
    Sieht unwerth einen Tag.

Götter, wie du weißt,
Sind himmelab gereist,
Daß der Augen Schein   15
Möcht' ihr Leitstern sein.
    Verliebt' sein ihnen nach,
    Ist das nicht gute Sach'?

Alle Vöglein hie
Sammt ihrer Melodie   20

---

17. ihnen nach, wie sie.

Hätten gänzlich nicht
Gnüg' ohn' Liebespflicht
  Und würden nicht erfreut
  Um diese Frühlingszeit.

Darum, Phyllis, laß,   25
Daß wir um dieses Gras
Reden Tag und Nacht
Nichts als Liebesmacht,
  Nimm diesen Zeitvertrieb
  Zu unsrer Lust vorlieb!   30

——— ———

112.

(1649. Auf Reinmar Leo's Hochzeit.)

Jetzt schlafen Berg' und Felder,
Mit Reif und Schnee verdeckt;
Auch haben sich die Wälder
In ihr weiß Kleid versteckt;
Die Ströme stehn geschloßen   5
Und sind in stiller Ruh,
Die lieblich sonst gefloßen
Mit Laufen ab und zu.

Die Bäume, die sonst tragen
Schön Obst in Grün verkleidt,   10
Die müßen jetzt beklagen
Des strengen Nordens Neid;
Nichts ist anjetzt zu finden,
Was sonsten uns erfreut,
Die Lust der Berg' und Gründen   15
Ist jetzund Traurigkeit;

So lange biß sich reget
Der sanfte Westenwind,
Um Berg' und Thal sich leget,
Zun Wäldern auch sich findt   20
Und weckt, was sich verkrochen
Hatt' in den tiefen Schnee:
Der Lenz ist angebrochen,
Ein Jedes nun aufsteh!

———

26. um dieses Gras, auf diesem Grase.

11*

Als muß die Welt erwachen, 25
Das Winterkleid ausziehn,
Die Berg' und Felder lachen,
Die Hügel werden grün,
Die Wälder sich verneuen,
Ein Jedes sich erfreut, 30
Wie wann man geht zum Reihen
Und anders sich verkleidt.

Die Ströme müßen laufen
In ihrem alten Gang;
Der Vögel leichte Haufen 35
Stimmt an den Lobgesang;
Die Lerche thut sich schwingen,
Schreit in die Luft hinein:
Wir, wir, wir, wir, wir singen
Dir, dir, dir Gott allein! 40

Jetzt steht das Heer der Sternen
Am Himmel auf der Wacht
Und leuchtet uns von fernen,
Um daß es Mitternacht;
Bald wird mit ihren Strahlen 45
Aurora bei uns sein,
Der Berge Spitzen malen,
Die Sterne führen ein.

Nichts mag gefunden werden,
Was nicht den Wechsel hält, 50
Bald steht ein Ding auf Erden,
Bald hin es wieder fällt;
Voraus wir, die wir schweben
Um dieses wüste Rund,
Daß dies sei unser Leben, 55
Ist allenthalben kund.

Wir müßen ausgetauschet
Eins um das Andre sein,
Wie eine Flut hinrauschet,
Die andre schlägt herein; 60
Sobald wir uns verkriechen

41. Um daß, dieweil.

Ein Jeder in das Grab
Und Todes sind verblichen,
Sind, die uns lösen ab.

   Das große Haus der Erden   65
Das nehmen Andre ein,
Die schon geboren werden,
Dieweil wir hie noch sein;
Darum wir oft uns hassen
Und kränken ohne Ruh,   70
Das muß man Andern laßen
Und rückwärts sehen zu.

   Der Wechsler aller Sachen,
Der fest hierüber hält,
Hat, dieses wahr zu machen,   75
Bei Euch auch aufgestellt,
Frau Braut, der Euch ergetzet,
Nachdem er abgeführt
Der sich mit Euch geletzet
Und Euer Herz gerührt.   80

   Der Leib bloß ohne Sinnen
Ist todt und muß vergehn,
Die Regimenter können
Nicht ohne Haupt bestehn,
Ohn' ihren König sterben   85
Die Bienen, ohne Hirt
Die Heerde muß verderben,
Ein Haus auch ohne Wirth.

   Drum Ihr die Stell' ersetzet
Recht wol mit einem Mann,   90
Der Euch in dem ergetzet,
Was Euch mag liegen an;
Doch seid Ihr des bescheiden
Sammt Allen ingemein:
Vermischtes Leid mit Freuden   95
Muß jeder Ehstand sein.

---

64. Sind, sind Lebende da. — 77. Frau Braut, die Braut war Witwe.
— 93. bescheiden, beschieden.

113.

Brauttanz.

(1649. Auf Barthel Michel's und Barbara Rothhausen's Hochzeit.)

Laßt uns meiden
Was nur Leiden
Einem schaffen kann!
Auserwähltste Freuden,
Gebt euch bei uns an!   5
Liebste Sachen,
Spiel und Lachen,
Kommt gesammt zuhauf!
Steck' uns Kerzen
In dem Herzen,   10
Süßer Amor, auf!

Der mein Leben
Sich ergeben,
Die mich meiner Pein
Gnüglich kann entheben,   15
Wird nun gänzlich mein;
Ihre Wangen,
Mein Verlangen,
Ihrer Unschuld-Ruhm,
Ihre Jugend,   20
Zucht und Tugend
Sind mein Eigenthum!

Laßt mir weichen
Alle Reichen,
Alles Gut und Geld: 25
Nichts ist ihr zu gleichen,
Sie ist meine Welt!
Glänzt, ihr Sterne,
Schön von ferne:
Die mein Herz mir brennt,   30
Meine Wonne,
Ist mir Sonne,
Mond und Firmament!

Seid selbst Richter,
Himmelslichter,   35
Weil ihr auch geliebt,
Wie die Schar der Dichter
Von euch Nachricht gibt.
Sagt zusammen,
Wolkenflammen,   40
Ob was Liebers mir
Hie auf Erden
Könne werden,
Weder ihre Zier?

Ihrentwegen   45
Halt' ich Regen
Und Gefahr zur See
Niemals mir entgegen,
Liebe Frost und Schnee.
Schätz' erkoren   50
Selbst die Mohren
Und den Nilus=Strand,
Geht für allen
Mein Gefallen,
Sie, mir nur zur Hand.   55

Himmelsgüte,
Halt' in Blüte
Unsrer Liebe Saat,
Gründ' uns das Gemüthe
Stets auf Gott und Rath!   60
Nur Ein Wille,
Demuth, Stille
Krön' uns jederzeit!
Laß uns fahren
Alt an Jahren   65
In dein' Ewigkeit!

---

44. Weder, als. — 48. entgegen, zuwider.

114.

(1649. Auf Johann Fauljach's und Marie Heuschlel's Hochzeit.)

Ein Mann von gutem Rath,
Der beides, Wort und That,
Nur auf Vernunft gestellet,
Lebt still und vor sich hin,
Was auch von seinem Sinn   5
Für Urtheil wird gefället.

Er ist behutsam, schlecht,
Fromm, emsig, treu, gerecht,
Sucht nimmer hoch zu schweben,
Hält allzeit sich zu schwach,   10
Doch eilt die Ehr' ihm nach
Und will ihn gern erheben.

Und setzt er ihm was vor,
Er schlägt es an kein Thor,
Wird Keinem sich entdecken,   15
Sein Herz ist Kammern voll,
Hie weiß er, was er soll,
Vernünftig zu verstecken.

Inmittels nimmt er wahr
Der Zeiten immerdar,   20
Biß seine Stund' ist kommen;
Die hat er denn in Acht
Und stellet fort mit Macht,
Was er ihm fürgenommen,

Und hört darüber nicht   25
Was Nachred' und Gerücht
Beginnt für tolle Sachen:
So eilt ein Wandrer fort,
Was Regen, Schnee und Mord
Ihm auch für Händel machen.   30

Laßt ihn den Alten sein,
Stellt euer Urtheil ein!

———————

23. stellet fort, vollführt.

Wer tadelt sonst sein Leben?
Wer ist auch überall,
Dem er in diesem Fall   35
Hat Rechenschaft zu geben?

115.

Branttanz.

(1649. Auf Johann Mellhorn und Anna Koeien Hochzeit.)

Wer erst den Tanz hat aufgebracht,
Hat die Verliebten wol bedacht
In ihren schweren Flammen;
Wann nichts sonst ihren Sinn begnügt,
Kein Ort sie aneinander fügt,   5
Bringt sie der Tanz zusammen.

Ihr Herz liegt in der Liebe krank,
Es wird kein Mahl, kein süßer Trank
Bei ihnen was verfangen;
Man sieht sie voller Hoffnung stehn,   10
Wenn nun die Tanzlust an soll gehn,
Die stillet ihr Verlangen.

Sind auch die Tische gleich beiseit,
Macht ihnen doch die lange Zeit
Noch immer tausend Schmerzen;   15
Sie kommen allem Tanz zuvor,
Sind ihnen beides, Saal und Chor,
Und tanzen frisch im Herzen.

Dies ist der Liebe strenge Zucht:
Wer Ruh in ihren Diensten sucht,   20
Sucht Waßer in dem Feuer;
Ihr Volk muß, wie die Sclaven, fort,
Sie ist fürwahr, mit einem Wort,
Ein rechtes Ungeheuer.

Wol denen, die in Heirath stehn   25
Und ihrer Bande müßig gehn,

Wie weit sind sie von Leiden!
Seht unsern werthen Bräut'gam an,
Der ihrem Hochmuth trotzen kann,
Wie tanzet er in Freuden!   30

Er führt an seiner rechten Hand
Sein auserwähltes Seelenpfand,
Den Lohn für seine Tugend;
Und sie, die Schönste, die er weiß,
Trägt aller Zucht und Unschuld Preis   35
Und ist ein Glanz der Jugend.

Folgt ihnen in dem Tanze zwar,
Mehr aber in der Gaben Schar,
So wird es Keinem fehlen;
Gott weiß um euch allein Bescheid,   40
Wird einem Jeden mit der Zeit
Das Seine wol erwählen.

So tanzet nun gerad und krumm,
Wollt ihr die Liebste, wechselt um,
Zürnt, wenn ihr still sollt stehen,   45
Gebraucht in Ehren euch der Welt;
Wenn euch das Alter überfällt,
Es wird euch wol vergehen!

———

116.
Herbſtliedchen.

(1649. Auf Georg Schrötel's und Regina Verband's Hochzeit.)

Womit wird die Zeit verbracht,
Nun der Herbst sich zu uns macht,
Nun Gefild und Wald muß trauern,
Daß uns auszugehen graut
Und man außerhalb der Mauern   5
Nichts als Wust und Unlust schaut?

———

46. Gebraucht euch, genießet. — 2. zu uns macht, einstellt.

Wer sich recht bedenken kann,
Greift sich wie die Ameis' an,
Die daheim ohn' Sorg' und Klagen
Sitzt und ißt sich daran satt,   10
Was sie in den Sommertagen
Mühsam eingesammelt hat.

Nehmt euch von den Sorgen Ruh,
Sprechet guten Freunden zu,
Suchet Spiel und süße Lieder,   15
Thut was guter Lust gefällt,
Geht zur Hochzeit hin und wieder,
Die jetzt Amor häufig hält!

Wer zu lieben Mittel weiß,
Krieg' in ihr des Sieges Preis;   20
Venus schenkt jetzt ihren Knechten
Ihrer Wollust Nectar ein,
Heißet mit den langen Nächten
Ihre Lust auch länger sein.

Hat zu lieben wer nicht Fug,   25
Jetzund sieht er Wege gnug,
Wo in Ehren anzubinden;
Zuthun, Rath, Verstand und Wahl
Wird ihm leichtlich Eine finden
In der ungezählten Zahl.   30

Laß den Herbst thun was er will,
Tanz, Gesang, Gespräch und Spiel
Sind uns schöner Lenz im Herzen;
Wer von dessen Ruh nicht weiß,
Dem bringt auch der Frühling Schmerzen   35
Und der beste Sommer Eis.

117.

Brauttanz.

(1649. Auf Christoph Heilsberger's und Sophie Derichau's Hochzeit.)

Dieser Tag soll unser sein.
Weg, besorgtes Weh!
Freuden, her; vertreibt die Pein
Auf die wüste See!
Her, nach euch wünscht Jung und Alt   5
Hier auf diesem Saal,
Krönt mit Freuden mannichfalt
Unser Hochzeitmahl!

Dieses Ehfest feiern wir,
Bräutigam und Braut,   10
Mit geziemter Lust und Zier,
Die hie wird geschaut;
Daß sich Alles sauber trägt,
Daß der Jugend Schar
Köstlich sich hat angelegt,   15
Ursacht dieses Paar.

Ihrer edeln Tugend Gold,
Ihrer Unschuld Werth,
Welcher Gott und Menschen hold,
Haben dies begehrt.   20
Kinder, strebt, wie möglich ist,
Nur nach Ehr' und Zucht
Und erkennt auch dieser Frist
Solcher Arbeit Frucht!

Jetzund aber greift euch an,   25
Seht, der Tanz bricht auf,
Der gewünschte Freudenmann,
Und sein bunter Hauf';
Amor selbst spielt vor ihm her,
Folgt ihm, wie im Streit   30
Führt ein Jeder sein Gewehr,
Huld und Freundlichkeit.

---

5. nach euch wünscht, nach euch verlangt. — 11. geziemter, geziemender.

Tanzt, ihr habt doch dessen Fug,
Nehmt euch keine Ruh,
Ist der Abend euch nicht gnug,   35
Nehmt die Nacht dazu!
Ehr' und Zucht, der Jugend Kron',
Halten bei euch Haus
Und sehn Jeglichem zu Lohn
Seines Gleichen aus.   40

118.
Vorjahrsliedchen.

(1650. Auf Heinrich Knobloch's und Magdalena Boyen's Hochzeit.
Comp. v. Albert.)

Wol dem, der dieser Vorjahrslust
Nach Gnüge kann genießen,
Der keiner Krankheit ihm bewust,
Nicht stets muß ein sich schließen;
Bald fährt er, bald spaziert er aus   5
Und läßt daheim die Schmerzen,
Besieht des freien Himmels Haus
Mit unbesorgtem Herzen.

Er läßt Gebüsche, Berg und Thal
Ihm tausend Freuden bringen,   10
Und hört die süße Nachtigal
So schön und künstlich singen,
Sucht einen Baum, der lieblich kühlt
Und Schatten zu kann neigen;
Hie hört er, wie der Westwind spielt   15
Auf den belaubten Zweigen.

Führt er ein Liebchen an der Hand,
Die neulich sein ist worden,
Wie schwebt er doch durch solchen Stand
Fast in der Götter Orden!   20
Sie lächelt ihm, sie sieht ihn an,
Umarmt ihn auch daneben,
Der Lenz ergetzt sie, mehr ihr Mann:
Der ist ihr Herz und Leben.

---

29. sehn, ersehn.

Er setzt sich mit ihr an ein Quell,   25
Sieht sich die Nymphen baden;
Sie übertrifft, zart, sauber, hell,
Die Schönheit der Dryaden.
Pan schleicht ihr nach und möchte schier
Vor Mißgunst ganz zerspringen;   30
Indessen kann der Nymphen Zier
Frei tanzen, spielen, singen.

Nun, dies wird den Verliebten auch
Im Kurzen widerfahren,
Die nach gemeinem Christenbrauch   35
Sich heute laßen paaren;
Die Nacht bricht an, sie liegen bei,
Gott spreche seinen Segen,
Daß ihrer Eh' Zucht ähnlich sei
Dem Morgenthau und Regen!   40

Was thun sie denn nach diesem bald?
Ohn' Zweifel wird auch ihnen
Ein Gart', ein schattenreicher Wald
Nach Wolgefallen dienen;
Sie haben Mittel, allen Wust   45
Der Sorgen auszuschließen.
Wol dem, der so der Vorjahrslust
Ohn' Krankheit kann genießen!

119.
Rechte Heirathskunst.

(1630. Auf Christoph Pohlen und Ursula Stangenwald's Hochzeit.
Comp. v. Albert.)

Alle, die ihr freien wollt,
Merkt, wie ihr euch halten sollt,
Eintemal die Eh' ohn' Zwist
Gottes hohe Stiftung ist,
Ueber die er in der Welt   5
Noch gestreng und heilig hält.

---

3. ohn' Zwist, unstreitig, ohne Frage.

Räumt euch keiner Lustseuch' ein,
Bleibt von aller Unzucht rein,
Euer Herz sei Tag und Nacht
Durch der Keuschheit Schutz bewacht,   10
Ruft, wie sehr ein Jeder kann,
Gott um Unschuld herzlich an!

Flieht der Jugend Müßiggang,
Scheuet keinen Arbeitszwang,
Lernt auf aller Zeiten Noth   15
Ehrlich werben euer Brod,
Und bei Leibe stellt den Muth
Nicht nur auf ererbtes Gut!

Freit in das Geblüte nicht,
Habt die Jugend im Gesicht!   20
Reich und schöne sein vergeht,
Nur der Tugend Gut besteht;
Sucht ein Weib, das euch an Treu,
Sinn und Sitten ähnlich sei!

Was euch Gott alsdann bescheert,   25
Schätzt als seine Gab' es werth,
Wißt, daß ihr auf Lieb und Leid
Selbst von ihm verknüpfet seid,
Der euch fügt so fest und wol,
Daß kein Mensch euch lösen soll!   30

Tragt einander in Geduld!
Niemand lebt doch außer Schuld;
Glaubt nicht einem jeden Traum,
Gebt dem Satan nirgends Raum;
Stört ein Windchen eure Ruh,   35
Mault nicht, sprecht euch wieder zu!

Steigt ein Kreuzgewitter auf,
Haltet im Gebet zuhauf;
Hilft euch Gott nicht ·alsobald
Werdet nicht verzagt und kalt,   40

23. Weib, urspr. Mensch.

Harret sein; es kommt die Zeit,
Daß er euch nach Wunsch erfreut.

Solcher Art wird euch die Eh'
Schaffen ein geringes Weh;
Gott wird seine Gnadenhand   45
Recken über euer Band,
Und das Eurig' ingemein
Stets gesegnet laßen sein.

120.

Braut- und Ehrentanz.

(1651. Auf Christoph Kerstein's und Maria von Weinbeer Hochzeit.
Comp. v. Albert.)

Tanz, der du Gesetze
Unsern Füßen gibst,
Handdrück', Huldgeschwätze,
Scherz und Liebe liebst,
Einig deinetwegen   5
Ist die Jugend hier,
Wünscht, du wollest regen
Deiner Lust Panier.

Weder Trank noch Eßen
Können bei ihr ein,   10
Alles wird vergeßen,
Hat sie dich allein,
Sinnen, Augen, Ohren
Werden uns zuhauf
Gleichsam wie beschworen,   15
Zeucht dein Lager auf.

Wie die Bäum' im Lenzen
Von der Blüthe schwer,
Wie die Tauben glänzen,
Wie ein Kriegesheer,   20

So bist du zu schauen,
Tanz, wenn du dich rührst
Und an die Jungfrauen
Die Gesellen führst.

Auf, such' zu begnügen   25
Dieses edle Paar,
Das sich jetzt will fügen
Um das neue Jahr;
Reg' in ihren Sinnen
Dich mit neuer Gunst,   30
Laß sie stets gewinnen
Keusche Gegenbrunst!

Schaff', daß ihre Sachen
Wie im Tanze gehn,
Daß nur Lieb' und Lachen   35
Allzeit um sie stehn!
Nichts so reich an Güte
Wird für sie begehrt,
Ihrer Tugend Blüte
Ist derselben werth.   40

Hierauf stimm' Schalmeien
Und Trompeten an,
Laß von deinen Reihen
Gehen was nur kann!
Leb' uns zu Gefallen,   45
Angesehn daß Welt,
Zeit und Tod sammt Allen
Seinen Reihen hält.

——— ——— ———

121.

Brauttanz.

(1654. Auf Christian Hempel's und Anna Fahrenheid's Hochzeit.
Comp. v. Chr. Kaldenbach.)

Die Jugend sucht' einmal
Was Nützliches zu haben
Von Venus; sie befahl
Es Amor, ihrem Knaben.

———

27. sich fügen, sich verbinden, vermählen.

Simon Dach.   12

Dieser sinnet hin und her,   5
Was es sein sollt' ohngefähr;
Endlich fällt der Tanz ihm ein,
Der soll das Beste sein.

Er hat da Saitenklang,
Lust, Anmuth, Gnüge, Leben,   10
Gespräche, Scherz, Gesang
Und sich ihm mitgegeben,
Wodurch unsre Schenkel sind
Leicht als Federn, schnell als Wind,
Und wir springen wie ein Reh   15
Hoch auf der Berge Höh'.

Von solchen Zeiten an
Ist Tanzen jungen Herzen,
Was keine Lust sein kann;
Hie brechen sich die Schmerzen,   20
Hie vergeht die Traurigkeit,
Hie wohnt lauter güldne Zeit,
Wann man die in Reihen führt,
Die uns das Herz gerührt.

Denn wer verliebet ist   25
Und geht mit der im Reihen,
Die er ihm hat erkiest,
Sie meint auch ihn mit Treuen:
Der besitzt nach seinem Muth
Mehr noch als ein Fürstengut,   30
Seinen Tanz vertauscht er nicht
Vielleicht um dieses Licht.

Und wer verdenket wol
Es auch der grünen Jugend,
Lebt sie nur, wie sie soll,   35
Und strebt nach Ehr' und Tugend
Und vermählt die Ehrbarkeit
Mit dem Reihen allezeit:
Was sie dann für Kurzweil übt,
Das Alles wird beliebt.   40

---

32. Licht, Leben.

Mit dem Bescheid heran:
Wer Füße hat, zu springen,
Jetzt zeig' er seinen Mann,
Weil Spiel und Saiten singen!
Wünschet diesem edlen Paar   45
Glück und segenreiche Jahr'
Und gedenket stets dabei,
Daß Alles eitel sei.

— · — · —

122.
Erster Brauttanz.

(1655. Auf Joh. Mehlhorn's und Regina Hofmeister's Hochzeit.)

Amor schwingt die Liebesfahn'
Und beruft sein Heer,
Alles wird ihm unterthan,
Luft, Erd', Himmel, Meer;
Seine treuen Werber sind   5
Diese Frühlingszeit
Und der sanfte Wellenwind,
Der die Blumen streut.

Auch der Tanz, der bunte Mann,
Wirbt für ihn gemein.   10
Jungen Leute, gebt euch an,
Wollt ihr eh'lich sein!
Auf, der ganze Heirathsstand
Folgt ihm auf dem Fuß;
Auf, er gibet auf die Hand   15
Hoffnung, Anblick, Kuß!

Seht, hat Thyrsis dessen Reu?
Aegle starb ihm hin,
Jetzt wird seine Liebe neu
Durch Niargen Sinn;   20
Wie gewünschet, wird der Glanz
Seiner Glut gespürt,
Jetzt da er den ersten Tanz
Mit Niargen führt.

Folgt! Wer deſſen Etel hat   25
Und nicht tanzen will,
Der verachtet Amor's Rath,
Welcher Tanz und Spiel.
Jetzund tanzen überall
Vögel, Fiſche, Wild,   30
Und das Vieh aus ſeinem Stall,
Wenn das Horn erſchillt.

Selbſt der Ernſt liebt dieſe Luſt;
Floren Kurzweil war,
Cato, dir nicht unbewußt,   35
Noch ſtellſt du dich dar,
Kunnteſt eine lange Friſt
Bei der Thorheit ſtehn,
Wo du nicht nur kommen biſt,
Wieder wegzugehn.   40

Hier wird Ueppigs nichts erkannt,
Keuſche Fröhlichkeit
Führet hie die Oberhand;
Bringt wem die auch Leid,
Dieſer mag, wie Timon thut,   45
Fern von Leuten ziehn,
Oder ſterbe: beßern Rath
Weiß ich nicht für ihn.

123.
Letzter Brauttanz.
(1655. Auf Johann Mehlhorn's und Regine Hofmeiſter's Hochzeit.)

Monde, der du Stern' und Nacht
Zu dem Tanze führeſt
Und mit vieler Fackeln Pracht
Deine Reihen ziereſt,
Tanz', weil dir des Himmels Feld   5
Einen Reihen ſingt
Und, wie man es dafür hält,
Tauſendſtimmig klingt!

27. welcher, welcher iſt.

Nur mißgönn' uns jetzo nicht
Dieſer Freuden Spiel,   10
Das biß an das Morgenlicht,
Sieht man, währen will!
Du haſt ewig keine Noth;
Uns iſt ſie gemein,
Möglich führt dies Morgenroth   15
Auch Gefahr und Pein.

Du behälteſt deine Zier,
Stirbeſt nimmermehr;
Wie ein Rauch vergehen wir,
Unſre Luſt und Ehr'.   20
Hierum ſollſt du günſtig ſein,
Jugend, ſteh in Ruh;
Dieſer Brauttanz kommt allein
Den Gepaarten zu.

Ihr geehrten Leute, fort,   25
Nöthigt euch nicht viel,
Nicht bemüht umſonſt den Stort
Und das andre Spiel!
Alle Fackeln tanzen ſchon,
Auch der Bräut'gam, ſchaut,   30
Tanzt mit ſeiner Tugend Lohn —
Der gezierten Braut.

Wie ihr gebet Hand in Hand,
Alſo, wünſch' ich, ſei
Euer Aller Herz ein Band   35
Wegen dieſer Frei!
Güter können nicht für Zeit
Noch Gewalt beſtehn;
Aber Treu' und Einigkeit
Mögen nicht vergehn.   40

_____

27. Stort, ein muſikaliſches Inſtrument (poln. sztort). — 36. Frei,
Hochzeit.

_____

124.

Brauttanz.

(Ohne Jahr. Abschriftlich.)

Junge Leut' entschuldigt man,
Lieb' und Lust steht ihnen an
Wie dem Gold ein Demantstein,
Wie die Süßigkeit dem Wein,
Wie dem Felde Gras und Kraut,   5
Wie ein schönes Kleid der Braut,
Wie dem Held ein freier Muth,
Wie ein Federbusch dem Hut.

Ob die Zeit weint oder lacht,
Was Gestirn und Himmel macht,   10
Ob sich rollet alle Welt,
Was das Korn im Lande gelt',
Was der Alten Urtheil spricht —
Danach fragt die Jugend nicht,
Sondern liebt und freut sich satt,   15
Wenn sie Fug und Mittel hat.

Schilt sie wer in diesem Stück,
Der gedenke doch zurück,
Ob er jung ein faules Blei
Oder Klotz gewesen sei.   20
Wer ihr Scherz und Liebe wehrt,
Ist in der Natur verkehrt,
Welche steif in aller Welt
Ueber solche Satzung hält.

Weicht sie aus der Unschuld nicht   25
Und der Zucht gibt ihre Pflicht,
Hat man ihr es zu gestehn,
Kann sie auf dem Kopf auch gehn.
Was dies kurze Leben ziert,
Sorg' und Furcht von hinnen führt,   30
Saiten, Tanz, Gelag und Wein,
Scheint ihr Eigenthum zu sein.

27. gestehn, gestatten.

125.

Sonett.
Auf eine Nachtigal.
(Ohne Jahr. Abschriftlich.)

Du aller Vögel Preis und wahrer Frühlingszeuge,
O Nachtigal, mein Wunsch und aller Welt Begier,
Halt an, ich bitte dich! Was fliegest du für mir
    Und hemmest den Gesang, sobald ich mich eräuge?

Ich streiche dir allein zu Liebe meine Geige   5
Und fordre so heraus nur deiner Stimme Zier.
Ach bleib, ich gehe nicht ein Vogelfeind allhier;
    Und ärgert etwan dich mein Spiel, so sieh, ich schweige.

Du aber nimm mich an für deiner Künste Freund
Und sing', indem einmal die warme Sonne scheint   10
    Auf allzu langen Frost! Kein harter Wind soll regen

Den Zweig, darauf du singst! Ach, möchtest du nur sein
Ein Menschenkind wie ich, ich schlöße dir mich ein
    Nur deiner tausend Kunst und güldnen Stimme wegen!

III.

Vermischte Gelegenheitsgedichte.

126

Klag- und Trostlied.

Unter der Person Ihrer Kurf. Durchl. Elisabeth Charlotte.

(1642. Beim Leichenbegängnis des Kurfürsten Georg Wilhelm.)

Dein Zorn will, Herr, mir unerträglich werden,
Ich sinke hin gedrücket bis zur Erden,
Die schwere Last heißt in mir Mark und Bein
Nicht tauglich sein.

Wenn du ergrimmst, so muß das Erdreich zittern,   5
Der Berge Grund aus Schrecken sich erschüttern,
Die wilde See zu fliehen sein bedacht
Für deiner Macht.

Du darfst herab nicht eins recht zornig schauen,
So brennen schon Gebüsche, Feld und Auen,   10
Der Tannen Zier, der schönen Cedern Wald
Ist ungestalt.

Du läßest Städt' und ganze Völker heulen
Und reißest um der Länder starke Säulen,
Du tödtest, was in Nöthen und Gefahr   15
Für Mauern war.

Wie hast du mich so kläglich zugerichtet!
Mein Haupt ist hin, mein Ansehn liegt zernichtet,
Die Krone, so mich vormals hoch geziert,
Wird nicht gespürt!   20

Ueberschrift. Unter der Person, im Namen. — 9. eins, einmal. —
16. für Mauern war, als Mauern diente.

Ich will mich nur mit Witwenkleidern tragen
Und andres nicht beginnen als mich klagen.
Wer Wollust liebt und Freude sucht, der hat
Bei mir nicht Statt.

Ihr Witwen, kommt, (ihr Bilder meiner Schmerzen),　25
Auch die ihr geht mit sonst bedrücktem Herzen,
Kommt, saget mir den Jammer und Beschwer
Mit Wehmuth her!

Ihr findet hier der Noth nach eures Gleichen,
Ich werd' euch nicht in Klag' und Schmerzen weichen　30
Und kann vielleicht in nicht gemeiner Pein
Auch Fürstin sein.

Du aber, Gott, erkennest meine Zähren
Und wirst zuletzt mir dennoch Trost gewähren,
Nicht machen, daß auch deine Vatertreu　35
Begraben sei.

Laß deine Ruh mir doch im Herzen walten!
Ich will mir dich für meine Zuflucht halten,
Es ist ja sonst mit allem Thun der Welt
Zu schlecht bestellt.　40

Hie muß Gewalt und Herrlichkeit vergehen;
Der herrschet erst, der fest in Gott kann stehen:
Dies Reich wird sein, wenn Zeit, Welt, Kron' und Pracht
Gibt Gute Nacht.

127.

Einzugslied

Bei Ankunft des Kurfürsten Friedrich Wilhelm in Königsberg

1641.

Du Gesegneter des Herren,
Komm, zeuch gnädig ein! wir sperren
Thor' und Herzen dir weit auf.
Komm! dein Preußen kommt zuhauf,

25. Das Eingeklammerte ist abgeschnitten.

Wünschet deiner Herrschaft Segen;   5
  Dir legt Königsberg sich an
  Auch, so schön es immer kann,
Alle Pracht ist deinetwegen,
  Der Triumphgebäude Zier
  Pranget unserm Fürsten, dir.   10

  Diesen werthen Tag wird Preußen,
Weil es stehet, heilig heißen;
  Die wir jetzt am Leben sind,
  Bringen ihn auf Kindeskind,
Alle Nachwelt wird ihn faßen,   15
  Was das Kind die Mutter fragt,
  Sie dem Kinde wieder sagt,
Was man redet auf den Gaßen,
  Was man hin und her ohn' Ruh
  Sorgt und schaffet, das bist du!   20

  Du bist, dem wir hin und wieder
Singen Ehr= und Freudenlieder,
  Weil dich auch das Wetter ehrt
  Der Geschütze, die man hört;
Dir gibt Wall und Schanze Flammen,   25
  Menschen, Wild, Wald, Himmel, Schnee,
  Kälte, Glut, Luft, Erde, See
Treten dir in Dienst zusammen:
  Jedes ehrt so gut es mag,
  Kurfürst, deinen Einzugstag.   30

  Komm! wir sehen um dich schweben
Billigkeit, Luft, Fried' und Leben;
  Lauter Gnüg' und Gnadenschein
  Zeucht mit unserm Fürsten ein.
Du wirst Heil dem Lande bringen,   35
  Held, dem Lande, welches fast
  Durch der Zeiten schwere Last
Will mit seinem Tode ringen;
  Hilf ihm, es verläßet sich
  Einig noch auf Gott und dich!   40

6. legt sich an, schmückt sich. — 23. das Wetter, der Donner.

128.

Auf des Kurfürsten Symbolum:

Domine, fac me scire vias tuas.

(Ohne Jahr.)

Herr der lichten Seraphinen,
Dem die Kronen aller Welt,
Alle Szepter müssen dienen,
Deiner starken Helden Held!
    Gnädig, ewig, prächtig,   5
    Allweis', heilig, mächtig,
Der ihm stracks zu einem Heer
Aufbringt Himmel, Erd' und Meer!

Was ich hab' an Macht auf Erden,
Gott, ist deine Gnad' allein,   10
Denn du läßest deiner Heerden
Mich nur einen Hirten sein.
    Laß mich bester maßen
    Sie in Aufsicht faßen,
Und in stets genaue Hut   15
Eines Jeden Gut und Blut!

Thu mir kund den Weg für allen,
Den ich allzeit wandeln soll,
Laß mein Leben dir gefallen,
Mach' mich deines Geistes voll,   20
    Leucht' in meinem Herzen
    Durch der Weisheit Kerzen,
Denn ohn' deines Wortes Licht
Find' ich deinen Richtsteig nicht!

Satan suchet mich zu blenden,   25
Meinen Sinn, Verstand und Wahn
Einig von dir abzuwenden,
Daß ich fehle deiner Bahn,
    Mich in mich verwirre
    Und gefährlich irre,   30
Wie ein Schiff, das weder Rath
Noch Compaß noch Ruder hat.

Hie legt Zorn mir tausend Netze,
Da Gewalt und Eigensinn,
Der ihm selber stellt Gesetze   35
Und wirst deine Satzung hin;
    Da will Wollust leiten
    Mich auf böse Seiten,
Und was tückisch auf mich hält,
Ist voraus die böse Welt.   40

    Aller Weg geht in die Hölle,
Den Gefahr und Tod bewacht;
Sei mein treuer Spießgeselle,
Führ' mich durch die finstre Nacht,
    Laß mich nichts bewegen,   45
    Weder Sturm noch Regen,
Sei mein Leitstern, sei mein Gang,
Meiner Schritt' und Tritte Zwang!

    Jesu, der du mich wol kennest
Und dich selbst in deinem Wort   50
Wahrheit, Weg und Leben nennest,
Hilf mir armen Pilgrim fort;
    Mach' mein ganzes Leben
    Deinem Wandel eben,
Daß ich bleibe für und für   55
In dem rechten Wege, dir!

    Laß mich sein wie du, bescheiden,
Heilig, fromm, gerecht und still,
Freudig Noth und Tod zu leiden,
Wollen was dein Vater will,   60
    Daß mein' Untersaßen
    Mich zum Spiegel saßen,
Und ich sie lieb' als selbst mich
Und für Erd' und Himmel dich!

    Daß man mich in dir stets spüre,   65
Und ich meist ein Herzog sei,
Der durch dich zum Leben führe
Die du trauest meiner Treu',

---

39. hält, zielt. — 51. eben, gleich. — 62. zum Spiegel saßen, zum
Vorbild nehmen.

Und mir jenes Leben
  Zeugniß könne geben,
Daß ein Unglimpf meiner Hand   70
Keinen deines Volks entwandt!

129.
Herzliches Betlied
um fernern Aufwachs des Hochfürstlichen Hauses Brandenburg.
(1644.)

Gott, du Erzhirt deiner Heerden,
Vater aller guten Zeit,
Du bestellst den Kreis der Erden
Mit gewünschter Obrigkeit:
Unter Brandenburg hast du   5
Preußenland durch güldne Ruh
Nun in mehr denn hundert Jahren
Wollen gnädiglich bewahren.

Hast durch frommer Herrschaft Güte
Uns umschanzt mit Lieb' und Treu,   10
Daß ihr holdseelig Gemüthe
Nichts gewust von Tyrannei,
Hast uns freundlich angeblickt
Und zu aller Zeit erquickt
Unsern Leib durch Trost und Oele,   15
Durch dein reines Wort die Seele.

Aber jetzt, Herr, wollst du eilen
Uns zu retten; dieses Haus
Ruht nur noch auf Einer Säulen,
Hilf, sonst ist es mit uns aus!   20
Laß uns dieses Lichtes Schein
Ja nicht ausgeloschen sein,
Uns möcht' eine Nacht anbrechen,
Die nicht stehet auszusprechen!

Herr, um deines Sohnes willen,   25
Welcher durch sein theures Blut

Allen deinen Zorn kann stillen,
Nicht führ' so ergrimmten Muth!
Nimm dies unser Haupt in Schutz
Wider aller Feinde Trutz;   30
Schau, wir fallen dir zu Fuße,
Ach, mit ungefärbter Buße!

    Schaff', damit er sei umgeben
Stets von deinen Engelein,
Die ihn tragen, die ihn heben,   35
Mit ihm gehen aus und ein!
Laß des Glückes Ungestüm
Stets gesernet sein von ihm;
Keiner Krankheit Stoß, kein Wüthen
Nahe sich zu seiner Hütten!   40

    Laß auch bald zu deinen Ehren
Diesen Kur- und Fürstenzweig
Sich durch edle Sproßen mehren!
Herr, erhör' uns und erzeig'
Ja auch die Barmherzigkeit,   45
Gib, daß er in kurzer Zeit
Sich mit frischen fruchtbarn Aesten
Breit' in Nord, Süd, Ost und Westen,

    Derer Schatten uns vergönne
Zuflucht, Sicherheit und Rath,   50
Da man sich erquicken könne,
Wenn das Leid die Herrschaft hat,
Unter derer Schirm dein Wort
Lauf' und grüne fort und fort,
Und dein Reich auf aller Erden   55
Ausgebreitet möge werden!

    Laß, die allen Wolstand suchen
Unsers Haupts, gesegnet sein,
Und fluch' denen, die ihm fluchen!
Gib ihm Rath und Weisheit ein,   60
Bald zu merken dessen List,
Der nicht treulich um ihn ist,
Daß sich Bosheit, Trug und Neiden
Fern von seinem Hofe scheiden!

---

32. ungefärbter, echter, aufrichtiger.

Simon Dach.   13

Dann, Herr, wollen wir dich singen.   65
Unser Fürst wird vorne stehn;
Wir sind eifrig, nachzudringen
Und auf deinen Ruhm zu gehn,
Daß die Erd' erschallen soll,
Wenn wir singen sämmtlich voll   70
Andacht, feuriger Geberden:
Gott, du Erzhirt deiner Heerden!

130.

Unterthänigstes Geleit

Bei Abreise der kurfürstlichen Familie von Königsberg, 1657.

An seine kurfürstliche Durchlaucht meinen gnädigsten
Kurfürsten und Herrn.

Kurfürst, der du meinen Saiten
Beides Leben bist und Tod,
Blickst du sie nicht an zu zeiten,
Stracks gerathen sie in Noth;
Daß sie wieder fröhlich sein,   5
Rührt von deiner Gnaden Schein.

Was ich bis hieher gesungen,
Was geführet Geist und Art
Und nicht bäurisch hat geklungen,
Das that deine Gegenwart;   10
Deine Gegenwart und Gunst
War mir Leben, Muth und Kunst.

Taug' ich jetzt nicht wol in Sinnen
Und entfällt mir Herz und Hand,
Weil du dich begibst von hinnen,   15
Werd' ich wieder mir entwandt;
Darum thut Menalcas' Rohr
Meinem Spiel es auch zuvor.

Ist dies Wunder? Kält' und Regen
Nehmen Luft und Wolken ein,   20
Nicht so sehr des Herbstes wegen,

---

17. Menalcas, Name eines Hirten. Virgil, Eclog. 5, 4.

Unser Licht, als wegen dein,
Dein betrübter Abschied macht
Alles wüst' und kalte Nacht.

Vormals, da die wilden Waffen   25
Und das große Kriegesheer
Uns bis auf die Seele trafen,
Thränen herrschten und Beschwer,
Dennoch warest du allhier
Unsre Hoffnung, Trost und Zier.   30

Diese Städt' empfunden Leben;
Gottes, Held, und deine Hut
Hielten uns genau umgeben
Wider allen Uebermuth
Derer, welchen Ruhm und Dank   35
Sein sollt' unser Untergang.

Ueber Wunsch und über Hoffen
Sind wir dieses was wir sind;
Daß auch uns die Noth getroffen —
Tobt die Ostsee durch den Wind,   40
Sind die all' in Angst und Pein,
Die in einem Schiffe sein.

Gnug, daß wir noch so geblieben,
Nicht durch Säbel und durch Brand
Sind gleich Andern aufgerieben.   45
Daß sich auch der Friedensstand
Hie so lang zurück hält
Und nicht bald krönt unser Feld,

Dies hat nicht an dir gelegen;
Unsre Bosheit ist die Schuld,   50
Die verkehrt uns allen Segen,
Die reizt Gott zur Ungeduld,
Die hält mitten in dem Lauf
Fried' und allen Wolstand auf.

Herr, was hast du unterlaßen,   55
Welches Heil versuchtst du nicht?
Nein, kein Frieden war zu faßen,

47. sich zurücke hält, uns vorenthalten bleibt.

13*

Biß Gott selbst die Bahn ihm bricht,
Selbst der Fürsten Herzen lenkt
Und dies theure Gut uns schenkt.   60

Nun du uns damit versehen,
Bist du stracks auch wieder auf;
Keines Wetters Last, kein Wehen
Hindert deiner Reise Lauf
Noch die Seuche, die sich regt   65
Und schier allen Weg verlegt.

Dies sind eure guten Tage,
O ihr Fürsten; eure Pracht
Wird euch gnug versalzt mit Plage
Und mit Sorgen Tag und Nacht: 70
O wie wol ist der daran,
Der vergeßen bleiben kann!

Gott der wolle dich umgeben,
Seiner Wächter großes Heer
Müß' um dein Geleite schweben,   75
Daß kein Unfall euch gefähr'
Und die Weg' und Herberg' rein
Von der Pest und Krankheit sein!

Er gesegne deine Werke,
Nichts verkehre deinen Rath,   80
Wachs' an Hoheit, wachs' an Stärke,
Biß dein Vorsatz werde That
Und du aller Feinde Macht
Unter deinen Fuß gebracht!

———

131.

An Ihre kurfürstliche Durchlaucht meine gnädigste
Kurfürstin und Frau.

Himmel, dein gewünschtes Pfand,
Unsre Kurfürstin, will reisen,
Schütz' du sie mit starker Hand
Für der Pest, für Sturm und Eisen,

Thu des Herbstes Traurigkeit,
Kält' und Nebel an die Seit'! 5

Halt' die Wind' in ihrer Kluft,
Laß den Bäumen ihre Blätter,
Schmück' den weiten Raum der Luft
Mit dem liebsten Vorjahrswetter, 10
Laß des Weges Last, die Stein',
Eitel Woll' und Rasen sein!

Denn in unsrer großen Noth,
Da man nichts hie sahe walten
Als Verwüstung, Flucht und Tod, 15
Hat sie bei uns ausgehalten,
Welches uns in der Gefahr
Eine starke Mauer war

Und ein Leitstern in der Nacht.
Dann wär' uns der Muth entfallen, 20
Hätte sie sich weg gemacht;
Nein, sie stund bei uns für Allen,
Unsre Trübsal, Furcht und Pein
Hatte sie mit uns gemein.

Dieses ist das feste Band 25
Zwischen Herrn und Untersaßen,
Und kein starker Diamant
Wird genauer sie umfaßen,
Als tritt ein Regent in Noth
Mit in seines Volkes Boot. 30

Was? In dieser Kriegesflut,
Die uns stets den Tod gedräuet,
Hat ihr fürstlich=keusches Blut
Mit Geburt uns auch erfreuet
Und durch ein gewünschtes Pfand 35
Hoch beseeligt dieses Land.

So soll jenes Vöglein auch
Sich an keine Wellen kehren
Und nach eingepflanztem Brauch

---

10. liebsten, lieblichsten.

Mitten in der See gebären,   40
Da indeſſen Flut und Wind
Allzeit ſtill und friedlich ſind.

Sagt dies Zeichen uns nicht zu,
Daß die wilden Kriegeswellen,
Die umher ſind, uns in Ruh   45
Dennoch endlich werden ſtellen,
Drum des Prinzen Nam' allein
Von dem Friede müßen ſein?

Dieſes, o Kurfürſtin, macht,
Daß, nachdem du zeuchſt von hinnen,   50
Dir wir alle Gute Nacht
Geben mit betrübten Sinnen,
Und wie Kinder, läßt ſie nun
Ihre Mutter kläglich thun.

Warum eileſt du ſo ſehr?   55
Iſt es möglich unſertwegen?
Spürſt du hier nicht Lieb' und Ehr',
Und was iſt dir ſonſt entgegen?
Endlich, wenn dich um und an
Nichts allhie behalten kann,   60

Wir ſo unglückſeelig ſind,.
Uns die Saßung ſcheint zu faßen,
Wenn du noch das ſüße Kind
Uns zum Pfande möchteſt laßen,
Welches unſer ſcheint zu ſein   65
Wegen der Geburt allein!

Nein, auch dies wird uns verſagt.
Folg' der Saßung deiner Sachen,
Zeuch, der Kummer, ſo uns nagt,
Läßet uns kein Wort mehr machen,   70
Daß auch Keiner, wie er ſoll,
Schier kann ſprechen: Lebe wol!

62. 68. Saßung, Geſeß, Nothwendigkeit.

132.

An den kurfürstlichen Prinzen meinen gnädigsten
Fürsten und Herrn.

So must auch du schon reisen,
Du junges Fürstenblut,
Und hiedurch uns beweisen
Der Satzung ernsten Muth,
Wie daß hinfort dein Leben   5
Nichts anders werde sein
Als reisen und stets schweben
In Arbeit, Sorg' und Pein.

Was läßest du dich treiben?
Dein Vaterland ist hier;   10
Du möchtest wol hier bleiben,
Dein treues Volk sind wir,
Du dürftest so nicht eilen,
Wir wollten ohn' Beschwer'
Das Herz auch mit dir theilen,   15
Im Fall es möglich wär'.

Als deine Eltern beide
Sich her zu uns gemacht,
Ein Trost in unserm Leide,
Ein Licht in unsrer Nacht,   20
Wo ist dein Bruder blieben?
Behielt ihn nicht Berlin?
Ob sie ihn minder lieben,
Dich suchen vorzuziehn?

Wie fürchten wir das Wetter!   25
Ja wär' es Vorjahrszeit,
Der Wald gewinne Blätter,
Das Feld sein grünes Kleid;
Nun ist der Herbst zugegen,
Der Mörder aller Lust,   30
Der sich beginnt zu regen
Mit Flüßen, Pest und Wust.

Hättst du noch Kraft gewonnen,
So hätt' es nicht Gefahr;
Seit du dich zeigst der Sonnen,   35
Ist hin ein Vierteljahr:
So zart mußt du von hinnen.
Fahr' wol, du Herz und Zier
Der Deinen; mit den Sinnen
Bleib aber allzeit hier!   40

Der Ort, da wir geboren,
Nimmt uns für andre ein;
Laß uns auch auserkoren
Und stets dein eigen sein!
Wohin du kommst, geschehe   45
Dir alle Gnüg' und Ehr'!
Fahr wol! Ich aber sehe
Hinfort dich nimmermehr.

133.
Unterthänigste Flehschrift

an Seine kurfürstliche Durchlaucht um einigen Unterhalt in meinem
schwachen und unvermögenden Alter.

Held, zu welches Herrschaft Füßen
Länder liegen, Ströme fließen,
Die ich auch nicht zähle schier,
Welchen ehren und anbeten
Sammt den Dörfern und den Städten   5
Auch die wild- und zahmen Thier',

Von dem großen Theil der Erden
Laß ein kleines Feld mir werden,
Welches mir ertheile Brod,
Nun die Kraft mir wird genommen   10
Und auf mich gedrungen kommen
Beides, Alter und der Tod.

Hat ein Pferd sich wol gehalten
Und zuletzt beginnt zu alten

Und nicht mehr taugt in die Schlacht: 15
Es muß fretzen, bis es stirbet;
Ja kein alter Hund verdirbet,
Der uns treulich hat bewacht.

Laß auch mich nur Futter kriegen,
Biß der Tod mich heißt erliegen,   20
Bin ich dessen anders werth,
Hab' ich mit berühmter Zungen
Deinem Haus' und dir gesungen
Was kein Rost der Zeit verzehrt!

Phöbus ist bei mir daheime,   25
Diese Kunst der deutschen Reime
Lernet Preußen erst von mir.
Meine sind die ersten Saiten;
Zwar man sang vor meinen Zeiten,
Aber ohn' Geschick und Zier.   30

Doch was ist hievon zu sagen?
Fürsten schenken nach Behagen,
Gnade treibet sie allein,
Nicht Verdienst, das sie thun sollen,
Nein, sie herrschen frei und wollen   35
Hier auch ungebunden sein.

Thu, o Kurfürst, nach Belieben.
Such' ich Huben zehnmal sieben?
Nein, auch zwanzig nicht einmal;
Andre mögen nach Begnügen   40
Auch mit tausend Ochsen pflügen,
Mir ist gnug ein grünes Thal,

Da ich Gott und dich kann geigen
Und von fern sehn aufwärts steigen
Meines armen Daches Rauch,   45
Wenn der Abend kommt gegangen.
Sollt' ich aber nichts empfangen,
Wol, Herr, dieses gnügt mir auch.

---

38. Hube, Hufe.

134.

(1640. Albert's Arien II, 10.)

Der Mensch hat nichts so eigen,
So wol steht ihm nichts an,
Als daß er Treu' erzeigen
Und Freundschaft halten kann;
Wann er mit seines Gleichen   5
Soll treten in ein Band,
Verspricht sich, nicht zu weichen,
Mit Herzen, Mund und Hand.

Die Red' ist uns gegeben,
Damit wir nicht allein   10
Vor uns nur sollen leben
Und fern von Leuten sein;
Wir sollen uns befragen
Und sehn auf guten Rath,
Das Leid einander klagen,   15
So uns betreten hat.

Was kann die Freude machen,
Die Einsamkeit verhehlt?
Das gibt ein doppelt Lachen,
Was Freunden wird erzählt.   20
Der kann sein Leid vergeßen,
Der es von Herzen sagt;
Der muß sich selbst auffreßen,
Der in geheim sich nagt.

Gott stehet mir vor Allen,   25
Die meine Seele liebt;
Dann soll mir auch gefallen,
Der mir sich herzlich gibt:
Mit diesen Bundsgesellen
Verlach' ich Pein und Noth,   30
Geh' auf dem Grund der Höllen
Und breche durch den Tod.

Ich hab', ich habe Herzen,
So treue wie gebührt,

Die Heuchelei und Scherzen   35
Nie wißentlich berührt.
Ich bin auch ihnen wieder
Von Grund der Seelen hold,
Ich lieb' euch mehr, ihr Brüder,
Als aller Erden Gold.   40

135.
Auf Albert's Garten.
(1640. Albert's Arien III, 24.)

An diesem Ort allhie
Will ich mich aller Müh
Und Traurigkeit entschlagen,
Und was hieher erspart,
Nach Liedern bester Art   5
Inständig fragen.

Herr Bruder, Orpheus' Kind,
Hebt an; mit mir beginnt
Ein Lied, so uns ergeße:
In was für Noth und Pein   10
Der Falschen Liebesschein
Uns Menschen seße,

Wie Sylvius der Hirt
So sehr geplaget wird,
Wenn Phyllis ihn verachtet   15
Und nach wildfremder Gunst
Aus leichtgesinnter Brunst
Begierig trachtet.

Ich bin mein Bauerlied
Nach eurem bald bemüht   20
Aus Kurzweil anzuheben;
Wenn dies zu End' gebracht,
So sing' ich: Gute Nacht,
Du falsches Leben!

Dies will der Bäume Zier,   25
Und dieses gute Bier,

---

4. erspart, aufgehoben war.

Dies will der Garten wißen,
Dies wünscht der kleine Bach,
Indem er nach und nach
Geht vor sich fließen. 30

Die Zeit und wir vergehn;
Was wir hie sehen stehn
In diesem schönen Garten,
Verwelkt in kurzer Zeit,
Weil schon des Herbstes Neid 35
Scheint drauf zu warten.

136.
(1640. Albert's Arien III, 19.)

Will sich das Glück denn stets nur weiden,
Nie sättigen an meiner Pein?
Wo wird doch endlich meinem Leiden
Das Ziel und Maß gestecket sein?
Läßt auf den Hagel und das Wehen 5
Sich nicht einmal der Himmel sehen
Mit unbewölktem Sonnenschein?

Nachdem das Glück zu tausend Malen
Bißher sich wider mich gelegt,
Gleich wie der Blitz mit Donnerstrahlen 10
Am meisten in die Eichen schlägt,
Auch wie der Feind mit wildem Haufen
Ein festes Thor pflegt anzulaufen,
Das seines Landes Schlüßel trägt;

Nachdem es nie mir hold geworden — 15
Geräth es noch auf solche List
Und nimmt aus unsrer Zahl und Orden
Den, der mein Herz und Leben ist,
Für den ich zweimal wollte sterben,
Wenn ich ihn wieder zu erwerben 20
Und lebendig zu machen wüßt'!

Ach, ich vermag kein Wort zu sprechen,
Ich bin mir fremd und unbekannt,
Das Herz im Leibe will mir brechen,
Der Geist ist fern und abgewandt,   25
Von Allem, was ich thu' und übe,
Gedenk' ich an die Treu' und Liebe,
Die meine Seel' in seiner fand!

Wohlan, das Glück ist hoch gestiegen,
Doch kann es nun auch weiter nicht,   30
Soll ich hierunter ganz erliegen?
O nein! Verzeih' es mir, mein Licht,
Ich will mit Kläglichthun und Weinen
Zwar deiner Aschen und Gebeinen
Erweisen meiner Dienste Pflicht,   35

Doch will ich nie dem Glücke flehen;
Es mag mit höchster Tyrannei
Sich trotzig wider mich aufblähen,
Sein Wüthen ist mir Wind und Spreu.
Vermag ich dies Leid zu verschmerzen,   40
So trag' ich jetzt in meinem Herzen
Auch für dem Tode selbst nicht Scheu!

Ich hoff', es soll mir noch gelingen,
Daß, wenn ich schon lieg' eingehüllt,
Man rühmlich von mir werde singen   45
Die Reime, meiner Jugend Schild.
Wer ist der Feind, so Noth gelitten?
Das stolze Glück. Wer hat gestritten
Und obgesiegt? Ein Frauenbild.

137.

(1645. Albert's Arien VI, 21.)

Der habe Lust zu Würfeln und zu Karten,
Der zu dem Tanz, und der zum kühlen Wein:
Ich liebe nichts als was in diesem Garten
Mein Drangsalstrost und Krankheitsarzt kann sein.

Ihr grünen Bäume,   5
Du Blumenzier,
Ihr Haus der Reime,
Ihr zwinget mir
Dies Lied herfür.

Mir mangelt nur mein Spiel, die süße Geige,   10
Die würdig ist, daß sie mit Macht erschall',
Hie wo das Laub und die begrünten Zweige
Am Graben mich umschatten überall,
Hie wo von weiten
Die Gegend lacht,   15
Wo an der Seiten
Der Wiesen Pracht
Mich fröhlich macht.

Was mir gebricht an Geld und großen Schätzen,
Muß mein Gemüth und dessen güldne Ruh   20
Durch freies Thun und Fröhlichkeit ersetzen,
Die schleußt vor mir das Haus der Sorgen zu.
Ich will es geben
Um keine Welt,
Daß sich mein Leben   25
Oft ohne Geld
So freudig hält.

Gesetzt daß ich den Erdenkreis besäße,
Und hätte nichts mit guter Lust gemein,
Wann ich der Zeit in Angst und Furcht genöße: 30
Was würd' es mir doch für ein Vortheil sein?
Weg mit dem Allen,
Was Unmuth bringt!
Mir soll gefallen
Was lacht und singt   35
Und Freud' erzwingt.

Ihr alten Bäum', und ihr noch jungen Pflanzen,
Ringsum verwahrt vor aller Winde Stoß,
Wo um und um sich Freud' und Ruh verschanzen,
Senkt alle Lust herab in meinen Schoß!   40

Ihr sollt ingleichen
Durch dies mein Lied
Auch nicht verbleichen,
Solang' man Blüt'
Auf Erden sieht.   45

138.
Bei Martin Opitzen hocherfreulichen Gegenwart zu Königsberg, 1638.

Ist es unsrer Saiten Werk
Je einmal so wol gelungen,
Daß wir dir, o Königsberg,
Etwas Gutes vorgesungen,
So vernimm auch dies dabei,   5
Wer desselben Stifter sei.

Dieser Mann, durch welchen dir
Jetzt die Ehre widerfähret,
Daß der Deutschen Preis und Zier
Sämmtlich bei dir eingekehret,   10
Opitz, den die ganze Welt
Für der Deutschen Wunder hält,

Ach, der Ausbund und Begriff
Aller hohen Kunst und Gaben,
Die der Alten Weisheit tief   15
Ihrem Erz hat eingegraben
Und der lieben Vorfahrt Hand
Uns so treulich zugesandt.

Man erschricket, wenn er nun
Seiner tieferforschten Sachen   20
Abgrund anhebt aufzuthun
Und sein Geist beginnt zu wachen;
Wer alsdann ihn los sieht gehn,
Der sieht Welschland und Athen.

Orpheus gibt schon beßer Kauf,   25
Hört er dieses Mannes Saiten;

---

25. gibt beßer Kauf, wird billiger.

Unser Maro horchet auf,
Sagt: Was soll mir das bedeuten?
Wird der Weisen Liederruhm
Nun der Deutschen Eigenthum?   30

Ja, Herr Opitz, Eurer Kunst
Mag es Deutschland einig danken,
Daß der fremden Sprachen Gunst
Merklich schon beginnt zu wanken
Und man nunmehr insgemein   35
Lieber deutsch begehrt zu sein.

Wer hat Eurer süßen Hand
Diesen Nachdruck mitgegeben,
Daß das ganze Nordenland,
Wenn Ihr schlagt, sich muß erheben   40
Und so mancher edle Geist
Euch zu folgen sich befleißt?

Laßt den stolzen Thracerfluß
Nicht so trotzig sich ergießen,
Und den edlen Mincius   45
Was bescheidentlicher fließen:
Eures Bobers kleine Flut
Nimmt doch Allen nun den Muth.

Wol Euch, Herr! Was für ein Lohn
Hat sich hie mit eingebinget,   50
Daß von hier ab Euer Ton
Biß in jenes Leben bringet,
Dessen Nachklang aller Zeit
Und Vergängnis sich befreit?

Hie konnt' Eure Jugend zwar   55
Schon den Lorberkranz erjagen,
Aber dort wird Euer Haar
Erst der Ehren Krone tragen,
Die Euch David gern gesteht,
Weil Ihr seinen Fußpfad geht.   60

Doch wird auch des Pregels Rand,
Weil er ist, von Euch nicht schweigen;

---

50. eingebinget, d. h. welchen Lohn habt Ihr zu erwarten. —
62. weil, solange.

Was von uns hie wird bekannt,
Was wir singen oder geigen,
Unser Name, Lust und Ruh   65
Stehet Euch, Herr Opitz, zu!

139.
Als Robertin eine neue Wohnung bezog.
(1641. Comp. v. Stobäus.)

Dies Pilgerland läßt Keinen ruhig bleiben,
Wir müßen stets umher uns laßen treiben:
So schickt es Gott, damit wir uns bei Zeiten
Zur letzten Fahrt aus dieser Welt bereiten.
    Doch welcher inniglich   5
    Mit Zuvertrauen sich
    Auf seinen Gott kann gründen,
    Ihm heimstellt Glück und Fall,
    Der wird sich überall
    Zu Haus und wol befinden.   10

Ich laße mich durch mein Verhängnis bringen
Wohin das Licht der Sonnen nicht kann dringen,
Will irrig gehn im heißen Mohrensande,
Werd' unbekannt zu Waßer und zu Lande,
    Hab' ich nur für und für   15
    Gott, meinen Schutz, bei mir,
    So will ich seelig leben,
    Auch einen Lobgesang
    Zu sonderlichem Dank
    Ihm noch dabei erheben.   20

O Gott, der du die ganze Welt regierest
Und uns, dein Volk, so wunderbarlich führest,
Komm, steh uns bei auf allen unsern Wegen
Mit deinem Schutz und gnadenreichen Segen!
    Sei auch an diesem Ort,   25
    Herr, uns ein Fels und Hort,

Simon Dach.   14

Auf den wir mögen bauen;
Wend' alle Noth und Pein,
Zieh mit uns aus und ein,
Uns, die wir dir vertrauen!   30

Und wenn wir nun den letzten Auszug halten
Aus dieser Welt und durch den Tod erkalten,
Hilf uns getrost des Leibes Hütte räumen,
Daß wir uns nicht aus Schrecken selbst versäumen!
    Brich ab dies Erdenhaus   35
    Und führ' die Seel' heraus,
    Entreiß sie dem Getümmel,
    Bring sie zu wahrer Ruh
    Und stell' ihr wieder zu
    Ihr Vaterland, den Himmel!   40

140.
Hochzeitlied.
(1647. Auf Georg Andreßen und Marie Salbert's Hochzeit.)

    Wenn ich in dem Wiesenschnee
An des Pregels Rande geh',
Einen guten Reim zu faßen,
Und den nördlich kalten Ost,
Jetzt den Stadt- und Landestrost,   5
Ziemlich mich durchwehen laßen;

    Steckt denn spät des Himmels Haus
Sein bewölktes Nachtlicht aus,
Daß mich heim zu gehen zwinget:
Wer begreift die Lieb' und Zier,   10
Die durch meine Kinder mir,
Wenn ich komm', entgegen springet?

    Dieses krahlt nach aller Lust
An der mütterlichen Brust,
Dieses reitet auf dem Stecken,   15
Jenes tanzt und jauchzt mir zu:
Steinern ist, dem das nicht Ruh
Oder Freude kann erwecken.

13. krahlt, lallt.

Sonst ist, der an Kinder Statt
Seine Lust am Weibe hat,   20
Das sein Herz ihm eingenommen,
Was hat Euch ergetzt bisher,
Freund, wenn Ihr von Unlust schwer
Aus der Canzelei seid kommen?

Zwar nach großer Arbeit Last   25
Kann man anderweit auch Rast,
Nicht nur bloß in Heirath, finden:
Bücher, Freunde, Spiel und Wein
Können auch wol Mittel sein,
Wodurch Gram und Unmuth schwinden.   30

Und Catull ist einig froh
Ueber seinen Sirmio,
Wenn er es in Wolfahrt schauen
Und ohn' Sorg' hie schlafen kann,
Auf den Weg, den er gethan   35
Fern in die Bithyner Auen.

Aber nichts, auch was es sei,
Kommt gewünschter Heirath bei.
Sie kann uns der Müh gelosen,
Ist ein Bild der Ewigkeit;   40
Hegt sie Dornen jederzeit,
Ei, sie trägt auch schöne Rosen.

Die nimmt nun durch keusche Brunst
Euch auch, Freund, in ihre Gunst,
Will Euch endlich Ruh verschaffen;   45
Legt Euch in gewünschter Treu'
Einen Bettgenoßen bei,
Daß Ihr nicht allein sollt schlafen.

Ist es etwas spät geschehn,
Also hat es Gott versehn,   50

---

32. **Sirmio**, kleine Halbinsel, die sich in den Gardasee erstreckt, auf
welcher Catull ein Landgut besaß. — 39. **gelosen**, los machen. — 50. **versehn**, vorgesehen, bestimmt.

Der die Herzen pflegt zu paaren.
Greift Euch desto beßer an,
Daß man kürzlich sehen kann,
Hungern sei nicht Brod besparen!

141.

Bittreime um ein Stipendium für seinen Sohn.

(Ohne Jahr. Abschriftlich.)

Wie die jungen Vögelein,
Wenn sie noch ohn' Federn sein
Und die Alten sehen fliegen,
Ihnen Lust zu folgen kriegen:

Also hebt mein Sohn, der Thor,   5
Auch sich, noch nicht flügg', empor,
Sieht er mich die Sinnenflügel
Schwingen über Berg und Hügel.

Lieber, sprach ich, bleib zurück,
Biß dir fügen Zeit und Glück,   10
Denk an Ikar's Niederlage,
Setz' mich nicht in seine Klage!

Ihr, des großen Fürsten Rath,
So dies Land zu Vätern hat,
Laßt mein armes Kind nicht liegen,   15
Helft, daß es mag Federn kriegen!

Laßt auch ihm sein zugewandt
Unsers Fürsten reiche Hand,
Die er gnädig beut der Jugend,
Welche strebt nach Kunst und Tugend!   20

Mancher flöge wolkenein,
Möcht' es ohn' die Armuth sein,
Die uns schwer hangt an den Füßen,
Daß wir stracks herunter müßen.

---

10. fügen, günstig sind.

Dieses wißt ihr gnug ohn' mich;   25
Macht, daß auch mein Sohn wie ich,
Fristet ihm nur Gott das Leben,
Dankbarlich euch mög' erheben.

Gott, der Kurfürst, nachmals ihr:
Dies bleibt seiner Saiten Zier;   30
Er wird Beßers nicht gewähren,
Und ihr Beßers nicht begehren.

142.

Als er die ganze Nacht vor Engbrüstigkeit nicht geschlafen.

(Ohne Jahr. Abschriftlich.)

Die Nacht, die unsre Sorgen
Durch süßen Schlaf bezwingt,
Ruft schon den lichten Morgen,
Der sachtlich zu uns bringt;
Der Sternen Glanz muß weichen   5
Und macht dem Tage Bahn:
Ich habe noch für Keuchen
Kein Auge zugethan!

Als Alles ist entschlafen,
Kutsch' ich mich gleichfalls ein,   10
Weiß aber nichts zu schaffen,
Zu ängstig ist die Pein;
Und darauf schlag' ich Feuer
Und lese mit Verdruß,
Weil ich mein Ungeheuer   15
Nur so betrügen muß.

Die Glocken hör' ich schlagen
Zwölf, eines, zwei, drei, vier;
Ich muß mich immer plagen,
Kein Schlafwunsch hilfet mir.   20

Mein Haupt sinkt oft danieder,
Die Augen mach' ich zu,
Krieg' Ohnmacht in die Glieder,
Nicht aber etwas Ruh.

Ist das nicht großer Jammer?   25
Ein Jedes hüllt sich ein
Und schläft in seiner Kammer,
Auch selbst der Mondenschein;
Kein Windchen ist fürhanden,
Der Pregel ruht begnügt,   30
Auch schläft in seinen Banden
Der, so gefangen liegt.

Nur ich sitz' über Ende
Und nehme mit Beschwer
Mein Haupt in beide Hände   35
Und winsle so daher.
Sollt' Jemand jetzt mich schauen,
Er hätt' ob meiner Qual
Mitleiden oder Grauen,
Auch wär' er harter Stahl.   40

Erbarmt euch meiner Schmerzen,
Ihr Aerzte, kommt zuhauf,
Nehmt meine Noth zu Herzen,
Schlagt eure Bücher auf;
Was euer Rath wird bringen,   45
Auch wär' es Gaßenkoth,
Ich will ihn in mich schlingen,
So groß ist meine Noth.

Ach, daß ich nur verdroßen
Mach' eure Wißenschaft!   50
Ich hab' umsonst genoßen
So manchen Trank und Saft,
Mein Leid ist nicht zu heben,
Es kriegt den Siegespreis,
Ich muß verloren geben,   55
Umsonst ist Kunst und Fleiß.

Mein Fieber ist verschwunden,
Mich hungert allgemach,
Ich gebe den Gesunden
Fast nirgends etwas nach.   60
Mein Durst hat sich geleget,
Nur daß der zähe Wust
Die Athemkürz' erreget
In meiner engen Brust.

Mein Amt muß ganz erliegen.   65
Vielleicht läßt manches Maul
Von mir ein Urtheil fliegen:
Ich sei so arbeitsfaul.
Gott laße mich genesen,
So soll es kundbar sein,   70
Was hie die Schuld gewesen,
Die Krankheit oder Wein.

143.
Klaggedicht bei seiner schmerzlichen Krankheit.
(Ohne Jahr. Abschriftlich.)

Wie, ist es denn nicht gnug, gern einmal sterben wollen?
Natur, Verhängnis, Gott, was haltet ihr mich auf?
Kein' Säumnis ist bei mir, vollendet ist mein Lauf,
Soll ich die Durchfahrt euch denn tausendmal verzollen?

Was kränkt es, fertig sein und sich verweilen sollen!   5
Ist Sterben mein Gewinn, o mir ein schwerer Kauf,
Mich tödten so viel Jahr' und Krankheiten zuhauf,
Ich lebe noch und bin wol zehnmal todt erschollen.

Weib, Kinder, macht es ihr, verlängert ihr mein Licht?
Seht meinen Jammer an: ist dieses Liebespflicht,   10
Zu schlechtem Vortheil euch mein Vortheil mir nicht gönnen?

Ach, kränket mich nicht mehr durch euer Angesicht!
Die allerletzte Pein ist, glaub' ich, ärger nicht,
Als leben müßen, sterben wollen und nicht können!

12. euer Angesicht, euer trauriges Gesicht.

144.

Abschied an seine Vaterstadt Memel.

(1655. Auf Joh. Christoph Rehefeld's und Anna Cörber's Hochzeit.)

Ich hätte zwar der Tangen Rand
Noch gern einmal gegrüßet,
Gern dich, mein liebes Vaterland,
Zu guter Letzt geküsset,

Eh' mich der Tod hätt' aufgeleckt,   5
Der mich verfolgt ohn' Ende
Und stets nach mir hält ausgestreckt
Die abgefleischten Hände.

Ich hätt' auf den Fall nicht allein
Mich aufgemacht; die Schöne,   10
Mein liebstes Herz, würd' um mich sein
Sammt einem meiner Söhne.

Wonach die Meinen mich gefragt,
Was längst die Zeit verloren,
Da hätt' ich von Bescheid gesagt: 15
Dies Haus hat mich geboren,

Seht, diesen Weg bin oftmals ich
Das Schloß hinauf gegangen,
Woselbst mein frommer Vater mich
Mit aller Lieb' empfangen,   20

Mich auf dem Wall umher geführt;
Dort, sprach er, schau doch, Lieber,
Ward vormals keine See gespürt,
Der Sandberg ging darüber.

Jetzt kannst du sie und Segel sehn   25
In ihren Wellen fahren;
Dies ist bei meiner Zeit geschehn,
Nur inner dreißig Jahren,

Und so ist aller Ding' ein Ziel.
Hier, hätt' ich mehr gesprochen,   30
Ward jährlich um das Fastnachtspiel
Geritten und gestochen.

Viel Gärten sind zu jener Zeit
Hie, dünket mich, gewesen;   35
Mars hat dies Alles für den Streit
Ihm nun zum Wall erlesen.

Wie dort auch, wo die Pfarrgebäu
Und Schule damals stunden;
Jetzt, seht ihr, wird nur Wüstenei   40
Und Erde da gefunden.

Die Meinen wohnten letzlich dort;
Wie hat es sich verkehret!
Das Feuer, seh' ich, hat den Ort   45
Biß auf den Grund verheeret.

Was Kurzweil brachte der Ort mir
Und meinesgleichen Knaben!
Die mich geboren hat, liegt hier,
Mein Vater dort begraben.   50

Dies und dergleichen würde sein
Daselbst mein Zeitvertreiben;
Ach, mein Verhängnis sagte: Nein!
Ich muß es laßen bleiben.

Was ladet Ihr doch, Herr Pretor,   55
Mich ein zu Eurer Freude?
Die Kräft' hiezu hatt' ich zuvor,
Die ich nun ewig meide.

Habt Dank; empfindet Gnüg' und Ruh
An dieser schönen Liebe,   60
Kein Leid komm' ihren Freuden zu
Und mach' ihr Wetter trübe!

---

55. Pretor, der Verwandte der Braut, an welchen das Gedicht gerichtet
ist. — 58. meide, misse, entbehre.

Erfahrt um jede Jahreszeit,
Daß sie sich fleißig baue
Und nebenst guter Fruchtbarkeit   65
Auch große Güter schaue!

Ich stelle nunmehr Lust und Welt
Fern außer meinem Herzen,
Sobald es meinem Gott gefällt,
Daß ich ihm folg' ohn' Schmerzen.   70

Ich bin auf andre Lust bedacht,
Die Gott mir dort wird geben.
Du, werthe Mümmel, Gute Nacht,
Du müßest glückhaft leben!

Kein' Wemuth, kein Verlust, kein Leid   75
Geb' Ursach dir, zu trauern;
Empfinde Fried' und gute Zeit
Stets inner deinen Mauern!

Gehabt euch wol, ihr Berg' und Thal,
Stein', Brunnen, Büsch' und Auen,   80
Wo ich gescherzt so manches Mal,
Ich werd' euch nicht mehr schauen!

Wie auch ihr Freund', Herr Rodemann,
Herr Friedrichsen imgleichen,
Lebt wol, kein Unglück komm' euch an,   85
Kein Leid müß' euch bestreichen!

Kommt euch zu Ohren ohngefähr,
Ich sei nun hingenommen,
So laßt aus euren Herzen her
Nur einen Seufzer kommen.   90

Was Wichtigers begehr' ich nicht;
Mein Werth ist zu geringe,
Es wäre, daß ich die Gedicht'
Erst her in Preußen bringe,

Ich erst den deutschen Helikon   95
Nach Königsberg versetzet.
Ob dessen Dank ist oder Lohn,
Mir wird es gleich geschätzet;

Gnug wo mein Reim das Glück nur hat
Und wird nach mir gelesen,   100
Daß dennoch meine Vaterstadt
Die Mümmel ist gewesen.

145.
Auf Adersbach's Garten.
(1638. Albert's Arien I, 22.)

Glück zu, ihr grünen Bäume,
Ihr Haus der Sicherheit,
Ihr Vorrath guter Reime,
Schatz aller Fröhlichkeit!
Fahrt fort, laßt eure Lieder   5
Mir bringen Lust und Ruh!
Ich setze mich hie nieder
Und hör' euch fleißig zu.

Du sanfter Westwind, pfeife
Und halte recht den Schlag,   10
Daß Alles seine Läufe
Gebührlich machen mag!
Das Laub ist gäng und rege,
Die Luft ist sanft und still,
Kein Vogel ist, der träge   15
Sich jetzt erweisen will.

Indem der Mai behende
Jetzt von uns Abschied nimmt,
Wie allem Thun sein Ende
Zu haben ist bestimmt,   20
Will ich auf meiner Geigen
Imgleichen lustig sein,
Sitz' unter euren Zweigen
Und stimme mit euch ein.

---

98. mir, von mir.

Wollt ihr darum mich meiden?   25
Er selbst, Herr Adersbach
Mag es sehr gerne leiden,
Daß ich mich fröhlich mach'
Hie, wo er an dem Pregel
Sein Lusthaus siehet stehn,   30
Und wo der Russen Segel
Vorüber müßen gehn.

    Ich laß euch, Bäume, ragen,
So hoch ihr immer könnt,
Und edle Zweige tragen,   35
Dafern ihr mir vergönnt,
Daß ich nur mag daneben
Auch Herren Adersbach
Hoch über euch erheben
Biß an der Sternen   40
            Dach.

146.

Hochzeitscherz.

(1643. Auf Reinhold Nauwerck's und Barbara Witpahl's Hochzeit.)

Ei noch eins, ihr Heirathsaiten!
Vor den lieben Neujahrszeiten
Singet ihr mir doch nicht mehr.
Fort! Ihr thut nichts ungebeten;
Was in diesen dreien Städten   5
Tugend liebt, gibt euch Gehör.

Preußen wird nicht von euch schweigen,
Meiner wohlbespielten Geigen
Wartet keine Grabesnoth,
Legt' ich mich gleich heute nieder;   10
Der Poeten weise Lieder
Reißen durch Welt, Zeit und Tod.

Ich bin da hinauf gestiegen
Wo kein Neid mir nach kann fliegen,

Und verlach' es allermeist,   15
Wenn sich Mißgunst läßet blicken
Und wo hinter meinem Rücken
Ihr vergiftes Maul zerreißt.

 Braut und Bräut'gam, seid gewogen!
Euch zu Ehren spielt mein Bogen   20
Fast ohn' Zuthun meiner Hand;
Baß ist nie mein Reim geflossen,
Durch und durch werd' ich begossen
Durch Parnassus' reichen Strand.

 Fernt mich von den Midaskindern, 25
Die den Lauf der Tugend hindern!
Laßt auch die weit von mir sein,
So der Heirath ganz entsagen;
Dies Volk kann ich nicht vertragen,
Habe nichts mit ihm gemein.   30

 Was von Jungfern und Gesellen
Sich nicht will entgegen stellen
Der vergönnten Venuszucht
Und in Amor's strengen Schulen
Ungestraft und keusch zu buhlen   35
Unterricht und Uebung sucht,

 Kommt! Faßt, fertig euch zu wenden,
Bunt gepaart, euch bei den Händen!
Merkt voraus auf mein Geheiß:
Braut und Bräut'gam müßt ihr bitten, 40
Daß sie treten in die Mitten;
Nachmals schließet einen Kreis.

 Also! Halt' es deinen Gästen,
Liebster Bräut'gam, ja zum Besten,
Küss' die Wangen deiner Braut,   45
Küss', es steht in deinen Mächten!
Tanzt ihr andern nach der Rechten,
Tanzt und singet überlaut!

 So, ergetz' dich bester Maßen,
Küss', ein Andrer muß es lassen.   50

---

18. vergiftes, vergiftetes. — 22. baß, besser.

Doch kommt Aller Glück heran;
Niemand mag so elend leben,
Dem sein Theil nicht wird gegeben,
Daß er künftig küssen kann.

Bräutlein, küss' den Bräut'gam wieder,　　　55
Fort, nicht schlag' die Augen nieder,
Niemand sieht es! Mittler Zeit
Wollen wir ein malchen trinken.
Recht so! Ihr tanzt nach der Linken
Und singt ferner allerseit!　　　60

Eins ums Ander, Nichts vergebens!
Zwar dem Leben deines Lebens
Ist von dir jetzt dies geschehn,
Doch wenn ist dir der Muth kommen,
Daß du thust, du Bild der Frommen,　　　65
Was man nie von dir gesehn?

Harr', die Mutter soll es wißen!
Hat sie dich gelehret küssen,
Sie, der Spiegel aller Zucht?
Ach, du bist versetzet worden　　　70
In den kühnen Liebesorden;
Dieser Kuß ist dessen Frucht.

Bräut'gam, nun will dir gebühren,
Mit der Braut den Tanz zu führen;
Nur weich' aus dem Kreise nicht!　　　75
Wir indessen wollen stehen
Und die Stimme dir erhöhen,
Die in Freuden also spricht:

Amor schafft dir tausend Schmerzen,
Hüpft und tanzt in deinem Herzen;　　　80
Man gibt deine Liebste dir
In die rechte Hand zu faßen,
Und du solltest unterlaßen
Einen Tanz zu thun mit ihr?

Tanz'! Das Wild in dicken Wäldern,　　　85
Heerd' und Hirten auf den Feldern

---

57. Mittler Zeit, mittlerweile.

Tanzen um die Sommerzeit;
Auch das Schuppenheer der Fische,
Das Gevögel im Gebüsche
Werden durch den Tanz erfreut.   90

Tanzen nicht die Sonnenpferde
Gleichfalls täglich um die Erde,
Nächtlich Mond und Sternelein?
Ja man sagt, dies große Ganze
Werd' herumgewälzt im Tanze: 95
Darum tanzet ihr auch fein!

O, es wollen alle Sachen,
Die du sinnen wirst und machen,
Richtig und im Tanze gehn!
So wird Unfall, Angst und Leiden   100
Sich von deinem Hause scheiden,
Alles wird gewünschet stehn.

Bräutlein, nun führ' du den Reihen,
Sonsten möchtet ihr euch zweien!
Auf, wir stehn und singen dir: 105
Tanz' und laß dich fröhlich schauen,
Du, zwar jetzt noch der Jungfrauen,
Aber bald der Frauen Zier!

Führen muß kein Frauenzimmer;
Doch führ' jetzt, und nachmals nimmer!   110
Frauenbildern stehet zu,
Sich bescheiden führen laßen,
Keiner Herrschaft sich anmaßen,
Sonst verkehrt sich Glück und Ruh.

Schau, der Monde gibt gewonnen   115
Und weicht gern der großen Sonnen,
Gold geht über Silbers Schein,
Haselstrauch gibt nach der Eichen:
Frauen müßen Männern weichen,
Soll es anders richtig sein.   120

Aber gnug; du werther Haufen,
Laßt uns nun zusammen laufen,

104. zweien, entzweien. — 115. gibt gewonnen, unterwirft sich.

Jeder halte die er hat!
Keine Noth müß' euch beleiden,
Tanzet euch in Fried' und Freuden   125
Auch die Nacht durch müd und satt!

Sucht der Bräut'gam abzustehen
Und ist schläfrig, laßt ihn gehen.
Bräutchen, bleib! Du kannst nicht hie
Die Gespielen schon verlaßen,   130
Bleib die Nacht noch; solcher Maßen
Kommst du nicht mehr unter sie!

147.
An Euphrosyne von Polentz.
(1646. Abschriftlich.)

Wes Stimme hör' ich klingen?
O Süßigkeit! Wer kann
So schön und lieblich singen,
Als Orpheus nie gethan?
Lebt unsre Sappho wieder?   5
Thalia, oder sind
Es etwan solche Lieder,
Die deine Kunst beginnt?

Verkriecht euch, meine Saiten;
Dein Werk, o Nachtigal,   10
Erreicht noch nicht bei weiten
Den angenehmen Schall.
Kann ich recht Urtheil fällen,
So dringet ohngefähr
Aus himmlischer Kapellen   15
Dies schöne Stimmchen her.

Bist du es, Euphrosyne?
Dein Mund, du edle Zier,
Ist eine zarte Biene
Und ziehet uns nach dir,   20

Weiß unfern Sinn zu zähmen;
Wen deine Süßigkeit
Nicht kann gefangen nehmen,
Der ist ein treues Scheit.

Heb', Schönste, an zu tönen   25
Wo um den Meeresstrand:
Es werden die Sirenen
Bestürzt in dich entbrannt;
Der Winde Sturm und Sausen
Geht dir gehorsam ein;   30
Neptun wird nicht mehr brausen,
Und dein Gefangner sein.

Was soll ich davon sagen,
Daß du mein Schäferlied
Aus freiem Wolbehagen   35
Zu singen bist bemüht?
Glückselig ist die Stunde,
Da ich dies Lied gestellt,
Das sich bei dir im Munde
Und im Gedächtnis hält!   40

Nichts will ich mehr erwählen,
Nun mein Gedicht zuletzt
Auch deiner edeln Kehlen
Nicht unwerth wird geschätzt.
Sing, Preis der edeln Jugend,   45
Nichts Süßers hör' ich nie —
Doch machet deine Tugend
Noch schönre Harmonie.

— — — — —

148.

(1643. Auf Ludolf Holtorff's und Barbara Nachtigal's Hochzeit.)

Ich mag nicht in euch dringen,
Ihr Saiten, meine Zier,
Ihr wollt mit Gutem singen,
Jetzt aber folget mir!

---

24. treues, trocknes. — 38. gestellt, verfaßt.

Simon Dach.   15

Ich will mich laßen hören 5
Dem Bräut'gam und der Braut
Zu sonderlichen Ehren,
Folgt, klinget rein und laut!

Der Bräut'gam ist ergeben
Der Musen edlen Kunst, 10
Hat durch das Hofeleben
Erhalten Gnad' und Gunst;
Da sind sein eigen worden
Erfahrung und Verstand,
Die Königin aus Norden 15
Rühmt an ihm Witz und Hand.

Die Braut hat ihre Jugend
Durch unbewegten Schluß
Mit Unschuld, Zucht und Tugend
Verbunden; dessen muß 20
Bei Fräulein Katharinen,
Der Pfalzgräfin bei Rhein,
Der sie hat wollen dienen,
Ein gutes Zeugniß sein.

Die Einigkeit der Sitten, 25
Der Sinnen gleiche Tracht
Hat Beider Herz erstritten
Und in die Glut gebracht.
Eins muß das andre lieben,
Es wird der Herrschaft kund, 30
Auch von ihr unterschrieben:
Das ist der Heirathsbund.

Der Himmel wird für allen
Ersucht um Wolergehn;
Der läßt es ihm gefallen 35
Und will zu Diensten stehn:
Der Herbstzeit wird genommen
Des Frostes strenger Zwang;
Der Pregelstrom ist kommen
In seinen alten Gang; 40

---

15. Die Königin aus Norden, Königin Christine von Schweden.

Der Tag bricht an von ferne
Durch schönes Morgenroth;
Die Nacht ist voller Sterne,
Die Luft weiß keine Noth.
Mich sollt' es Wunder haben,   45
Wann dieses große Heer
Der Himmels-Gunst und Gaben
Ein böses Zeichen wär'!

Ich aber wünsch' euch Beiden
Im übrigen dazu   50
Ganz unbekränkte Freuden
Sammt aller Freud' und Ruh,
Ich, der ich angetrieben
Durch eurer Liebe Macht
Dies Hochzeitlied geschrieben   55
Heut um die Mitternacht.

149.

Freudenliedchen.

(1619. Auf Dietrich von Tettau's und Katharina von Brandis' Hochzeit.)

Wem zu gut hält Venus hier
In so schöner Pracht und Zier,
Wem doch fliegen um sie her
Tausend Knaben ohn' Gefähr,
Derer leichte Flügel sind   5
Liebesglut und Anmuthwind?
Ihr Geschoß blinkt hell und rein
Nur von Demantstein.

Dir, du adeliches Paar,
Dir dient diese Liebesschar,   10
Dieser Menge heller Glanz
Krönet deinen Hochzeitstanz;
Was selbst Erato hier singt,
Was der Saiten Kunst erzwingt,
Alles, euer Tritt und Gang,   15
Ist nur Liebessang.

15 *

Wir beschwören Amor's Pracht,
Seiner Pfeil' und Herrschaft Macht,
Daß er sag', ob eine Zeit
Ein gewünschters Paar gefreit,   20
Das an Herzen, Stand und Treu
So einander ähnlich sei,
Das so gern der Sternen Rath
    Untersiegelt hat.

Himmel, wann dir in der Welt   25
Zucht und Tugend wohlgefällt,
Wann du Lust zu Unschuld trägst
Und Belohnung für sie hegst,
Laß dich jetzund reichlich aus
Ueber dieses Bett und Haus,   30
Nie wird deiner Gutthat Hand
    Beßer angewandt!

Edle Seelen, fördert euch,
Werdet bald den Sternen gleich,
Euer Sam' erhalte Preis   35
Durch den weiten Erdenkreis
Und beherrsche nach wie vor
Sein' und unsrer Feinde Thor,
Ja er müß' an Tugendschein
    Mehr als menschlich sein!   40

——— · · ·

150.
Frühlingsgedanken.
(1652. Auf Sigismund Pichler's und Elisabeth Bulbe d's Hochzeit.)

Ich grüßt' in diesen Tagen
Das Friedeländer Thor,
Es hatte sechs geschlagen,
Die Sonne stieg empor:
Was sah ich nicht für Freuden?   5
Der Reif lag um das Gras,
Ein Fink sang auf den Weiden,
Der Pregel stund wie Glas.

Ich war die Brück' hinüber.
Wie sprang das geile Vieh!   10
Der stolze Stier, ihr Lieber,
Trat mitten unter sie;
Der Hirt hub an zu blasen:
Wie tanzten sie umher
Auf dem bethauten Rasen,   15
Als wenn es Hochzeit wär'!

Sie wurden ausgetrieben
Dies Jahr zum ersten mal,
Nachdem sie lang geblieben
In ihrem finstern Stall.   20
Ich sprach: Der Freiheit Gaben
Thun diesem Vieh auch wol;
Wer dieses Gut kann haben,
Ist alles Reichthums voll.

Und hätt' ich Goldes Tonnen,   25
Und was des Pregels Rand
An Schätzen hegt, gewonnen,
Säß' aber eingespannt
Und könnte mich nicht retten
Aus Sorgen, Furcht und Pein,   30
Ich würd' in güldnen Ketten
Dennoch ein Sklave sein.

Wollt' ich ein Böglein schließen
Gleich in ein silbern Haus,
Der Freiheit zu genießen   35
Sehnt es sich doch hinaus;
Die Schätze sammt den Würden
Sind ein geschminkter Schmerz,
Sind Dienst und schwere Bürden;
Ich lob' ein freies Herz.   40

Ein unschuldreiches Leben,
Das sich des Herren Zucht
Gehorsam untergeben
Und ihm zu dienen sucht —

Kann ich nur den Schatz werben   45
Und, nimmt der Tod mich hin,
Ihn laßen meinen Erben,
So hab' ich gnug Gewinn.

Wir reisen hin und wieder
Weit über Land und See,   50
Vernützen unsre Glieder,
Thun unserm Herzen weh;
Das wahre Gut zu kriegen,
Das uns in uns nur führt
Und ewig kann begnügen,   55
Wird wenig Fleiß gespürt.

Laßt bleiben, lieben Leute,
Das reiche Morgenland,
Steht nicht nach großer Beute
Fern um Hydaspes' Strand;   60
Ein Jeder thu die Reise
Tief in sein Herz hinein,
Das laß er alle Weise
Von Schuld gesäubert sein!

Und dann erst wird er finden   65
Das bodenlose Gut,
Das nimmermehr kann schwinden:
Den allzeit freien Muth;
Ihm ist kein' Pracht, kein Prangen
Auf aller Erden gleich,   70
Wer diesen Schatz kann fangen,
Hat erst ein Königreich.

Wie kommt dies Eurer Liebe,
Hochwerther Bräut'gam, bei?
Auch Euer Haus war trübe   75
Und eine Wüstenei,
Seit Euer Herz verstorben;
Ihr lebtet als im Bann,
An Sinn und Geist verdorben
Und ein gefangner Mann.   80

Jetzt aber legt Ihr nieder
Den trüben Wittwerstand,
Freit Eure Freiheit wieder
Durch dieses Heirathband.
Auf Eurer Liebsten Sinnen   85
Ist Euer Sinn gestellt,
Ihr laßt Euch sie gewinnen,
Sie, Euer freies Feld.

Entsagt nun allem Leiden,
Nehmt Eurer Freiheit wahr,   90
Gebraucht Euch ihr in Freuden,
Sie krön' Euch immerdar!
Laßt fremdes Urtheil streichen,
Folgt Euerm Rath allein,
Der nach so manchen Zeichen   95
Nichts kann als Wolstand sein.

151.
Brauttanz.

(1656. Auf Daniel Gericke's und Marie Rothhausen's Hochzeit.)

Umgebet euer Leid
Jetzt mit gewißen Schranken!
Du grüne Sommerzeit,
Vertreib uns die Gedanken;
Dies ist der kurzen Freuden Art,   5
Sie hat nicht lange Ruh:
Auch du bereits nimmst deine Fahrt
Der Wage wieder zu.

Mach' Anstand mit der Noth,
Die wir bisher gescheuet;   10
Die Zeitung auch sei todt
Und Alles, was sie dräuet;
Was künftig kommen soll, laß sein,
Gib jedem seine Frist;
Gnug, daß man fühlen muß die Pein,   15
Wenn sie vorhanden ist.

---

93. streichen, an Euch (unbeirrt) vorübergehen. — 8. der Wage, dem
Beginn des Herbstes.

Laß sich des Himmels Haus
Mit weißer Seide kleiden;
Halt an den Sturm voraus
Bei diesen Hochzeitfreuden!   20
Es werde nichts als Lust und Ruh
Auf diesen Tag geschaut;
Weh' alle Huld und Liebe zu
Dem Bräut'gam und der Braut!

    Sieh ihre Gaben an,   25
Erkenn', ob auch auf Erden
Was Angenehmers kann,
Als sie, gepaaret werden.
Gott hat in ungefärbter Treu'
Selbst sie zuhauf gebracht,   30
Kein Plato hätte diese Frei',
Kein Sokrates erdacht.

    Drum laß den Liebeswind
Durch beider Herzen dringen
Und ihn, das Freudenkind,   35
Den Brauttanz, heller klingen!
Thu auf, o Himmel, deinen Schooß,
Laß dich mit ihnen ein
Und mach', daß sie an Samen groß
Und reich an Gütern sein!   40

---

30. zuhauf, zusammen.

Verzeichniss

der Lieder nach den Versanfängen.

www.ingramcontent.com/pod-product-compliance
Lightning Source LLC
Chambersburg PA
CBHW021841070726
47496CB00022B/1635